НАТАЛЬЯ СОЛНЦЕВА

ДЕТЕКТИВЫ
НАТАЛЬИ СОЛНЦЕВОЙ

Наталья Солнцева

ОТПУСК НА ВИЛЛЕ С ПРИЗРАКОМ

Издательство АСТ
Москва

УДК 821.161.1-312.4
ББК 84(2Рос=Рус)6-44
С60

Компьютерный дизайн обложки
Анастасии Орловой

Иллюстрации по тексту художника
Татьяны Марковцевой (feeltheline.com)

Портрет автора
художника *Helena Maistruk*
(http://vk.com/helenamaistruk)

Солнцева, Наталья.

С60   Отпуск на вилле с призраком / Наталья Солнцева. — Москва : Издательство АСТ, 2015. —
384 с. — (Мистический детектив).

ISBN 978-5-17-085667-1

У Акима Юдина есть так много для счастья: красивая
вилла в Крыму, успешный бизнес, семья. Но его с детства
мучает легенда о Диане-охотнице, он не может простить
прекрасной богине, как жестоко она обошлась с Актеоном за
то, что он увидел ее обнаженной.

И эта легенда изменяет его жизнь.

На вилле бродит привидение, которое пугает ее жильцов.
Аким приглашает туда медиумов и ясновидящих, чтобы спасти семью сына от несчастий. Никому и в голову не приходит, кто же виновник всего происходящего.

И лишь Астра Ельцова срывает маску с коварного двойника и помогает полиции раскрыть убийство горничной и
нападение на девушку в горах.

Эта книга выходила ранее под названием «Ларец лунной
девы».

УДК 821.161.1-312.4
ББК 84(2Рос=Рус)6-44

ISBN 978-5-17-085667-1

Дорогой читатель!

Книга рождается в тот момент, когда вы ее открываете. Это и есть акт творения, моего и вашего.

Жизнь — это тайнопись, которую так интересно разгадывать. Любое событие в ней предопределено. Каждое обстоятельство имеет скрытую причину.

Быть может, на этих страницах вы узнаете себя. И переживете приключение, после которого вы не останетесь прежним...

С любовью, ваша
Наталья Солнцева

Все события и персонажи вымышлены автором.
Все совпадения случайны и непреднамеренны.

Нет, к Лете не иди, не выжимай
Из черных трав убийственные вина,
Чела бледнеющего не венчай
Пурпурным виноградом Прозерпины.

Н. Гумилев

~ ГЛАВА 1 ~

Смеркалось быстрее, чем можно было ожидать. Верхушки гор тонули во мгле, горная дорога петляла поворот за поворотом. Водитель взглянул на часы и прибавил газу. Ему хотелось до темноты выехать на более безопасную трассу.

Через пару минут он догнал группу велосипедистов, которые направлялись в один из кемпингов. Пришлось притормозить и объяснить им, куда поворачивать.

В Крыму уже стояла жара, и с каждым днем отдыхающих становилось все больше. На диких пляжах вырастали палаточные городки, в горах бродили любители пеших походов. По улицам курортных городов гуляли полураздетые люди. Днем они лежали на солнце, плескались в море, а вечерами искали развлечений в экзотических ресторанчиках и увеселительных заведениях. В парках стоял густой запах акации и южного кедра. Всюду царили праздность и лень...

Свет фар вырывал из сумрака обросшие зеленью камни, полосу ограждения, кривые сосенки и стройные свечи кипарисов.

Он включил музыку. Простенькая мелодия напомнила летнюю дискотеку, девчонок в туго обтягивающих фигуру платьях, их туманные, обведенные краской глаза. Хорошо было под вздохи саксофона прижиматься телом к девичьей упругой груди, ощущать сладостную дрожь внутри и частые удары сердца...

Боковым зрением он успел заметить мелькнувшую справа тень и ударил по тормозам. Тень метнулась наперерез, прямо под колеса его машины. Глухой звук столкновения, скрип резины, толчки крови в висках, бурлящий адреналин...

Он не помнил, как рванул дверцу и выскочил на дорогу. На пыльном асфальте лежала женщина в изорванной одежде, в грязи и крови. Дышит? Он наклонился, приложил пальцы к ее шее — кажется, есть пульс.

Оглянулся вокруг — никого. Дорога пуста, горько пахнет можжевельник, в траве звенят сверчки... Или это звенит у него в ушах?

Москва. Год спустя

— А я тебе говорю, это таврские[1] могильники, дорогая! — с нажимом произнес Анатолий Петрович. — Кто из нас археолог?

Он тыкал пальцем в фотографии, сделанные в прошлом году в Крымских горах.

---

[1] Тавры — племена, жившие в глубокой древности в горной и прибрежной части Крыма.

— Самые обыкновенные «каменные ящики». Четыре вкопанные в землю плиты, пятая сверху. Все разграблено, уничтожено. Хорошо, что плиты тяжелые, а то бы и их растащили.

— Эти сооружения тавры могли использовать как могильники, — возразила жена. — Но первоначально...

Теплищевых можно было бы назвать дружной парой, если бы не постоянные споры на одну и ту же тему. Предметом разногласий между супругами служили исключительно древности. Анатолий Петрович был одержим идеей фикс отыскать легендарный Храм Девы, воспетый Овидием[1].

Большая цитата из «стихотворных писем» поэта, в котором рассказывается о Храме, все время была у Теплищева перед глазами, под стеклом на его рабочем столе.

Там и по нынешний день есть храм, и четырежды десять
К мощным колоннам его в гору ступени ведут.
Здесь, повествует молва, небесный кумир находился;
Цело подножье его, хоть и пустое, стоит
Камень алтарный, что был по природе своей белоснежным,
Красным от крови людей сделался, цвет изменив.
Женщина правит обряд, не знавшая факелов брачных;
Выше скифских подруг знатностью рода она.
Нашими предками был такой установлен обычай:
Должен был каждый пришелец пасть под девичьим ножом.

Раз за разом археолог перечитывал заветные строки и уносился мечтами в феерический миг, когда его поиски увенчаются успехом и высушенная южными ветрами и солнцем крымская земля раскроет свою тайну.

---

[1] Овидий — знаменитый римский поэт. В конце I в. до н. э. был сослан императором Августом на берег Черного моря, где, страдая от одиночества, писал и отправлял в Рим письма в стихах.

Его жена Тамара Ефимовна много лет преподавала в школе историю, и жизнь научила ее прагматизму. Уж если заниматься чем-нибудь со страстью, то непременно себе во благо! Чтобы и душу усладить, и тело не обидеть.

Зная импульсивный характер супруга, она подошла к вопросу творчески:

— Тебе же нужны деньги, Толик! Значит, пора искать спонсора. Без денег ни поездок не будет, ни раскопок. Государство не раскошелится.

— С протянутой рукой ходить? — взвился Теплищев. — Мне, ученому?

Об этом, разумеется, речи быть не могло. За спонсорской помощью отправилась Тамара Ефимовна. После нескольких отказов в довольно резкой форме, она убедилась — рассчитывать на чужой кошелек не стоит. Время щедрых меценатов и романтиков, наподобие Шлимана[1], кануло в Лету.

«Шлиман, между прочим, сам на свои исследования и раскопки зарабатывал, — вспомнила учительница. — А нам хотя бы место, где Храм стоял, отыскать — хоть бы обломок мраморной колонны, остатки фундамента! Что угодно!»

— Раскопки я в любом случае не потяну, — охладил ее пыл Теплищев. — Это же масштабы — техника, люди! Официальное разрешение потребуется выбить. Здесь миллионами пахнет. Но если обнаружу Храм, мое имя войдет в историю. Впрочем, ерунда! Маленький осколок алтарного мрамора был бы лучшей наградой за все мои старания.

Тамара Ефимовна знала: главной мечтой мужа была не слава, а желание прикоснуться к тайне, которая будоражила умы не только почитателей антич-

---

[1] Шлиман, Генрих (1822—1890) — немецкий археолог, открыл и раскопал Трою.

ной литературы, но и многих археологов и любителей древностей. Мифические руины оставались недосягаемыми.

В сознании древних греков Богиня-Дева представлялась одной из ипостасей их собственной богини Артемиды — вечно юной девственницы, сестры златокудрого Аполлона, дочери громовержца Зевса.

— Ты не представляешь, что значит увидеть всего лишь фрагмент священного изображения! — закатывал глаза Теплищев. — Какой-нибудь ничтожный кусочек божественного лика, окропленного жертвенной кровью!

Его настольной книгой были «Трагедии» Еврипида[1], которые он зачитывал до дыр. Археолог не терял надежды отыскать в печальной истории про Ифигению намек на место расположения Храма Девы. Не она ли — та самая женщина, знатностью рода «выше скифских подруг»?

— Дочь Агамемнона[2]! — в полнолуние взывал он к душе Ифигении. — Твой отец был героем Троянской войны! Войско ахейцев привел он к стенам неприступной твердыни! Будь милосердна к моленьям моим и подскажи, где искать драгоценный алтарь?

Тамара Ефимовна всерьез опасалась за рассудок любимого мужа. Его обращенное к небу лицо, бледное в мертвенном сиянии ночного светила, его странные жесты и ритмические завывания приводили ее в ужас.

— При чем тут луна? — осмелилась спросить она. — Я боюсь за тебя, Толик. Ты часом не заболел?

---

[1] Еврипид — древнегреческий поэт-драматург, великий афинский трагик.

[2] Агамемнон — в «Илиаде» царь Микен, предводитель ахейского войска в Троянской войне.

Анатолий Петрович разразился проклятиями:

— Чему тебя учили, Тома? Разве ты забыла, что греки почитали Артемиду, кроме прочего, и как богиню луны? Только сама ясноликая Дева или ее жрица могут подать мне знак!

Жена устыдилась и села за книги. Действительно, мифы недвусмысленно говорили о том, что Артемида сжалилась над дочерью грозного царя Микен и позаботилась о ее судьбе. Когда Агамемнон приказал принести Ифигению в жертву богине — в обмен на благополучное отплытие к Трое — та заменила девушку ланью. Ифигения же чудесным образом перенеслась в Тавриду[1], где стала жрицей в святилище Артемиды.

Теплищев твердил, что Ифигения «правила обряд» в храме, о котором писал Овидий. Это было древнейшее святилище в горах, где племя тавров поклонялось Деве, лучезарной и жестокой, принося ей кровавую дань: всех прибывающих к ним чужеземцев.

— Жуть какая... — изумленно шептала Тамара Ефимовна. — И это происходило в Крыму?

— А что такое Таврида, по-твоему? Именно туда бог Аполлон послал несчастного Ореста за волшебным изображением Артемиды...

Она окончательно запуталась.

— Кто такой Орест?

— Тоже сын Агамемнона... Не где-нибудь, а в Храме встретил он сестру свою Ифигению...

Учительница так и не смогла запомнить все драматические перипетии царской семьи Микен, но зато ей в голову пришла дельная мысль. Как избавить себя от нудного преподавания и зажить безбедно.

---

[1] Таврида — старинное название Крымского полуострова.

Шаг за шагом Тамара Ефимовна взялась осваивать нелегкую профессию сивиллы вкупе с «лунной магией». Она проштудировала все тексты, которые удалось раздобыть, посетила большинство легальных и подпольных салонов, предлагающих оккультные услуги, и пришла к выводу: чем более экзотические приемы использует «мастер», или «гуру», тем меньше у него конкурентов.

Для своей деятельности она выбрала направление, подсказанное мужем и пока не освоенное на просторах столицы, — культ Лунной Девы. Богиня покровительствовала женской сексуальности, желанной беременности, благополучному деторождению и счастью в браке.

Теплищеву не смущало отсутствие специальной подготовки. Как утверждали авторитеты в области оккультных практик, быть посредником между богами и людьми — сие есть дар свыше, которому ни научить, ни научиться невозможно. Иногда такой дар может перейти «по наследству», от одного мага к другому. Но иным путем его обрести нельзя. Так же, как проверить его наличие или отсутствие. Не существует достоверных критериев!

Тамара Ефимовна придумала себе имя и легенду: она назвалась Тэфаной, воплощенной жрицей богини Девы, невероятно древней и могущественной, — вот что полагалось знать жаждущим ее помощи.

Людям свойственно побаиваться всего неизвестного. Напряжение в обществе таково, что человек не чувствует себя в безопасности. Зачем ему еще наживать себе врага в лице какой-то страшной богини? Лучше не задавать лишних вопросов, не оскорблять небесную покровительницу сомнениями и подозрениями. Ну, как навлечешь на себя проклятие неведомых сил?

Новоявленная жрица Тэфана начала с продажи амулетов, талисманов и ритуальных украшений, изготовленных исключительно из лунного камня. Она произносила над ними бессвязные заклинания на непонятном «древнем языке», окуривала благовониями из «священных» трав, «заряжала» лунным светом и вручала доверчивым покупательницам за умеренную плату.

Теплищев посмеивался над затеей жены, но она не обращала внимания на его сарказм.

— Тебе не стыдно дурачить этих бедных женщин? — возмущался супруг.

— Я просто удовлетворяю спрос на чудеса...

— Это же шарлатанство, Тома! Чистой воды надувательство!

— Вся жизнь — надувательство! — парировала Тамара Ефимовна. — Как археологу, тебе отлично известно о богатых пожертвованиях в языческие храмы. Той же Артемиде греческие женщины несли баснословные дары! А потом оказалось, что их боги никуда не годятся. Кто сейчас поклоняется Аполлону или Зевсу?

Анатолий Петрович только разводил руками — в словах жены была своеобразная логика.

— Молчишь? То-то!

Когда, вопреки здравому смыслу, доходы от продажи талисманов выросли и появились первые клиентки — они проходили в маленькую комнатушку, задрапированную темной тканью с изображениями звезд и полумесяцев, и долго беседовали с «жрицей Тэфаной», — Тамара Ефимовна сама поверила в свои незаурядные способности. Уверенность в своих силах придала ей важности и вдохновила на новые смелые опыты. Теперь Тэфана бралась предсказывать судьбу, предвидеть будущее и даже исцелять некоторые заболевания. Она написала собственную «Книгу лунных пророчеств», по примеру известных в Древнем Риме «Сивиллиных Книг»[1]. Эти писания новоявленная сивилла открывала наугад, просила клиентку назвать номер строки и читала изречение, которое можно было толковать на любой лад.

Бывшая учительница прониклась ролью жрицы и черпала в этом невиданное доселе удовольствие, чувствуя себя чуть ли не посланницей высших сил. Муж перестал ее высмеивать и подтрунивать над ее занятием, так как прибыль от сего «шарлатанства» и «надувательства» давно превысила его зарплату научного сотрудника и стала основным источником наполнения семейного бюджета.

Тэфана смогла арендовать небольшой офис, где все было подчинено «лунной магии», от цвета стен и мебельной обивки до круглых голубых светильников и развешанных повсюду изображений и символов Луны. Ее популярность росла, как и мастерство. Сказать, что Тэфана обманывала, значило бы погрешить против истины. Она вселяла в женщин надежду, подкрепленную «небесной волей», и эта надежда порой оправдывалась.

Уже два года подряд они с мужем ездили по местам, где могли обнаружиться руины загадочного Храма, бродили по горному Крыму, встречались с краеведами-любителями и черными археологами. Увы, тщетно! Кроме опустошенных некрополей, железных удил, керамических черепков, бронзовых наконечников стрел и примитивных украшений, никаких следов древнее племя тавров не оставило. Тавры

---

[1] С и в и л л ы — легендарные прорицательницы. Наиболее известна Кумская Сивилла, которой приписываются «Сивиллины книги», — сборник изречений и предсказаний для официальных гаданий.

вели кочевую жизнь, у них не было долговременных поселений, а средства к существованию они добывали разбоем и войной.

— Представляю, каким великолепным было здешнее святилище Артемиды! — вздыхал Анатолий Петрович. — Ведь ее храм в Эфесе считался одним из восьми чудес света. Ну, спроси у нее... Пусть хоть намекнет, где искать!

Тэфана задумалась. Казалось, в рассуждения мужа вкралась ошибка.

— Послушай, откуда у тавров мог взяться Храм Девы с мраморными колоннами, с лестницами? Они не умели строить даже приличных домов.

В ответ Теплищев торжественно цитировал Геродота:

— «Тавры имеют следующие обычаи. Они приносят в жертву Деве и потерпевших кораблекрушение, и тех эллинов, которых они захватят, выплыв в море. Сами тавры говорят, что то божество, которому приносят жертвы, — это Ифигения, дочь Агамемнона». Ты не веришь Геродоту?

Бывшая учительница привыкла уважать мнение первого греческого историка. Но в данном случае одно с другим не вязалось!

— Я не пойму, кто кому приносил жертвы? Тавры — Ифигении? Или Ифигения — богине Артемиде? По Еврипиду, Ифигения сама была жрицей в храме. И чуть не зарезала жертвенным ножом своего родного брата Ореста... У меня голова идет кругом!

— У меня тоже, — признавался археолог. — За этим кроется какая-то тайна... Ясно одно. Невежественные тавры — грабители и пираты — не строили Храма. Они использовали уже готовое святилище в горах, где убивали пленных чужеземцев на алтаре кровожадной богини Девы. Кто же тогда создал святилище?

Этим летом Теплищевы опять собрались ехать в Крым искать мифические руины. Анатолий Петрович написал заявление об отпуске. Ему дали сверх положенных дней еще месяц за свой счет. Руководство сочло за благо сэкономить на его зарплате.

Он достал с антресолей чемодан и перебирал вещи, когда жена вернулась домой. Она сбросила туфли и опустилась в кресло, молча наблюдая за его действиями.

— Тома, я звонил в Симеиз, в пансионат, где мы останавливались в прошлый раз. У них есть свободные номера. Будем бронировать?

— Пансионат отменяется. Сегодня ко мне на сеанс явился странный мужчина...

~ ГЛАВА 2 ~

Крым. Поселок Береговое

Елена стояла у окна, глядя, как охранник поливает из шланга траву и маленькие кипарисы, похожие на тонких девчушек в зеленых платьицах. Без полива степная жара все выжигала, даже листья на деревьях желтели и осыпались, как в начале осени.

Парень ощутил затылком ее взгляд и обернулся, поднял глаза. Елена помахала ему рукой.

— Привет, Антон!

Он улыбнулся, кивнул и вернулся к своему занятию.

Вдоль забора росли пышные декоративные кусты и красные розы, за забором тянулась желтая от песка сельская дорога. Дальше простиралась гладкая степь, на которой паслись овцы и стадо коров. Елену удивляло, что они могут там есть, ведь, кроме жестких стеблей и колючек, ничего не осталось. Раскаленное крымское солнце палило нещадно, днем от него спасали только стены дома и кондиционированный воздух.

За степью тянулась синяя блестящая полоса моря. В небе кружили чайки. Они садились на белые от высохшей соли прибрежные озерца, сливаясь с ними, и часами дремали, не замечая полуденного зноя.

Елену тоже клонило в сон. Ночь выдалась тревожная, муторная. Вчера вечером они засиделись во дворе допоздна — мужчины жарили на углях кефаль, курили, обсуждали проблемы бизнеса. Елена скучала, боролась с зевотой. Огромный паук свил под камышовой крышей барбекю крепкую паутину, в которой застряли мухи и крохотные мотыльки.

— Черная вдова? — спросил Антон.

— Нет, — успокоил его администратор. — Вдова — с красными пятнышками на брюшке. А это обычный паук. Просто большой.

Они пили белое вино под рыбу, наливая в хрустальные стаканчики. Елена попробовала — кислое, теплое. Надо было в ведро со льдом поставить.

— Пойду спать, — сказала она мужу. — Голова разболелась.

В степи звонко стрекотали цикады. Небо было низкое и черное, усыпанное крупными звездами. Над морем стояла желтая луна.

В спальне Елена задернула шторы и легла, с наслаждением раскинувшись на прохладной постели. Тихо жужжал кондиционер, из сада доносились смех и голоса мужчин, где-то на соседней улице лаяли собаки... Проехала одинокая машина, осветила фарами квадрат окна. Елена закрыла глаза.

Она представляла себе каменную пристань и лунную дорожку сверкающей полосой на темных волнах. Хорошо было плыть по золотому блеску в дальнюю даль, за смутную линию горизонта. Сквозь дрему она слышала, как вошел муж. Он поплескался в душе и лег. Его рука была слишком горячей, и Елена отодвинулась.

Посреди ночи она проснулась. Как будто кто-то шепнул на ухо: вставай, мол, пора. Что пора? Куда пора? Елена села. Очертания предметов тонули в лунном свете. Мужа рядом не было. Смятая подушка, сброшенная на пол простыня, которой он укрывался... Дверь в коридор заперта.

Елена босиком, на цыпочках подошла к двери, приникла к ней — ни звука. Она повернула ручку. Тихий щелчок замка показался выстрелом.

В коридоре густой мрак и тишина окутали ее, но всего лишь на минуту. И знакомый, страшный не то шепот, не то торопливый взволнованный шелест раздался где-то вверху, в мансарде. И вздохи, стоны... У-ууу... А-ааа-а-аххх... Чьи-то крадущиеся шаги, поскрипывание, шорох...

Опять! Она уж думала, с этим покончено.

Елена скользнула вперед, наткнулась в темноте на кого-то и едва сдержала крик. Чья-то большая горячая ладонь зажала ей рот.

— Тихо... тихо... все хорошо... это я...

Елена мычала и брыкалась, пока не узнала голос мужа, запах его тела, аромат его туалетной воды.

— Всё, всё... не бойся...

Он почувствовал, как ее тело обмякло, и убрал руку.

— Ты... слышал? — вымолвила она пересохшими губами.

— Да, потому и встал. Хотел посмотреть, что это.

— Почему меня не разбудил?

— Зачем? Чтобы ты испугалась?

— Я ужасно испугалась! Проснулась, а тебя нет...

Они говорили шепотом, невольно прислушиваясь к замершим наверху звукам. Кованые перила лестницы поблескивали отраженным от окон тусклым светом.

На втором этаже, кроме Елены и ее мужа, никого не было. Внизу, в каминном зале, ночевал охранник.

— Побудь здесь, — сказал муж, — а я поднимусь в мансарду. Только не кричи, спугнешь «его».

— Нет! — вырвалось у Елены. — Я здесь не останусь! И с тобой не пойду...

Эхом пролетел над ними шорох-лепет, заскрипели доски пола. Елена прижалась к мужу, схватила его за руку и сцепила зубы, чтобы не завопить от ужаса.

— Подожди... Пусти, я позвоню Антону. Черт, телефон в спальне. Я мигом!

— Нет! — Елена повисла на нем всем телом, мешая двинуться.

Шепот-лепет, вздохи-стоны, шаги оглушали ее. Она цепенела, задыхалась, теряла сознание. Кто там может быть, в мансарде, куда ведет единственная лестница, которая у них перед глазами? Как этот кто-то туда поднимается? Как он оттуда спускается?

Что-то грохнуло, как будто человек споткнулся на ступеньках, выругался и...

— Кто тут? — не выдержала Елена.

— Это я, Елена Захаровна, — отозвалась темнота голосом Антона. — Услышал шум и решил подняться. Напугал? Извините...

— Фф-фу-у...

Луч фонаря прорезал коридор. Охранник в майке и шортах, зевая, поднимался с первого этажа.

— Что случилось? Опять шалят в мансарде?

Соблюдать тишину было уже незачем. Кто бы ни был «шепчущий», как с легкой руки хозяина прозвали ночного гостя, тот уже услышал, что его ищут. Теперь он затаится до следующей ночи, когда ему снова вздумается забавлять себя чужим страхом.

Антон поднялся в мансарду и никого там не застал. Как всегда. Плотно закрытые окна, закрытые снаружи дверки под крышу. И чудесная акустика...

— Ты что-нибудь слышал? — спросила его Елена.

Парень покачал стриженой головой.

— На первом этаже полный глухарь, — сказал он. — Там только с улицы шум доносится. Собаки, пьяные, машины... И когда ветер гудит. А шепот этот туда не доходит. Я от ваших голосов проснулся.

Он направил свет фонаря в сторону, нарочно не зажигая ламп. Хозяйка небось в одной сорочке выскочила из спальни... Негоже ее смущать. Она и так нервная. Красивые женщины все имеют тонкую душевную организацию. А Елена Захаровна — очень красивая.

— На сегодня, кажется, концерт окончен... — выдохнул хозяин. — Завтра с утра обыщи каждый закоулок в мансарде. Я тоже приду.

— Так сколько раз уж искали. Нет там ничего!

Елена до утра глаз не сомкнула. Муж почти сразу уснул, а она лежала, пытаясь не думать о темноте, о шепоте и о том, что она иногда видела в дальнем углу сада, где забор примыкает к сараю...

На рассвете Антон протопал по лестнице наверх, в мансарду. Было слышно, как он двигает мебель, хлопает дверцами, ведущими под крышу. Ночное происшествие теперь казалось глупым и не заслуживающим внимания.

Муж натянул шорты и осторожно выскользнул за дверь. Он думал, Елена спит. Она не хотела открывать глаз, не хотела никого видеть. Когда мужчины после бесплодных поисков спустились во двор, она встала, умылась и подошла к окну.

Елена смотрела, как прозрачные струйки воды смывают пыль с цветов и листьев. Если бы так смыть мутную пелену с ее мыслей...

— Антон! — окликнула она охранника. — Нашли что-нибудь?

— Не-а...

Зачем спрашивать, если заранее знаешь ответ?..

Подмосковье

Господин Ельцов, президент страховой компании «Юстина», устраивал в своем загородном доме вечеринку по случаю именин жены.

Собралась солидная, изысканная публика. Дочь Ельцовых — Астра — приехала вместе с женихом. Это была странная пара. На людях они вели себя чуть ли не как супруги, но, оставаясь наедине, воздвигали между собой необъяснимый барьер, сломать который не удавалось ни изредка случающейся интимной близости, ни совместной деятельности. Несостоявшаяся актриса и владелец конструкторского бюро на досуге занимались частным сыском. Слово «подрабатывали» здесь было неуместно, так как Астра Ельцова в деньгах не нуждалась, а Матвею Карелину хватало того, что приносило бюро.

После обильного ужина с устрицами и шампанским, общество разделилось.

Дамы прогуливались в саду, где хозяйка показывала им клумбы и кусты барбариса. Мужчины остались в гостиной курить сигары. За раскрытыми настежь окнами цвел жасмин, облитый медным закатом. Где-то в соседних дворах бренчали на гитаре, жарили шашлыки. Из-за забора тянуло дымком.

Лето в этом году стояло жаркое, пыльное. Москвичи, кто мог себе позволить уехать из города, спасались от духоты на дачах. Палисадники приходилось поливать. Вода в речке нагревалась за день, как парное молоко. С террасы дома были видны зеленый склон, сосны и песчаная отмель.

— Пойдем искупаемся? — предложил Матвей.

— В этом лягушатнике? — брезгливо скривилась Астра. — Там дети всю муть со дна взболтали.

— Тебе не угодишь... В бассейне — хлорка, в речке — грязь. Так это же экологически чистая грязь!

Она рассмеялась. От выпитого шампанского слегка кружилась голова.

— На самом деле я просто изнываю от скуки. Развесели меня, Карелин!

Он вяло пытался шутить, вспоминать старые анекдоты.

Ельцов из гостиной внимательно наблюдал за дочерью. Что за отношения у нее с этим Матвеем? Когда тот придет свататься, руки просить? Или законный брак вовсе из моды выходит?

— Угощайтесь... — он машинально протянул коробку с сигарами подошедшему гостю. — Доминиканские.

Тот вежливо поблагодарил, проследил раздраженный взгляд Ельцова.

— Дети, дети... — вздохнул. — Вроде бы выросли уже, а отцовское сердце все болит за них, все тревожится. Как дочка, Юрий Тимофеевич? Счастлива?

— Черт их разберет теперь! — с сердцем произнес хозяин дома. — Чего им надо? Чем они живут? Какими идеалами? Погубит женщин эмансипация, как пить дать. Самостоятельность приличных барышень до добра-то не доводит!

Он осекся под пристальным взглядом гостя. Тот обрезал кончик сигары, но закуривать не спешил, будто выжидал или собрался заговорить о чем-то важном.

Господин Юдин занимался лесной промышленностью, обработкой древесины и прочим сопутствующим бизнесом. Дела у него шли с переменным успехом, но в последнее время наладились. У Юдина был сын, который во всем помогал отцу, и, по слухам, отличался коммерческим чутьем, любил рисковать, но всегда оправданно. Несколько смелых контрактов принесли ему хорошую прибыль.

— А твой парень как, Аким Иваныч? Женился? Внуков тебе подарил, небось? Не то что моя вертихвостка!

Лесопромышленник поднес кедровую лучинку к сигаре, и, держа пламя на некотором отдалении от кончика, как бы втягивал его в сигару.

«Знает толк! — одобрил Ельцов. — А про сына молчит. Видать, и у того не все гладко!»

— Женился мой наследник, — степенно кивнул Юдин. — Привел в дом невестку. Жить будут отдельно от нас, стариков, детей пока не планируют.

— На комплимент напрашиваешься, Аким Иваныч. Какой же ты старик? Крепок еще, бодр, полон сил. Слышал, проект грандиозный задумал с финнами. Так?

— Так-то оно так... — Юдин с наслаждением затянулся и выпустил облачко ароматного дыма. — Только неспокойно у меня на душе.

— Может, нервы подлечить надо?

С террасы раздался мелодичный женский смех, и Астра в сопровождении «жениха» впорхнула в гостиную. Платье из кремового шелка красиво облегало ее фигуру, щеки горели румянцем.

— Мы вишен возьмем, папа! — весело сообщила она. — И мороженого!

Лесопромышленник поклонился, пропуская молодых людей к столику со сладостями. Мороженое лежало во льду, шоколадное и ванильное, украшенное фруктами: желтые кусочки ананасов, оранжевые дольки апельсинов, зеленые кружки киви...

— У меня ведь домик у моря имеется, — сказал вдруг он. — В Крыму. Лет пять назад купил, достроил по своему вкусу. Не люблю отдыхать в отелях и пансионатах. Жена тоже предпочитает домашний уют гостиничному сервису.

Ельцов рассеянно кивал, не выпуская из виду Астру. Они с Матвеем устроились в плетеных креслах на террасе. Косточки от вишен, конечно же, бросают вниз, на клумбу. Мать увидит — достанется им на орехи.

Гости негромко переговаривались. Пили французский коньяк, курили.

— Хочу твою дочь с женихом пригласить в Крым... Или они куда-нибудь в другое место собираются? На Золотые Пески или в Тунис?

— А... нет, нет! Впрочем... я не знаю.

— Там как раз мой сын с женой, — улыбался Юдин. — Еще в конце мая поехали. Наслаждаются морем, солнцем. Пусть молодежь познакомится. Глядишь, и подружатся.

«Молодежь! — удивился Ельцов. — Твоему парню, по моим подсчетам, никак не меньше тридцати. Мы в эти годы...»

Лесопромышленник помешал ему развить мысль о чрезмерной опеке, которую нынешние родители оказывают своим детям.

— Думаю, они найдут общий язык. Пойдем на воздух, мой друг, надымили мы здесь. Хозяйка бранить станет.

Внешность, манеры и речь Юдина были нарочито старомодны. Коммерсант слыл поклонником традиций русского купечества в лучшем смысле этого понятия. Старался держать марку.

Он извинился и отправился на террасу, заговорил с Астрой. Та передала вишни «жениху», поднялась и облокотилась на перила. Юдин курил — ветерок уносил дым в сторону зарослей орешника. Небо потемнело. Мошки и ночные мотыльки слетались на свет, бились в стекла и путались в легких шторах...

«С чего он вдруг заинтересовался Астрой? — недоумевал Ельцов. — Решил в Крым ее пригласить? Неспроста это...»

— Люблю запах дорогих сигар, — улыбалась она Юдину, чувствуя себя *Ларисой из «Бесприданницы»*, которая флиртует с богатым купцом.

Все-таки годы учебы в театральном оставили неизгладимый след в ее душе. Нет-нет да взыграет непонятный кураж, желание войти в образ. И ведь получается! Отчего-то не на сцене, а в жизни.

— Зря вы от карьеры актрисы отказались...

— Сцена не для меня, и я, очевидно, не для нее. У меня обыкновенная внешность, — напропалую кокетничала Астра. — Так что ни примадонны, ни кинозвезды из меня бы не вышло.

— У вашего отца столько возможностей...

— Покупать популярность за папины деньги — оскорбительно!

— У вас выразительные глаза, — не сдавался Юдин. — Великие актрисы не обязательно были красавицами...

Астра сияла. Она стояла к Матвею спиной, перегнувшись через перила и глядя в сад; во всей ее непринужденной позе, в жестах и звуках голоса сквозило очарование. Она осознавала свою привлекательность и упивалась производимым впечатлением.

«Знает секрет женского обаяния и пользуется, — сердился Матвей, доедая мороженое. В тепле оно сразу потекло, превратилось в густой сладкий крем. — Мне назло заигрывает с другим мужчиной. Тот уже немолод, но элегантен, подтянут, самоуверен. Такие в любом возрасте нравятся женщинам. О чем они говорят?»

Он, как ни стыдил себя, не мог не прислушиваться. До него долетали обрывки фраз — Юдин расхваливал степной Крым, лазурную чистоту моря, прозрачный воздух...

— Вы знакомы с моим сыном? Спиридон Юдин, поставки древесины для финских строительных компаний.

— Папа говорил...

«Спиридон Юдин? — напрягал память Матвей. — Что-то крутится... Нет, если и слыхал, то мельком. Видимо, у них семейный бизнес».

Тем временем разговор между Астрой и лесопромышленником сосредоточился на летнем отдыхе и преимуществах Крыма перед другими курортами.

— На Кавказе сейчас неспокойно... В Сочи слишком людно, галька, камни... Турецкая изнурительная жара не всякому по вкусу... Египет? Эти пирамиды просто навязли в зубах...

Черногория... Испания... Французская Ривьера... Таиланд... Канарские острова... Названия сменяли друг друга, и Юдин все критиковал. Там лесные пожары, тут угроза цунами... птичий грипп... чрезмерно острая пища... обрывистые берега...

«К чему он клонит?»

— Я тоже люблю песчаные пляжи... — поддакивала Астра. — И чтобы не сразу глубина. Идешь, и каждую ракушку на дне видно...

— У меня есть вилла в Крыму...

«Так бы и говорил! — раздраженно подумал Матвей. — А то начал издалека. Никак, приглашать будет?»

— Приезжайте в гости! — голос Юдина зазвучал просительно. — Сочту за честь принимать вас вместе с господином... э-э...

— Карелиным, — подсказала она. — Это мой... жених.

Маленькая заминка вызвала у Матвея неожиданную досаду, хотя он сам решительно возражал против такого ярлыка. Он не собирается жениться, Астра не желает выходить замуж...

— Мой сын с женой хотят провести там все лето, — продолжал Юдин. — Я был бы счастлив, если бы вы...

«Прямо соловьем заливается! — отметил Матвей. — У меня плохое предчувствие...»

Из услышанной тирады ему понравился один факт: Спиридон Юдин женат, причем недавно, и медовый месяц молодые проводят на отцовской вилле «Элоиза».

«Я становлюсь ревнивым занудой! — укорил он себя. — Астра тоже хороша — пустила в ход все женские уловки. Зачем, спрашивается? Чтобы мне нервы пощекотать? Тогда она наверняка примет приглашение. Мне в пику! Она уже намекала на скуку...»

Юдин бросил взгляд в его сторону, и Матвею ничего не оставалось, как вежливо кивнуть и вернуться в гостиную. Лесопромышленник явно тяготился его присутствием.

— Наконец, мы одни...

— Вы можете доверять Матвею так же, как и мне, — вполголоса произнесла Астра. — Ведь мы поедем вдвоем. У меня нет от него тайн. А у вас есть деликатное поручение, которое придется выполнять нам обоим...

Аким Иванович смешался. Дочь Ельцовых оказалась догадливой. Хотя ее именно такой и рекомендовали.

— Вы опередили мою просьбу... Значит ли это, что я могу рассчитывать на вашу помощь?

— Сначала объясните, в чем она заключается.

— Да-да...

Сигара давно потухла, но Юдин этого не замечал, перекатывая ее между пальцев.

— Мне неловко перед вашим отцом. Я не сказал ему, что... впрочем, не важно. Мне посоветовал обратиться к вам один ваш знакомый, Борецкий[1].

_____

[1] О связанной с этим детективной истории читайте в романе Н. Солнцевой «Золотой идол Огнебога».

Вы его выручили в крайне неприятной ситуации. У вас есть определенные способности... чувствовать людей... проникать в их мысли и даже... вступать во взаимосвязь... с потусторонними силами...

Каждое слово Юдин выдавливал с величайшим трудом, осознавая, как дико, нелепо он выглядит перед дочерью давнего знакомого. Пожалуй, барышня примет его болтовню за старческий маразм.

— Не волнуйтесь, я не подумаю о вас ничего дурного, — мягко улыбнулась Астра. — С людьми иногда случаются странные вещи. Должен быть кто-то, кому они могут довериться.

Она выпрямилась и повернулась спиной к саду. Окна гостиной были уже закрыты и ярко освещены. Свет падал на лицо Юдина, подчеркивая его растерянность и смущение.

— В нашем доме в Крыму... происходит что-то... — он запнулся, подбирая подходящее выражение.

— Просто рассказывайте.

— По сути, рассказывать-то нечего. Так, глупости разные. Дом на побережье я купил пять лет назад, разоренным, заброшенным. Постепенно привел в порядок, отремонтировал. Собственно, там два дома — хозяйский и гостевой. Я к ним пристроил столовую, гараж, бассейн соорудил во дворе, фонтан, барбекю... И все было хорошо! А год назад начало твориться черт знает что...

~ ГЛАВА 3 ~

Горный Крым. Год тому назад

Он давно облюбовал эту пещеру и даже придумал ей название — грот Дианы. В старинных парках зачастую устраивали искусственные гроты. Здесь же образовалась естественная полость в горном массиве, закрытая снаружи намертво вцепившимся в каменистую почву кустом можжевельника.

Он наткнулся на вход в пещеру случайно, гуляя, как обычно, в одиночестве и любуясь скалами. Чуть ниже тропы, которая поднималась к пещере, расположилась шумная, пестрая группа туристов — парни и несколько девушек. Они разбивали палатки на зеленом плато, поблизости от источника. На камне стоял приемник, откуда, заглушая стук топора, неслись незатейливые песенки.

Девушка в спортивных брюках и черной футболке отделилась от дружной компании, пошла собирать хворост.

«Скоро разведут костер, чтобы варить кашу с тушенкой или макароны, — подумал он. — Потом повесят над огнем закопченный чайник, набросают в родниковую воду горных трав, заварят и будут пить вприкуску с конфетами. Как все знакомо со студенческих лет, как непритязательно! Ничего нового. Кто-то начнет бренчать на гитаре, кто-то затянет походную песню, остальные станут фальшиво подпевать. Какая-нибудь парочка уединится и под ночные шорохи станет целоваться в темноте, в кустах. Кто-то будет ревновать, кто-то завидовать, кто-то смахнет непрошеную слезу... Ничего не меняется под луной и звездами!»

Туристы его раздражали. Они вторгались в живописный мир гор ненужным, чужеродным элементом. Хорошо, если пожара не устроят и уберут после себя мусор. А то ведь набросают бутылок, консервных банок, бумаг, и отправятся дальше, — рубить вечнозеленые деревья, вытаптывать редкие породы цветов, загаживать родники и горланить песни, пугая животных и птиц.

Девушка, собирающая хворост, удалялась от палаток, — она грациозно наклонялась, поднимая редкие веточки низкорослой крымской сосны. Охапка хвороста в ее руках росла. Девушка решила не носить ее с собой, а складывать в приметном месте — у подножия круглого валуна. Она и сама присела отдохнуть. Ее взгляд медленно скользил по близлежащим скалам, но на миг остановился, задержался на чем-то...

Ему показалось, она смотрит прямо на него.

«Ты не можешь меня видеть, — подумал он. — Я надежно укрылся в густых зарослях. Даже если подойти вплотную, ничего толком не разглядишь. Я умею прятаться! Это мое хобби».

Лицо у нее было розовое, едва тронутое загаром, волосы забраны в пышный пучок. Черный ворот футболки оттенял нежную шею. Похоже, туристы приехали в Крым только вчера, иначе южное солнце и морской ветер наложили бы на их кожу свой макияж. Собирательница хвороста оказалась молодой, вполне созревшей женщиной, в ту ее пору, когда это уже не бутон, но еще и не распустившийся цветок. Ее красота ударила безмолвного наблюдателя-невидимку в самое сердце. И поразила...

Конечно, она его не увидела. Просто ее что-то насторожило, должно быть таящаяся в буйстве зелени угроза. Ей, наверное, стало не по себе, и она поднялась, прикидывая, спускаться в лагерь или продолжать собирать сухие ветки.

Он сообразил, на кого она похожа — на прекрасную ясноликую Диану-охотницу. Не хватало малого: лука и колчана у нее за плечами, вереницы сладкоголосых нимф, повсюду следующих за богиней, криков и веселого смеха, лая собак, подхваченного многозвучным горным эхом. Не хватало золотой кифары, чтобы сыграть волшебную мелодию, под которую красавицы станут водить хороводы на цветущей поляне...

Молодая женщина подняла голову, и взгляд ее упал прямо на куст можжевельника, закрывающий прохладный грот. Но она слишком устала сегодня, чтобы карабкаться вверх. В другой раз, возможно, завтра...

«Я назвал тебя Дианой, — мысленно обращался к ней человек-невидимка. — Потому что ты прелестна. Я тоже люблю охоту. Только тебе не удастся сотворить со мной то, что жестокая Диана сотворила с беспечным Актеоном. Он не сделал ей ничего плохого, просто охотился в ее угодьях, среди мирт и платанов. Ему захотелось отдохнуть в тени увитого зеленью грота. Он не знал, что там богиня готовится к купанию, что она уже сбросила короткий легкий хитон, сняла сандалии и ждет, когда нимфы принесут прозрачной воды из ручья...»

Актеон посмел войти в священный грот и узреть обнаженную Деву. Нимфы поспешили закрыть ее от взора смертного, но было поздно. Зарделось гневом лицо богини, грозно засверкали ее очи, и в то же мгновение юный Актеон превратился в оленя. Ветвистые рога, длинная шея, копыта вместо ног и рук, пятнистая шерсть, покрывающая тело, — и свора его же собак с громким лаем кинулась за оленем, не узнавая в нем своего несчастного хозяина. Настигли и затравили собаки невинного юношу только за то, что он нарушил уединение Дианы, увидел ее сияющую небесную красоту...

Разве это справедливо? За что так безжалостно расправилась богиня с бедным охотником? Чем он оскорбил ее? Взглядом, исполненным восхищения, вспыхнувшей, быть может, страстью?»

— Почему так бессердечны красавицы? Неужели даже богини не избавлены от злобной ярости? Диана целомудренна и девственна, как *холодная бесплодная Луна. Но Актеон не посягал на ее чистоту, — прошептал он вслух.*

И тут же осекся, закусил губу.

«Не успел посягнуть!» — возразил женский голос.

Наблюдатель-невидимка вздрогнул. Кто-то его подслушал, прочитал его мысли? Или это его собственное воспаленное воображение говорит с ним?

Молодая женщина, не подозревая, какой поток негодования и вожделения она вызвала, продолжала собирать хворост.

Невидимка послал ей воздушный поцелуй. Завтра он придет сюда снова, и послезавтра, и...

— Я не прощаюсь, — прошептал он, пожирая глазами фигуру туристки. — Жди меня, коварная Диана. Я призрак Актеона, который явился для мести...

Поезд Москва — Евпатория

Виринея Нагорная плохо спала в поездах — стук колес, надоедливый железный лязг, запах угольной пыли и туалета, духота в купе действовали ей на нервы. Она выходила ночью в коридор, продуваемый сквозняками, подолгу стояла, облокотившись на поручень и глядя на пролетающие мимо огни. С грохотом и воем мчались по соседним путям длинные товарняки. Какая-то соринка попала ей в глаз. Пришлось идти в уборную, промывать глаз водой... Из мутного, заляпанного зеркала на нее смотрела утомленная жизнью дама со следами былой красоты на лице. Глаз болел и слезился. Волосы сбились от неудобных поездных подушек, кожа стала тусклой и помятой.

Самолетом она добралась бы скорее, но в нынешних условиях госпожа Нагорная предпочитала пользоваться наземными видами транспорта. Трястись сутки в железнодорожном вагоне было нестерпимо, но из поезда она, по крайней мере, выйдет живой.

Остаток ночи Виринея пробовала медитировать, представляя себе синюю морскую гладь, бескрайний простор и ласковый бриз. Боль в глазу, изнурительная тряска и твердое ложе мешали приятному расслаблению. Под столиком звенели пустые бутылки из-под водки и пива. На верхней полке храпел пузатый мужчина, который ехал в Саки лечить ревматические суставы. Днем он то и дело жаловался, как его измучили всевозможные хвори, при этом выпивая и закусывая водку солеными огурцами и домашней колбасой с чесноком.

— Угощайтесь! — радушно приглашал он остальных пассажиров. — А то неловко как-то! Колбаса свежая. Перед самым отъездом покупал.

Те вежливо благодарили и отказывались. Виринея попросила открыть окно. Она прижимала к носу надушенный платочек в надежде, что толстяк поймет деликатный намек, но тому и в голову не приходило, что его трапеза вызывает у других не аппетит, а отвращение.

Молодые муж и жена, которые ехали отдохнуть на море, ходили обедать в вагон-ресторан. Вечером они, как и госпожа Нагорная, ограничились чаем.

— Вы же голодом себя морите! — возмущался пузатый. — Это вредно для организма.

Виринею тошнило от одного взгляда на жирную колбасу и пирожки с ливером, которые тот уписывал. «Как он вообще выживает при таком питании? —

думала она. — Надо иметь железное здоровье, чтобы переваривать подобную еду».

Сама она была поклонницей вегетарианской кухни и различных целебных диет, занималась двумя видами йоги, по вечерам опускала ноги в тазик с раствором соли, дабы нейтрализовать всю накопленную за день негативную энергию, и развивала способность видеть «третьим глазом».

Именно «третий глаз» помогал ей выявлять смутьянов, то есть людей, которые вносили раздор в коллектив, плели интриги и своим вредоносным воздействием повышали заболеваемость среди сотрудников.

Госпожа Нагорная имела диплом психолога, но давно отказалась от рутинного подхода к своему делу. Она охотно осваивала новейшие методики и смело внедряла нетрадиционные практики. Ес тренинги слыли дорогим удовольствием, зато давали быстрый эффект. Она организовала «Семейный клуб», где мужья и жены постигали науку взаимопонимания. При этом никто из них не задумывался, почему сама госпожа Нагорная живет одна и не помышляет о замужестве.

Естественно, что она не афишировала два собственных неудавшихся брака. С содроганием вспоминая бывших мужей, Виринея дала себе слово — никогда больше не наступать на эти грабли.

Естественно и то, что люди берутся учить других тому, чего сами делать не умеют. Это распространенное увлечение. Давать советы куда легче, чем следовать им. На личном опыте психолог Нагорная убедилась: правильные вещи отчего-то зачастую приводят к неправильным результатам. Разумеется, она не собиралась делиться этими выводами со своими «учениками».

«Будь у меня хоть семь пядей во лбу, есть экземпляры человеческой породы, которые не поддаются психологической коррекции, — решила она. — Оба мои мужа были как раз такими. Я не виновата, что они не в состоянии взглянуть на себя со стороны и исправиться!»

Виринея успокоилась. Ей не повезло, вот и все. Зато она может помочь другим и готова посвятить этому благородному делу всю свою жизнь.

Теперь, когда у нее открылся «третий глаз», ей удавались некоторые трюки с чужим подсознанием. Она заявляла, что видит людей насквозь, и они не смели ей возражать. Они соглашались даже с тем, что совершенно не совпадало с их внутренними убеждениями.

«Наверное, мы не понимаем всей глубины ее прозрений, — рассуждали они. — Ей виднее, что с нами происходит. Она изучила много умных теорий. Она — профессионал. Кто мы такие, чтобы оспаривать ее мнение?»

У госпожи Нагорной проклюнулись незаурядные творческие задатки в живописи, литературе и даже музыке. Изредка, в особо душевные вечера, она доставала из деревянного футляра бамбуковую свирель и дула в нее, извлекая протяжные унылые звуки. Эти свистящие вздохи должны были очищать окружающее пространство от скверных мыслеформ и дурных намерений.

Стены клуба были увешаны картинами Нагорной, в которых яркие краски компенсировали отсутствие какого-либо смысла.

— Это фантазии космического разума, — перешептывались посетители. — Воплощенные на полотне кистью нашей наставницы.

В клубной гостиной каждый желающий мог приобрести брошюрку с общими рекомендациями В. П. Нагорной по психологии семьи и красиво изданную книгу ее эзотерических стихов.

Прошлым летом она организовала коллективный выезд своих подопечных на море, где провела курс «позитивных медитаций» под открытым небом, направленных на гармонию сексуальных отношений и личностный рост. Люди остались довольны. Этим летом члены клуба планировали совместный отдых в Геленджике с семинарами по йоге и вегетарианской кухней. Но *высшие силы* распорядились иначе.

Неделю назад в уютный кабинет Виринеи постучался поздний гость. Она уже собиралась домой, однако пришлось задержаться. Гость сделал ей очень выгодное предложение, от которого она не смогла отказаться...

Собрав в срочном порядке своих последователей, госпожа Нагорная объявила, что астрологический прогноз на это лето неблагоприятен, поэтому поездка в Геленджик, к сожалению, откладывается.

— На сей раз звезды не готовы делиться с нами положительной энергией. Посвятите время отпусков детям и старикам, уделите внимание своим близким...

Она произнесла короткую, полную сострадания речь, и растрогала присутствующих. Расходились все пристыженные, осознавшие собственный эгоизм и преисполненные человеколюбия.

Виринея с облегчением вздохнула, прошлась по магазинам, накупила летних обновок и взяла билет на поезд до Евпатории. Оказалось, мест в СВ нет...

— Только купейные, — сказала кассирша. — Берите, а то и этих не будет.

Теперь она вынуждена была ехать в жарком вагоне, дышать потом и чесноком, слушать глупую болтовню и считать часы до прибытия поезда в знаменитый город-курорт.

Поезд мчался мимо однообразных южных селений: выбеленных с синькой домов из ракушечника со сплошной стеной заборов, с запыленными окнами на фасадах, с чахлыми от жары садами. Выцветшее небо казалось таким же известково-голубым, как пролетающие за окнами поселки.

Госпожа Нагорная задумалась о том, какая перед ней стоит задача. Ее обещали встретить на вокзале и доставить до места проживания. Тоскливое предчувствие сжало ей сердце...

~ ГЛАВА 4 ~

Москва

Гости Ельцовых разъехались за полночь. Машины одна за другой, освещая фарами придорожные кусты, выкатывались из ворот и устремлялись к трассе.

Матвей давно заметил, что Астра исчезла. После разговора с Юдиным она задумчиво посидела в гостиной на диване, любуясь горящими свечами — огонь был ее слабостью и страстью, — потом взяла со стола фужер с красным вином и... больше он ее не видел.

— Вы что, поссорились? — спросила Лилиана Сергеевна, мать Астры.

— Нет.

— Почему сразу «поссорились»? — проявил мужскую солидарность Ельцов. — Может, она выпила лишнего, вот и решила прилечь.

«Значит, она в своей комнате», — догадался Матвей. Он напрасно искал глазами Юдина, тот уехал первым.

Долг вежливости требовал, чтобы Карелин, как будущий зять, участвовал в церемонии провожания гостей. Матвей пожимал мужчинам руки, подавал женщинам легкие накидки...

Когда со двора выехал последний автомобиль, он закрыл ворота и, отмахиваясь от комаров, обошел вокруг дома. В окне у Астры не было света. Спит, что ли? Он взялся за прутья решетки, подтянулся и заглянул в комнату. Сквозь легкие шторы просвечивался экран телевизора...

Астра смотрела чертову флэшку! Ту самую, обнаруженную в тайнике коттеджа баронессы Гримм[1]. Безумный убийца с какой-то целью записал разрозненные эпизоды. А возможно, и без цели. Но Астра ухватилась за этот странный зловещий «фильм», найдя в нем связь с магией древних кельтов и почему-то считая, что каждый фрагмент содержит в себе запечатленный образ будущего.

— Все так или иначе осуществится, — твердила она. — И мы станем свидетелями воплощения этого «кино» в нашей с тобой жизни.

Матвей наизусть помнил содержание видео из тайника...

Блестящая змея кольцами обвивает ствол дерева... всадники скачут за диким кабаном, который заманивает их в туман... очаг под мрачными сводами замка, над ним котелок с булькающим варевом... бронзовая русалочка сидит на постаменте посреди водоема... венецианский карнавал с танцующими масками... отрубленная голова на золотом блюде... фасад старинной усадьбы с необычным декором... толпа ряженых сжигает соломенное чучело... обнаженные любовники в масках... россыпь Млечного Пути на ноч-

---

[1] О связанной с этим детективной истории читайте в романе Н. Солнцевой «Свидание в Хэллоуин».

ном небе... статуя Афродиты в венке из лиловых цветов... корова, жующая траву... виселица с раскачивающимся на ветру повешенным...

Он вернулся в дом и постучал в дверь ее комнаты, но Астра не услышала. Она была поглощена просмотром кадров, которые видела десятки раз! Матвей вошел без разрешения.

— Надеешься найти что-то новое?

— Фу... ты меня напугал.

Она сидела на диване, поджав ноги, как в детстве. Бокал с вином стоял на тумбочке.

— Я стучал...

— Признайся, ты не верил, что эти кадры показывают нам будущее. А ведь больше половины уже осуществилось.

— Не в точности! — возразил Матвей.

Он присел рядом, прикоснулся рукой к ее волосам. Не увлекайся она разной чертовщиной, у них уже завязался бы роман!

— Это же только символы...

— Что? А... да...

Должно быть, между ними уже возникло серьезное чувство. Настоящая страсть тлеет незаметно, чтобы вспыхнуть жарким пламенем.

— О чем ты говорила с Юдиным?

— Нашей скуке пришел конец! Мы едем в Крым, в Береговое. Там у Юдина дом. Он хочет, чтобы я кое в чем разобралась.

Матвей покачал головой. Ему было некогда скучать! Конструкторское бюро «Карелин» задыхалось от заказов, а в свободное время он работал с группой подростков в военно-спортивном клубе «Вымпел». Обучал их «русскому бою», выживанию в экстремальных условиях и водил в походы. На лето он наметил два пеших путешествия — по дальним подмосковным пещерам и на озера. Рыбалка, ночные костры, уха, запеченная в углях картошка...

— Я пообещал своим мальчишкам, что мы опять займемся спелеологией. Они увлеклись! Мы разведывали ближние пещеры — так, по-дилетантски. Все равно интересно. Парни были в восторге. Потом у нас запланирован палаточный лагерь на озерах, тренировки на воздухе...

Он замолчал, понимая, что Астра уже приняла решение, и его доводы ничего не изменят. Придется все отложить.

— Сейчас середина июня, — сказала она. — Надеюсь, к августу мы управимся.

— К августу?! Торчать в чужом доме полтора месяца?

— Не «торчать», а работать. Заодно и отдохнем. Я два года не купалась в море.

— Знаешь, мой опыт говорит, что работа и отдых несовместимы. Юдин посулил тебе большой гонорар? Наверное, хочет отправить нас следить за сыном и невесткой. Проверка родственников на благонадежность! Иногда я бываю безмерно счастлив, что мой валютный счет в банке ограничивается суммой с четырьмя нулями. Прибавь туда пятый, и жизнь превратится в сущий ад. Подозревать всех и каждого в корыстолюбии, в притворстве...

Он споткнулся, поймал себя на ревности и насупился. Астра, вероятно, едва сдерживает смех, угадав истинную причину его негодования.

— Да, я ревную! — признался он. — Я звал тебя в поход на озера, но ты отказалась. А стоило Юдину заикнуться о доме в Крыму, как ты готова собирать чемоданы. Хочешь, я скажу, в чем его проблема? Он плохо думает о невестке — дескать, вышла замуж за его ненаглядного сыночка исключительно по расчету. И папаша будет из кожи вон лезть, доказывая это. Потому что Спиридон Юдин — не просто молодой привлекательный мужчина. Он наследник отцовского капитала. Теперь каждая женщина, которая осмелится его полюбить, должна будет пройти круг испытаний...

— Чего ты завелся?

Астра с недоумением уставилась на него. Комнату освещал только мерцающий экран телевизора, то выхватывая из темноты лицо Матвея, то погружая во мрак. За окном шумели яблони, над садом взошла яркая романтическая луна.

— Скажешь, я не прав? — ожесточенно спросил он.

— Юдин ни словом не обмолвился о невестке. Он попросил присмотреться ко всем обитателям дома. Его насторожили странные происшествия...

— Какие, например? Женитьба сына? Зуб даю, что у жены Спиридона Юдина ни гроша за душой. Сколько ему лет, кстати?

— Тридцать...

— Следовательно, она округлила тридцатилетнего несмышленыша и теперь подсыпает ему в коньяк микроскопические дозы яда. Папаша небось не одну богатую невесту предлагал своему недальновидному отпрыску. А тот всех отвергал, чтобы привести в семью голодранку. Как тут не нанять частного детектива? Капитал в опасности!

Матвей сам не понимал, откуда в нем эта злость. Должно быть, он не хочет выглядеть меркантильным в глазах Ельцовых, поэтому не ухаживает за Астрой всерьез. Вот, если бы у нее не было такого отца, как президент компании «Юстина», он бы, пожалуй, рискнул.

— Деньги порой сильно усложняют жизнь... — пробормотала Астра. — Но в случае с Юдиным есть еще что-то. Он явно рассказал мне не все. По его мнению, в доме возникла тяжелая атмосфера, которой раньше не было. Они с женой любили провести там недели две то весной, то в бархатный сезон, но теперь госпожа Юдина наотрез отказывается ехать. Этой осенью, в сентябре, она обнаружила в спальне ядовитого паука. Каракурта! Его еще называют «черная вдова». Паук чудом ее не укусил.

— Ну и что? Каракурт — не какая-нибудь экзотическая тварь. Они, как известно, водятся в Крыму. И тарантулы тоже. Кстати, их легко можно принести в дом на одежде. Нечаянно. Вообще, пауки любят заползать в жилища людей.

— Но до сих пор не заползали...

— Веселенький отдых нас ожидает! Ты боишься пауков?

— Ужасно!

Горный Крым. Год тому назад

Он приходил к лагерю туристов каждый день. Видеть Диану стало потребностью. Его тянуло сюда, как тянет акулу на запах крови. Она любила собирать хворост — занятие не для богини! Или ей просто нравилось уединение. Бродить между валунов, идти по тропинке в можжевеловую рощу, искать сухие ветки. Они трещали в огне, и запах от костра шел изумительный, целебный.

Туристы много говорили о дольменах[1], спорили, высказывали противоречивые мнения. Они разведывали новые тропы, где, по слухам, имеются неизвестные «каменные ящики».

---

[1] Дольмены — самые древние сооружения из многотонных каменных блоков, чаще всего это один камень, поставленный на несколько других.

— Если у дольмена снуют толпы паломников, он теряет энергетику, — твердил руководитель группы.

Одни с ним соглашались, другие возражали, но отыскать новый дольмен хотелось каждому.

— Ничего подобного! Наоборот — чем больше людей посещает дольмен, тем он сильней заряжается.

Каких только версий о происхождении загадочных мегалитов не высказывалось, каких только гипотез не выдвигалось!

— Жертвенники друидов...

— Акупунктурные точки Земли...

— Гробницы доисторических племен...

— Ультразвуковые излучатели...

— Дома для карликов...

— Трансформаторы торсионных[1] полей...

— Древнейшие обсерватории...

— В книжках написано, что в дольменах сосредоточена мудрость Вселенной... Туда, отрекаясь от мира, уходили просветленные, чтобы оставить тайные знания потомкам.

— Это каким же образом?

— Затворялись в дольмене и медитировали. Информация, которую они хранили, впитывалась кристаллической структурой камней.

— Дольмены — первое из чудес света...

— Ребята, что за чушь?

Паренек, который бренчал на гитаре, взахлеб доказывал:

— При приближении к сильному дольмену такой страх накатывает, что если у кого черные мысли, лучше туда не соваться. Крыша

---

[1] Торсионный — связанный с кручением.

вмиг поедет, не поймаешь. Некоторые заветные желания загадывают, и все исполняется.

— Не все, а только хорошее, — поправила его рыжая девчонка с икрами велосипедистки. — Дурные намерения дольмен распознает и наказывает злодея.

— Враки...

Парни были настроены скептически, девушки — восторженно. Они вспомнили, как кто-то излечился у дольмена от бесплодия, кто-то получил ценный совет, кого-то посетило пророческое видение. Оказывается, существуют дольмены различного профиля — дольмен Гармонии, дольмен Силы Духа, дольмен Здоровья...

— Не, ребята, я реально заснул у одного дольмена, — признался гитарист. — Прислонился спиной к камню и будто провалился куда-то...

— Правда, что когда подходишь к дольмену, то голова кружится и по телу мурашки бегают? — спрашивала рыженькая. — А некоторых пронизывает насквозь какая-то энергия? И как будто крылья вырастают.

— И становишься ангелом, — поддразнил ее гитарист. — Улетаешь из дольмена прямо на небо.

— Да ну тебя! — обиделась та.

— Есть дольмен Жизни и Смерти — к нему вообще подходить опасно. Особенно человеку неподготовленному...

Эзотерические темы сменялись обычной болтовней, анекдотами, байками о прошлых походах.

Наблюдателю было неинтересно слушать байки, но у костра сидела Диана, и он не мог оторваться от ее лица, словно выточенного из слоновой кости. Она не участвовала в разговорах, только слушала. Что она делала в этой разношерстной компании?

От туристов он много узнал о дольменах. Оказывается, существуют дольмены Запахов, Творчества, Счастья и, конечно же, Высших Способностей. Их много, и все они разные. Не с каждым посетителем вступает в контакт дух дольмена. Сию привилегию надо заслужить.

К дольменам ездят поклониться древнему, непостижимому и великому наследию исчезнувшей цивилизации, — будь то боги, атланты или пришельцы. Раса неведомых и могущественных, которые растворились во Вселенной...

Но ничто не проходит бесследно. Все зависит от способности индивидуума видеть и слышать, от развития его сознания. Для одних дольмены — не более чем старые камни на поляне. Для других — пространство иного измерения, иного бытия. Незримые стражи дольменов ведут строгий отбор: встречают не по одежке... Их не обманешь. Им не предложишь денег, чтобы купить билет в вечность...

У дольменов можно прожить тысячу жизней. Это не просто «нервные узлы» планеты, это живые существа, готовые как поделиться, так и отобрать. То, что они сложены из камней, не имеет значения. Главное в них — не камни...

Дольмены разбросаны по всему миру, и везде люди ломают себе головы над их загадкой. Они созданы по единому принципу — в Африке, Индии и Европе. Одни похожи на скворечники или на пчелиные ульи с высверленными круглыми отверстиями, куда с трудом может протиснуться человек. Когда-то эти отверстия закрывались каменными пробками. Другие — более примитивны, сложены из необработанных плит. Бывают дольмены круглые, овальные, квадратные, прямоугольные, но суть их не меняется. Это зоны пересечения миров — плотного и тонкого, воспринимаемого человеком и закрытого. Не в каждую дверь войдешь...

Наблюдатель устал от этих разговоров. У него начиналась ломота в суставах и головокружение. Диана дразнила его, сидя в кругу туристов, поглощенная бесконечной болтовней... Неужели она не чувствует направленных на нее взглядов, не испытывает предвкушения того, что ей предстоит?

Древние народы использовали дольмены как жертвенники. Он не станет слепо копировать варварские обычаи. У него есть пещера — тайный грот, который ждет свою богиню. Там она заплатит за зло, причиненное мужчинам, за пренебрежение к ним, за юного Актеона, растерзанного сворой собственных охотничьих псов. Жестокость не к лицу нежным красавицам, они созданы для любви, а не для убийства...

Туристы разделились на две группы. Одна уходила на поиски неизвестных дольменов, другая оставалась хозяйничать в лагере — благоустраивать быт, добывать дрова, варить еду. На следующий день они менялись ролями.

Человек-невидимка бродил вокруг лагеря. Он не мог уйти далеко, потому что был связан определенными обязательствами. Он поднимался к лагерю на несколько часов, и только ради Дианы, когда она оставалась на хозяйстве.

Нечего было и думать заманить ее в горы и спрятать в пещере. Хватятся, начнут искать, поднимут переполох, вызовут спасателей или полицию. Шумиха все испортит.

Ночами он ворочался без сна, придумывая варианты похищения собирательницы хвороста — чтобы ее исчезновение выглядело естественным и никого не насторожило. Чтобы никто не пустился на поиски.

Однажды в полнолуние его осенило, как это сделать. Картина охоты на Диану ясно и полно развернулась в его уме, поражая своей простотой. Он, волнуясь, встал, распахнул окно. Запах резеды и петуний хлынул в комнату. В саду шумели кедры, с побережья доносился плеск прибоя...

~ ГЛАВА 5 ~

Крым. Наше время

Горные дороги куда красивее степных. Живописные виды, извилистые повороты серпантина, скалы, кипарисы, запах можжевельника и приземистых крымских сосен. Иногда внизу открывается синяя полоса моря, утопающие в зелени белые домики с разноцветными крышами.

Эльдар Гаранин, потомственный маг, ехал из Ялты в поселок Береговое. Вернее, его везли. Он лазал по горам, а когда спустился, ему позвонили и предложили провести месяц или сколько ему будет угодно на вилле «Элоиза», за определенную плату.

— Вы меня в гости приглашаете? — удивился Гаранин. — Но мы с вами, кажется, не знакомы.

— Это дело поправимое, — усмехнулся абонент. — Вы будете не только гостем. Я прошу об одной привычной для вас услуге.

Маг выслушал, какой услуги от него ждут, и успокоился. Действительно, ничего нового ему делать не придется. Работа не пыльная, хорошо освоенная.

— У меня своя программа, — отнекивался он, набивая себе цену. — Я занят.

Сумма, названная хозяином виллы, заставила его задуматься. В конце концов, он свободный человек, не обремененный никакими обязательствами. Почему бы не пойти навстречу просителю? За такие деньги Гаранину пришлось бы в Москве работать полгода как минимум. А тут можно сочетать приятное с полезным.

— Хорошо, я согласен. Когда выезжать?

— Сегодня. Я пошлю за вами машину.

И вот он сидит в белой «Газели» и любуется коротко стриженным затылком водителя.

— Тебя как зовут, парень?

— Антон.

Короткий вопрос, короткий ответ. И снова в салоне повисло гнетущее молчание.

— А ты неразговорчивый...

Парень не стал возражать, включил музыку, из динамика полился хриплый шансон.

— Выключи! — потребовал Гаранин.

Ему не нравилась «блатная романтика». Он бы индийские мантры[1] послушал, но откуда им взяться у этого Антона.

— Желание гостя — закон... — лениво отозвался водитель.

Дальше ехали в тишине, нарушаемой лишь шумом двигателя и проезжающими мимо автомобилями. Пассажир задремал. Ему привиделся Стоунхендж[2], солнце, пробивающееся между гигантскими каменными глыбами, зеленая трава у их подножия...

[1] М а н т р ы — ритуальные и заклинательные формулы ведизма и индуизма.

[2] С т о у н х е н д ж — всемирно известное каменное мегалитическое сооружение на Солсберийской равнине в графстве Уилтшир в Англии.

К счастью, в Крыму существуют свои крошечные мегалиты[1]. Пусть они уступают размерами и устройством именитым сородичам, но тайна, которая их объединяет, — общая.

«Газель» тряхнуло, и Гаранин проснулся, открыл глаза. Пейзаж за окнами изменился — чувствовалось приближение к степной зоне. Ему казалось, что он дремал всего полчаса, ан нет, времени прошло больше.

— Антон! — обратился он к водителю. — Ты чего молчишь? Зубы болят?

— Вам скучно? Музыку включить?

— Нет уж, уволь...

Маг с возмущенным вздохом откинулся на спинку сиденья. Еще вздремнуть, что ли? Расспрашивать шофера о его хозяине — признак дурного тона. Да и негоже проявлять чрезмерное любопытство. Надо беречь репутацию.

Он сверлил глазами затылок молчаливого Антона, и тот заерзал, занервничал, зазевался на повороте... От резкого торможения Гаранина бросило вперед, он опомнился. Нашел где применять свои способности! Если паренек не справится с управлением, кому хуже будет? И все же ему польстило, что его воздействие оказалось столь эффективным.

Антон сбавил скорость, выругался, смахнул испарину со лба и виновато повернулся к пассажиру:

— Извините...

— На дороге надо быть внимательнее, братец!

Маг счел за лучшее прикрыть глаза, и его опять сморила дрема. Проснулся он уже у ворот виллы «Элоиза», выглянул в окно. Высокий забор из ракушечника был покрыт розовой штукатуркой, как и выступающий над ним двухэтажный дом. Рядом виднелась крыша второго домика поменьше.

---

[1] Мегалит — древнее культовое сооружение из огромных необработанных или полуобработанных каменных блоков.

— Вилла! — фыркнул Гаранин. — Громко сказано...

Антон стоял у ворот, разговаривал с мужчиной, одетым в футболку и светлые брюки из хлопка. Все вокруг дышало жаром. Медленно оседала поднятая колесами «Газели» желтая пыль. В раскаленном воздухе неподвижно застыли туи.

Гаранин взял свою сумку и, выйдя из машины, засмотрелся на плоскую, как ладонь, буровато-зеленую степь с одинокими деревцами. У горизонта ослепительно блестело море. Улица Южная была застроена вдоль дороги одной полосой домов, за ними тянулась другая улица, но впереди ничего не было, кроме степи, неба и моря.

Антон и мужчина, который открыл ворота, как по команде, повернулись в сторону гостя.

— Здравствуйте, — вежливо кивнул мужчина. — Меня зовут Максим, я администратор.

На вид ему можно было дать не больше тридцати пяти лет. Среднего роста, грузный, но не от жира, а от мышечной массы, крепкий, загорелый до черноты, с выгоревшими русыми волосами, с глазами-щелочками.

— Эльдар Гаранин...

Рядом с администратором он выглядел стройным и слегка смуглым, хотя не отличался субтильностью и много времени проводил на солнце, зато был выше на голову.

— Добро пожаловать на виллу «Элоиза»... — источал любезность Максим. — Прошу, входите! Я покажу вам двор, а потом вашу комнату.

— Лучше сразу комнату.

— Как будет угодно.

Во дворе, на деревянной скамейке, сидела женщина потрясающей красоты, как раз во вкусе Гаранина — длинноногая блондинка с развитыми формами. Верхнюю часть ее лица скрывала широкополая шляпа, но нижняя не оставляла сомнений, что глаза и нос ее так же прелестны, как подбородок и покрытые бледной помадой губы.

— Госпожа Ирэн... — прошептал администратор, угадав желание гостя. — Вечером я вас познакомлю.

Душа Эльдара встрепенулась и запела. Скучать точно не придется!

Комната ему понравилась — просторная, обставленная мягкой мебелью, с холодильником, телевизором, кондиционером и отдельным санузлом. Балкон выходил во внутренний дворик с бассейном.

— Горячая вода у нас круглосуточно, — объявил администратор. — Питание в столовой трехразовое. Рекомендую. Но не настаиваю. У нас — свобода выбора. Желаете посещать кафе — автобусная остановка за поворотом. Впрочем, наша кухарка готовит отменно. Ну как, обедать придете?

Гаранин подумал о блондинке. Вряд ли та станет ездить в кафе. На автобусе, в жару...

— Приду, — решительно кивнул он.

— Тогда я распоряжусь...

* * *

Ночью с моря подул сильный ветер. Абрикосовое дерево под окнами хозяйской спальни гнулось и стонало.

— Выпей снотворное, — посоветовал Юдин молодой жене.

Елена отрицательно мотнула головой:

— Меня тошнит от таблеток. Сколько я напилась их в больнице — лучше не вспоминать.

Собственные слова расстроили ее. *Лучше не вспоминать!* Отлично придумано.

— Напрасно я вышла за тебя замуж... Теперь мы оба мучаемся.

— Я не мучаюсь!

— Не обманывай себя, Рид...

Имя Спиридон оказалось слишком длинным и неудобным для произношения, поэтому все друзья и родственники с детства называли его Ридом. Так он представился Елене при знакомстве. Никогда не предполагал, что они сначала встретятся, а потом уже познакомятся. Намного позже. Впрочем, встреча у них получилась... необычная. Даже не встреча, рок какой-то...

Елене не спалось. Юдин лежал рядом, глядя на бегающие по потолку тени, вспоминал, чего ему стоил роман с Еленой. Но и слово «роман», так же, как и «встреча», не отражало истинного положения вещей. Он не знал, можно ли их назвать мужем и женой. Как их вообще назвать? Влюбленные? Любовники? Очарованные? Безумцы? Все это в той или иной мере относилось к нему, но не к ней.

Свадьба была скромная, несколько человек — самых близких. Роспись в загсе, ресторан. От венчания Елена отказалась наотрез. После свадьбы — брачная ночь. Трепетная, долгожданная и... холодная. Елена отдавалась, как будто жертвовала. Или откупалась. Или исполняла долг. Или...

Юдин запутался в этих «или», потерялся. Ему бы устроить новобрачной допрос с пристрастием, а он слово произнести боялся, спугнуть эту синюю птицу, чудом залетевшую в его постель. Чем он только ее не приманивал, чего только не обещал! А она в ответ заладила — нет и нет. Нет! Нет...

В сущности, она его предупреждала: ничего не получится. Не стерпится, не слюбится. Он не верил. И сейчас не верит.

— Ну ладно, — наконец решилась она. — Помни, ты сам этого захотел.

Невесело так сказала, с горечью, с тоской. Он задохнулся в любовной истоме, предвкушая страстные ласки, жар ее поцелуев. Неужели, согласилась?

Юдин по-идиотски радовался. Будет ей единственной опорой, светом в окошке, единственным близким человеком на всей Земле. Счастье-то, счастье какое! Она даже уйти от него сможет. Сама же говорит — идти некуда. Кроме слепой тетки в Чернигове, у нее никого нет...

Он затаил дыхание, скосил глаза, спит ли жена? Елена Прекрасная... Не спит, веки опущены, но подрагивают, нежное тело в обрамлении кружевной сорочки словно жемчужина в золотой оправе. Кожа как шелк, волосы как мед, губы как кровь. Он ни на миг не пожалел, что женился на ней. Если бы вернуть все назад, поступил бы так же.

Другая на месте Елены? Никогда... ни за что...

— Ты знаешь этих людей? — спросила она, не открывая глаз. Словно была уверена, что он бодрствует. И не ошиблась.

— Каких? Гостей? — догадался он. — Отец их пригласил.

— Странные у него друзья.

— Дом принадлежит ему, он приглашает, кого хочет. Тебе они не нравятся?

— Нет, почему? Забавные, особенно блондинка. Как ее зовут? Ирэн? Красивая женщина, но распущенная. Кажется, ты ей приглянулся.

— Ерунда, она даже не смотрит в мою сторону.

— Поэтому я и говорю: Ирэн на тебя глаз положила.

— Ревнуешь? — просиял муж.

— Нет...

По ее тону он понял — не ревнует. И огорчился.

Юдин уже размышлял об отдыхающих, которые приехали на виллу «Элоиза». Всех их он видел в первый раз. Отец попросил принять его «друзей», как своих, окружить вниманием и заботой. Особенно Астру Ельцову с женихом. Это была знакомая фамилия. Господин Ельцов возглавлял преуспевающую страховую компанию. По-видимому, Астра — его дочь. Но остальные...

— Все за мой счет, — предупредил отец. — И не донимайте людей вопросами. Они приедут отдыхать.

Он был сдержан, немногословен, и Спиридон с детства привык: решения отца не обсуждаются.

— Завтра ждем еще одну пару, — сказал Юдин жене. — Дочку Ельцова... с молодым человеком. Надо бы поселить их в двухкомнатном номере. А там уж сами разберутся, вместе им спать или отдельно.

— Да, конечно...

Елена разговаривала с ним, стараясь не прислушиваться к звукам наверху, в мансарде. Так, наверное, и сходят с ума.

Во дворе кто-то с плеском бултыхнулся в бассейн и поплыл, отфыркиваясь. Похоже, мужчина — тот, что приехал сегодня. Эльдар Гаранин.

Горничная звала котов на вечернюю трапезу: «Кис-кис-кис... кис-кис...»

Поскрипывали обшитые полосатой тканью качели. Блондинка качается, отмахиваясь веточкой от комаров. Елена быстро изучила ее повадки, та здесь уже неделю. Соблазняет всех подряд — Антона, Макса, даже нелепого археолога Теплищева. Теперь Ирэн займется новоприбывшим Гараниным. Хотя на самом деле главный объект ее охоты — Спиридон Юдин. Елена в этом не сомневалась, словно читала ее мысли. Наблюдение за гостями развлекало, тем более что Елена редко выходила за пределы виллы.

Ей захотелось подойти к окну и выглянуть во двор, незаметно, из-за шторы. Проверить, где блондинка.

Вдруг в саду погасли лампочки и подсветка бассейна. Раздался игривый женский смех, громко мяукнул кот, попав в темноте кому-то под ноги, кто-то с плеском вылез из бассейна, прошлепал по плитке...

Юдин возился в поисках мобильника, чертыхался:

— Опять что-то с электрикой! Надо звонить Антону.

— Думаешь, он не видит?

Елена наконец встала и посмотрела в черное окно. В дальнем углу сада, там, где забор примыкает к сарайчику для инвентаря... колыхалось что-то белое. В рассеянных лунных лучах брезжил силуэт женской фигуры, развевались легкие одежды... Она отпрянула, сдерживая крик.

— Что там?

— Н-не знаю... взгляни...

Спиридон метнулся к окну, распахнул створку. Во дворе теплился огонек зажигалки. Кто-то давал кому-то прикуривать. Женский воркующий голос, мужской басок. В углу у сарая — два светящихся глаза в темноте.

— Это же кошка! — сообразил он. — Забралась на ветку айвы. А ты что подумала?

Он привлек к себе жену, крепко обнял. Елена дрожала, у нее зуб на зуб не попадал.

— Б-больше... ни-чего?...

— Ничего! Посмотри сама.

Глаза освоились с темнотой. Кто-то стоял в глубине сада между деревьев, весь в белом, в причудливой позе, со сложенными в ритуальном жесте руками.

— Дева... это она... — невнятно зашептала Елена. — Ее белый хитон...

— Успокойся...

— Ты ее видишь?

— Да... то есть... что еще за «дева»? Во дворе полно людей, и никто не боится.

— Они просто не видят...

— Черт! Пойду, выясню, кто там!

Юдин разжал объятия, усадил жену в кресло и схватил фонарь. Из-за подозрительных звуков в мансарде фонарь всегда был у него под рукой.

— Закройся изнутри!

В мгновение ока он выскочил в сад. С преувеличенным испугом вскрикнула блондинка. Она курила — был виден огонек ее сигареты. Рядом, набросив на себя полотенце, сидел мокрый Гаранин.

— Куда это наш хозяин помчался? — прошептала, хихикая, Ирэн. — Пронесся, как угорелый...

— Полная луна, — многозначительно изрек Эльдар. — Оказывает непредсказуемое влияние на слабую психику.

— Такой сильный мужчина — и подвержен лунным чарам?

— Наверное, он лунатик.

Блондинка задрала голову. Луна спряталась за облаками, белея круглым лицом.

— Сейчас он до смерти напугает супругу нашего археолога!

— Как бы не наоборот...

— Кто здесь? — громко спросил Юдин, освещая белую фигуру, которая ритмично раскачивалась.

— Уходите... — замогильным голосом откликнулась та. — Уберите свет... вы мне мешаете...

Он наконец узнал госпожу Теплищеву. Белый балахон до пят, на груди — подвешенный поперек полумесяц из блестящего металла с множеством более мелких полумесяцев на цепочках, волосы распущены, на лбу — еще один полумесяц рогами вверх. Лицо вымазано белой краской... Неудивительно, что Елена пришла в ужас.

— Что вы здесь делаете? — невольно отступил Юдин.

Жена археолога замахала на него руками, не беспорядочно, а используя определенные жесты.

— Я вошла в резонанс лунных колебаний, наши тела сливаются... Подите прочь!

— Смею заметить, я здесь хозяин.

Теплищева ничуть не смутилась. Она застыла и с негодованием вперила в него горящий взор.

— Это входит в договор. Вы же сами просили!

— Я?!

— Вы или кто-то другой — мне платят за работу, а не за пустую болтовню. Уходите же...

«Ничего не понимаю, — обескуражено подумал Юдин. — Впрочем, что мне за дело до этой ненормальной. Главное, чтобы она не пугала Елену! И что я ей скажу? Моя жена вас боится. Нас поднимут на смех. Однако зачем папа пригласил всех этих людей? Чепуха какая-то...»

Он махнул рукой и направился по дорожке мимо дома для гостей. Из окна первого этажа за ним пристально наблюдала Виринея Нагорная, специалист по нетрадиционным психотехникам.

~ ГЛАВА 6 ~

Ворота гостеприимно распахнулись, и черный «Пассат» мягко вкатился во двор, вымощенный плиткой и усаженный розами.

— Сюда, пожалуйста!

Администратор подвел гостей к дому. Астра с любопытством оглядывалась, Матвей нес дорожные сумки. Под козырьком крыльца висел старинный фонарь-светильник. Просторный холл тонул в полумраке — окна от жары завешивали темными шторами.

— Вот это у нас кухня. — Молодой человек показал на дверь прямо напротив входа. — Здесь стоят большие холодильники, можно попить чаю или кофе, приготовить что-нибудь, если захочется. Но летом все питаются в столовой.

— Хозяева тоже ходят в столовую? — поинтересовалась Астра.

— Им приносят готовую еду в дом. Вон туда. — Он показал на розовый коттедж с полукруглыми окнами на втором этаже.

— Там у них есть своя кухня?

— Есть. Только еду готовит кухарка. Хозяин не любит, чтобы в доме пахло пищей.

Администратор излучал радушие и безграничное терпение. Ему было приказано оказывать всяческое содействие этой молодой паре, и он добросовестно исполнял свой долг. Его спрашивают, он отвечает. Любые подробности!

Налево из холла вел небольшой коридорчик, куда выходили двери комнат и лестница на второй этаж. Всюду было прохладно и тихо.

— Ваш номер, — объявил молодой человек, вручая гостям ключи. — Желаю приятного отдыха. Если что-то понадобится, звоните в любое время. Меня зовут Максим Абрамов.

По сути дела, эта вилла на морском побережье являла собой комплекс из хозяйского дома, гаража на несколько машин, маленькой гостиницы для друзей и знакомых, столовой, внутреннего дворика с бассейном и сада. Все это окружал высокий забор. Между домами по перекрытию из металлических труб вился виноград.

— Сколько я ни присматривалась, ни одной видеокамеры не заметила, — сказала Астра, когда они с Матвеем остались одни.

— Не все любят, чтобы за каждым их шагом кто-то следил. Есть люди, которые просто не выносят видеонаблюдения. А как будут себя чувствовать гости?

— Да, ты прав...

Он открыл шкаф и начал распаковывать сумки, развешивая вещи на плечики.

— Здесь довольно уютно, — сказала она. — С балкона видно море... Пахнет йодом и степью.

Солнце в малиновом зареве садилось на воду. Гряда облаков темной полосой тянулась над горизонтом. Астра облокотилась на кованые перила балкона и с наслаждением дышала.

— Лучше бы у нас был вид во двор, — вздохнул Матвей. — С учетом нашей задачи обзор двора был бы полезнее. Кстати, на нашем этаже — еще два номера. Оба заняты.

— Откуда ты знаешь?

— Интуиция. Надо расспросить этого Максима о жильцах. Кто где живет, у кого какие причуды.

— Думаешь, это удобно?

— Он обязан предоставлять нам всю возможную информацию.

— Я смотрю, ты входишь во вкус сыскного дела.

— Вот только кого мы ищем? Или что? У тебя есть догадки?

Астра задернула шторы, бережно достала со дна сумки зеркало в бархатном чехле, поставила его на комод.

— Ты не забыл взять свечи?

Без множества язычков пламени магическое зеркало отказывалось беседовать со своей хозяйкой.

Это зеркало из венецианского стекла Астра спасла от пожара, когда загорелся дом баронессы Гримм[1], и теперь оно служило ей, как раньше служило немке. На обратной стороне зеркала была видна полустертая надпись — ALRUNA. Если задать зеркалу вопрос, на золотистой амальгаме появлялся образ или символ, — зыбкий, туманный. Его надо было разгадать...

На сей раз Астра напрасно просидела у зеркала битый час. От усталости болели глаза, а золотистая поверхность отражала только ее измученное долгой дорогой лицо.

---

[1] Подробнее читайте об этом в романе Н. Солнцевой «Свидание в Хэллоуин».

Матвей растянулся на диване и задремал. В дверь осторожно постучали. Он всхрапнул и перевернулся на бок. Астра не торопилась открывать.

— Кто там? — спросила она.

— Извините, вы ужинать будете? — спросил женский голос. — Я горничная, Катя. Меня Максим Сергеевич послал.

— Будем! Спасибо...

— Я провожу.

В столовой собрались все обитатели маленькой гостиницы. Это был хороший повод всех увидеть и со всеми познакомиться.

На столиках лежали накрахмаленные клетчатые скатерти, стояли свечи в стеклянных подсвечниках. Астра свою тут же зажгла. Матвей поморщился, но промолчал.

На ужин подавали жареную рыбу, овощной салат, сок и фрукты.

— Недурно, — похвалил он кухаркину стряпню. — Попробуй!

Астре было не до еды. Она только делала вид, что жует салат, тогда как сама украдкой разглядывала гостей господина Юдина.

Красавица блондинка в короткой прозрачной тунике сидела за одним столиком с высоким импозантным брюнетом. Они о чем-то мило беседовали. Женщина, зная свою привлекательность, умело кокетничала. Брюнет плотоядно улыбался, открывая ряд белых зубов. Настоящий герой-любовник — развитый торс, умеренный загар, усики над верхней губой соединялись с аккуратно подбритой бородкой, глаза карие, выпуклые и масленые, ресницы по-женски длинные, зато тяжелый подбородок с ямочкой очень даже мужской. Слишком хорош и претенциозен. Должно быть, дамы от него без ума. Явно «клеит» блондинку. И она, кажется, не против его ухаживаний.

Интересная экзотическая пара расположилась за столиком у окна. Она — костлявая, жилистая, в ярко-синем платье наподобие сари, вся увешанная серебристыми полумесяцами, бусами и браслетами из лунного камня. От обилия украшений пестрит в глазах. Черные, завитые в спираль волосы напоминают египетский парик. Бледное лицо без румянца, густо подведенные синим и черным глаза. Ей можно дать от тридцати пяти до сорока. Напротив, судя по всему, сидит муж. Божий одуванчик. Ученый или библиотекарь. Совершенно невыразительный. Высокий лоб с залысинами, пепельные, тонкие, как пух, волосы, чисто выбритый подбородок. Ест машинально, не ощущая вкуса, взгляд блуждающий, погружен в свои мысли. Супруга при нем играет доминирующую роль. Она ему и мать, и сестра милосердия, и спонсор, и нянька. Как у них обстоит с любовью? Скорее всего она его все-таки любит. А он позволяет себя любить. Такие мужчины не способны обожать женщину, они отдают себя идее. Или научным открытиям. Или...

Астре стало скучно перечислять, кому отдают себя мужчины этого типа, и она переключила внимание на одиноко сидящую даму лет сорока. Увлекается спортом и следит за своей фигурой, среднего роста, подтянутая, предпочитает простой стиль одежды. На ней черная майка и шорты, волосы забраны в узел на затылке. На шее — золотая цепочка. Ест сосредоточенно, тщательно пережевывает. Рыбу отложила, значит, убежденная вегетарианка. О, что это? Дама бросила пылкий взгляд на усатого красавца...

— У блондинки появилась соперница, — прошептала Астра.

— Ты ничего не ешь.

Замечание Матвея пролетело мимо ее ушей.

— Экстравагантная публика!

— Что? А, да...

— Ты уже составил мнение о каждом из них?

— Смеешься? Я ужинаю...

Горный Крым. Год тому назад

У руководителя туристической группы заканчивался отпуск.

— Завтра сворачиваем лагерь, — заявил он под разочарованные возгласы парней и девушек, которые вошли во вкус общения с дольменами. — До ближайшего населенного пункта дойдем пешком, а там сядем на автобус. Все, друзья! Кому понравилось наше путешествие, в следующем году милости прошу в группу.

Они таки отыскали неприметный дольмен, скрытый в зарослях можжевельника и пихты. Расположенный в труднодоступном месте, вдали от известных горных троп, он не сразу бросился в глаза. На мощные, увитые диким плющом, камни наткнулась рыженькая велосипедистка.

— Ой, ребята... глядите-ка... домик...

У нее перехватило дыхание, губы пересохли от волнения.

Гитарист, не веря своим глазам, издалека защелкал фотоаппаратом.

— Неужели, тот самый, о котором мне батя говорил? От него на расстоянии должна вибрация ощущаться.

Все нерешительно топтались, боясь приблизиться к каменному «домику».

— А правда, что здесь течет космическая энергия?

Один из парней опустился на землю и приложил ухо к земле. Ему показалось, что из глубины доносится рокочущий гул.

Каменное сооружение — три плиты, плотно примыкающие к скале, накрытые сверху четвертой, — действительно походило на домик для карлика. В фасаде было вырублено отверстие, куда мог пролезть не очень упитанный человек.

— Циклоп... — пробормотал кто-то.

Отверстие в передней плите, будто пристальное черное око, угрожающе уставилось на любопытных туристов. Дольмен в самом деле напоминал одноглазое фантастическое чудовище, обросшее кудрявыми космами плюща.

— Вокруг него есть защитное поле, чувствуете? — в наступившей вдруг тишине вымолвил гитарист. — Он не желает, чтобы мы к нему приближались.

— Ерунда...

— Столько бродить по горам, чтобы теперь вот так уйти? Даже не заглянуть внутрь?

Парень, который «слышал» подземный гул, сделал два шага вперед. Велосипедистка дернула его за штанину:

— Погоди... Видишь, ветер стих? И птицы не поют?

Собравшиеся тревожно озирались. Все словно застыло в немом оцепенении. Воздух уплотнился и вместе с тем сохранил удивительную прозрачность. Каждая мелочь — сухая ветка, камешек на тропе, легкая паутинка — четко и резко выделялись на фоне скал и зелени, впечатывались в память. Ни один листок, ни одна травинка не шелохнулись.

— Ну его... не пойду я туда, — прошептала рыженькая. — Нет там ничего. Камни и камни! Или кости какие-нибудь... Я мертвецов боюсь!

— Внутри могут быть ядовитые змеи, — поддержал ее гитарист. — Они отлично маскируются в прошлогодней листве.

— Не пугай нас, ветеринар, — разозлился старший группы. — Тебе-то откуда знать, что внутри? Может, клад. Раньше мертвых хоронили в дорогой одежде, в золоте.

— Эй... мы не грабители могил!

Собирательница хвороста тоже была с ними. Она стояла позади всех, ощущая холодок в груди и тяжесть в ногах. Подходить к «домику» было страшно. И не только ей...

Дольмен отталкивал незваных гостей, не подпускал к себе ближе положенного. Паника усиливалась. Парень, который «слушал» землю, попятился.

— Мне не по себе! Глаза слипаются, и это... голова кружится...

— Как на вертолете...

— Пошли отсюда! — взвизгнула велосипедистка.

Поддавшись всеобщему ужасу, туристы начали беспорядочно спускаться, вразброд, кто куда. Последним «место силы» покинул предводитель незадачливых искателей.

— Эх, вы! Трусы! — ругался он, догоняя паникеров. — Стойте! Я же не могу бросить вас одних... Идиоты! Чего вы испугались?

Его никто не слушал. Члены группы пришли в себя уже внизу, на маленькой поляне у ручья. Девушки плескались, смывая пыль и пот. Парни подтрунивали друг над другом.

— Закурить есть у кого-нибудь? — спросил гитарист.

— Откуда? Сигареты договорились в горы не брать. Как же здоровый образ жизни?

— У меня, честно, зуб на зуб не попадает...

Грянул нервный, чересчур громкий смех. Обстановка мало-помалу разряжалась. Даже старший успокоился. Он не хотел признаваться, что его тоже обуял беспричинный страх. Держал марку.

— Батя предупреждал: близко к дольмену подходить нельзя, — отдышавшись, признался гитарист. — Они с друзьями тогда сунулись, потом не помнили, как ноги унесли.

— А что случилось-то?

— Дохнуло на них оттуда...

— Чем дохнуло?

Парень, который «слушал» землю, рассказал о «психотропных генераторах». Якобы, древние люди устанавливали их для устрашения врагов. Достаточно было одного такого «домика» на горной тропе, чтобы чужие не смогли по ней пройти.

— Да ну? — засомневался руководитель. — Древние не имели ни малейшего представления о таких вещах.

— Ошибаешься... Их атланты научили.

— Или пришельцы...

— Говорят, там может находиться астральное тело мага, который ушел в вечную медитацию...

Человек-невидимка не ходил с туристами к дольмену. Обо всем узнал из их разговоров, долгих и обстоятельных. Диана отмалчивалась. На нее путешествие к дольмену произвело удручающее впечатление. Отошла она на второй день, но выглядела задумчивой, невеселой.

— Выходит, мы — первооткрыватели этого сооружения! — воспрянула духом велосипедистка. — Нужно дать ему имя.

— Имя готово — Циклоп.

— Первым был мой батя, — возмутился гитарист.

— Лучше никому про нашу находку не рассказывать... Только мы будем знать о Циклопе. Здорово?

— В следующий раз вернемся туда с приборами...

Фотографий, к сожалению, не получилось. Снимки, сделанные руководителем группы, запечатлели все, что угодно — скалы, небо, кусты и плющ, — кроме сложенного из гигантских камней «домика». На том месте, где зиял «глаз Циклопа», образовалось размытое пятно.

— Видите? — торжествовал сторонник «психотропной» теории. — Это излучатель неизвестной энергии. Надо было видеокамеру взять.

— Вряд ли видеокамера помогла бы...

Наблюдатель посмеивался в душе над наивностью этих парней и девушек. Радуются, как дети. Нашли какой-то каменный склеп, не посмели носа туда сунуть и придумывают небылицы в свое оправдание. Еще будут теперь хвастать, какие они молодцы-удальцы.

Во всей этой истории его заинтересовало одно — туристы скоро уходят. Осталась пара дней отдыха, и по домам. Он пожирал глазами Диану и твердил, как заклинание:

— Я не для того тебя отыскал, чтобы отпустить...

~ ГЛАВА 7 ~

Крым. Поселок Береговое.
Наше время

В половине десятого, когда Матвей после сытной трапезы уснул в номере, Астра разыскала администратора Абрамова. Он что-то ремонтировал в подвале гостиничного дома. Там пахло отсыревшим ракушечником и полиэтиленом, из которого были сделаны накопительные цистерны для воды.

— Вы здесь за сантехника? — спросила она.

Абрамов обернулся, привстал, продолжая что-то прикручивать специальным ключом. Футболка, которую он снял, чтобы не испачкать, висела на крючке. Его голый торс был черным от загара, плотным, с наметившимся брюшком.

— Мне за это доплачивают. Хозяин против того, чтобы раздувать штат. И он прав. Так спокойнее. Я ведь отвечаю не только за управление, но и за безопасность.

— Вот как?

Он проигнорировал ее реплику, не отрываясь от труб. Астра не собиралась уходить. Она стояла, глядя, как он работает. Администратора это раздражало. Чего эта дамочка тут топчется?

— Когда возникает серьезная поломка, мы вызываем бригаду сантехников, — нехотя пояснил он. — А в чем дело? У вас что-то не в порядке с душем или унитазом?

— Можно мне задать вам пару вопросов? Здесь, где нас никто не услышит.

— Пожалуйста...

Если у него и возникло недоумение, то он его подавил. Господин Юдин-старший сумел приучить персонал к дисциплине. Его указания выполнялись неукоснительно.

«Вам будут оказывать все необходимое содействие, — пообещал он. — Я уже договорился. При любом затруднении звоните мне лично. Хотя, надеюсь, это не понадобится!»

Его надежды пока что оправдывались.

— Почему у вас на территории нет видеокамер? — спросила Астра.

— Была одна, и ту сняли... А что? — слегка удивился Максим.

— По какой причине?

Он пожал массивными плечами.

— Вам бы понравилось, что за вами ведется постоянное наблюдение? У нас ведь не банк, не супермаркет, а жилой дом. Люди приезжают сюда отдыхать и хотят чувствовать себя свободно. А то, извините, в носу не поковыряешься! Все будет на виду.

Астра была с ним полностью согласна. В загородном доме ее родителей стояла только одна видеокамера, у ворот. Технические нововведения, предназначенные для безопасности, на самом деле здорово ограничивали и действовали на нервы. Так же, как и от мобильных телефонов, от них начинали отказываться. Человек не может уединиться, быть предоставлен сам себе. Мужчине и женщине в определенные моменты находиться под прицелом видеокамер и вовсе невыносимо...

Она невольно подумала о блондинке и усатом Эльдаре. Им-то уж точно чужие глаза ни к чему!

— Недавно Рид хотел поставить камеру во дворе, — добавил вдруг администратор. — Но Елена Захаровна решительно воспротивилась. Нет, и все! Он отступил. По-моему, правильно сделал. Женщины — существа нервные, истеричные. Им лучше не перечить.

Астра проглотила «комплимент» без возражений. Сейчас ее интересовало другое.

— Кто такой Рид?

— А вы не знаете? Молодой хозяин, сын Акима Иваныча. Его все так называют. Имя уж больно неудобное: Спиридон. А Елена Захаровна — его жена. Я думал, вы знакомы. — Он закончил закручивать гайку и отложил ключ. — Ну вот, кажется, больше не капает...

Там, где он занимался починкой, на полу осталась небольшая лужица. Астра смотрела, как Максим вытирает руки старым полотенцем, как складывает инструменты в настенный шкафчик, и напряженно размышляла. К невестке лесопромышленника у персонала особое отношение. Сына его они запросто кличут Ридом, а молодую хозяйку зовут уважительно, по отчеству. С чего бы такая разница?

— Значит, Елена Захаровна не любит видеокамер?

— Ужасно не любит! — подтвердил администратор. — Терпеть не может. У нее нервы. То одно померещится, то другое. Спит плохо, не дай бог, какой-нибудь шум ночью — переполох начинается, беготня. Ее понять можно, болеет она.

— Болеет? Чем?

Абрамов нарочно долго и тщательно вытирал руки, прятал глаза. Негоже сплетничать о людях, которые дают работу, платят деньги. С другой стороны, старший Юдин не спустит, если эта дамочка ему пожалуется. Приказал ведь: отвечать на любые вопросы, исполнять любые требования. В пределах разумного, конечно. Поди разбери, где эти пределы?

— Да как вам сказать... — замялся он. — Мне хозяева не докладывают, что у них болит. Сам догадываюсь. У Елены Захаровны с головой что-то: мигрени частые, сон плохой, характер неуравновешенный. В город почти не ездит, ее шум беспокоит, толпа, жара. На море тоже погуляет по песочку, искупается раза два, и домой. То часами на террасе сидит, то в саду...

— Сегодня я ее не видела.

— Она и не выходила. Рид в город ездил, по делам, час назад вернулся, а Елена Захаровна без него шагу не ступит. Вчера у нас тут происшествие было...

— Какое происшествие?

— Да так... глупое. Вы с Теплищевыми успели познакомиться?

Астра сразу поняла, о ком он говорит.

— Это супружеская пара, что ли? Муж похож на ученого, а жена вся увешана побрякушками, как елка?

— Они самые, — кивнул администратор. — Теплищев — археолог. Профессионал или любитель, не знаю. Короче, ищет руины какого-то храма. Всем уши прожужжал. А жена его строит из себя магессу — поклоняется богине Луны. Оба малохольные!

Она ночью на балкон выходит и бормочет что-то не по-нашему — заклинания произносит этой самой Луне. Вы бы видели! Жуть... Уж на что у нас Антоша и Катя не суеверные, так и те от нее шарахаются. У нее, мол, глаз черный.

— Антоша — это кто? Охранник?

— Ну да, и мой помощник, и водитель по совместительству. А Катя горничной работает. Убирает везде, стирка тоже на ней. Она из местных, из соседнего поселка.

— Они ночуют здесь?

— Антон в хозяйском доме, в зале. А Катя и Люда в гостинице, там, где вы, на первом этаже. У них отдельная комната. Люда — наша кухарка, — предупредил он новый вопрос. — Она замкнутая, нелюдимая. Закончит готовить, посуду вымоет и уходит спать. Устает, наверное. Ей уже за сорок.

Астра представила, как эта женщина с раннего утра крутится у плиты, варит, жарит, режет, чистит, запекает... А там и обед на носу. Только пообедали, пора ужин готовить. И не щи да кашу, а разнообразные блюда, чтобы удовлетворить взыскательный вкус хозяев и гостей. Не позавидуешь!

— Ой, Максим, я вас перебила, и мы отвлеклись, — спохватилась она. — О каком происшествии вы говорили?

— Да про Теплищеву же! Знаете, какое она себе имечко придумала? Жрица Тэфана. Умереть со смеху можно. Якобы, она посредник между Лунной Девой и людьми. А вчера вообще цирковой номер отколола. Вырядилась в белый балахон, встала в углу сада и давай сначала поклоны бить, потом руками размахивать — как будто пассы делает. Вот, потеха! Жаль, я не видел. Мне хозяин рассказал.

— Рид?

— Ну да. Они с женой спать собрались, и вдруг во дворе свет выключился. Елена Захаровна долго не может заснуть — то на балкон выйдет подышать, то у окна сидит. Узрела эту малахольную Тэфану в темноте в саду, испугалась жутко. Рид с фонарем выскочил, шороху навел, а той хоть бы что! Стоит в дурацкой позе и заклинания бормочет. Ей-де никто не указ! Она выполняет условия контракта.

— Какого контракта?

Абрамов обескураженно развел руками:

— Может, у нее договор со старшим Юдиным? Это же его гости.

Он посмотрел на трубу, которую чинил, провел по ней пальцем — не протекает ли — и вернулся к разговору.

— Елена Захаровна до утра не спала, а Рид сделал нам с Антоном выговор. Почему не предупредили про Тэфанины штучки? Нам-то откуда знать, что у нее на уме. Я вообще уже спал. Антон перед этим бассейн чистил, машину мыл, устал, как собака. Сидел у телевизора, когда свет потух. Пошел к щитку проверить, что случилось, вот хозяин ему и устроил разбор полетов. А он при чем? Нам запрещено приставать к отдыхающим с замечаниями и вопросами... если только они не мешают другим.

— Теплищева не сделала ничего предосудительного, — философски рассудила Астра. — Подумаешь, произносила заклинания при луне? Кому это мешает?

— По мне, пусть хоть ночует в саду... Но на Елену Захаровну это произвело ужасное впечатление. Я же говорю, у нее нервы.

Он переминался с ноги на ногу, всем своим видом показывая: беседа затянулась.

— И часто у вас свет гаснет?

— Бывает. Здесь морские ветра, им провода порвать, что нитки. Иногда наша электрика барахлит.

— В котором часу это было?

— Вы спрашиваете, будто следователь, — усмехнулся администратор. — Какая разница? Я время не засекал. Поздновато. Около полуночи.

Он повернулся в сторону двери, и Астра услышала, как кто-то спускается по лестнице в подвал. Оказалось, Антон.

— Макс, ты чего тут застрял? Я тебя ищу! Пойдем, Рид зовет.

— Опять в мансарде что-то?

— Нет... просто он хочет... — Охранник осекся, запоздало заметив Астру. — Это вы?

— Я.

Она засмеялась, такое у него было смущенное лицо. По-детски распахнутые глаза, курносый нос и обиженно выпяченная нижняя губа.

— Могу я наконец познакомиться с Юдиными?

— Да, конечно. Завтра, — ответил администратор. — Я передам вашу просьбу.

Астра вернулась в номер. Окно было открыто, внизу под виноградом игривым тоном переговаривались блондинка Ирэн и Гаранин. В комнату налетели комары. Матвей сладко посапывал, не обращая внимания на писк насекомых.

Она задернула штору и встала у окна, прислушиваясь. Не выйдет ли Тэфана на ночное бдение? Впрочем, отсюда ее не будет ни видно, ни слышно.

— Вам не страшно спать одной? — спрашивал блондинку Гаранин.

— Хотите охранять мой сон? — хихикала та. — Только за дверью на коврике.

— Я согласен...

— Здесь такое творится...

Москва

Аким Иванович был чрезвычайно разборчив в еде. Он любил стряпню своей жены, предпочитая блюда, приготовленные ее руками, всем прочим деликатесам.

— Ты на мне женился или на моих кулинарных способностях? — иногда обижалась она.

Жили Юдины дружно, насколько могут жить в согласии люди, которые вместе уже более тридцати лет. Они изучили друг друга, притерлись.

По утрам Аким Иванович выходил к столу тщательно выбритым, причесанным — волосок к волоску, — в купеческом халате с кистями поверх рубашки. Ел с аппетитом, много, просил добавки а, насытившись, выпивал большую чашку травяного чаю. День проводил в офисе, там и обедал, но к ужину непременно спешил домой, побаловать себя запеченным в сметане судаком, крепким грибным бульоном или жареными перепелами. Целовал жене ручки, рассыпался в комплиментах... Из деловых поездок каждый раз привозил ей подарки — сумочку, перчатки, духи, нитку жемчуга, хотя у Жанны Михайловны и так всего было вдоволь.

Но с некоторых пор — если точнее, то с прошлого лета — его словно подменили. Раздражительный стал, нетерпимый, чуть что — в крик. Похудел, с лица спал, под глазами круги темные легли. По ночам вставал, шел в кухню пить водку, а потом бродил из комнаты в комнату, думал о чем-то.

— Тебе бы отдохнуть, Акимушка, — забеспокоилась супруга. — Или к врачу.

— Отстань от меня! — рычал он. — Сам разберусь.

— В делах что-то не так?

— Ты все равно не поймешь ни черта... Бабе в бизнес нос совать незачем. Слава богу, сына мне родила, а не девку. Хоть помочь есть кому.

Осенью они поехали в Крым развеяться и сменить обстановку. Жанне Михайловне нравилась их «вилла» с поэтическим названием «Элоиза». Однажды она имела несчастье спросить:

— Почему «Элоиза»?

Юдин ответил коротко и резко:

— Не твоего ума дело.

Ей всегда казалось, что муж — весь как на ладони, понятный, родной, грозный, но и ласковый. А у него, оказывается, есть какая-то тайна, связанная с женщиной. Элоиза! Это не просто имя, это память, которая ему дорога...

Жанна Михайловна ревновать не умела, поэтому подавила обиду, тем более что воспитали ее в покорности, и именно это свойство характера жены ценил и культивировал Юдин. Досадный эпизод быстро забылся. Его вытеснили другие события.

Жанна Михайловна наслаждалась мягким осенним солнцем, теплым морем, неторопливыми трапезами на свежем воздухе, приготовленными не ею, а строго по ее рецептам кухаркой Людмилой. Она отдыхала и была совершенно счастлива, пока не услышала в мансарде чей-то шелестящий шепот.

Затаив дыхание, хозяйка на цыпочках поднялась в помещение под крышей. Шепот стал громче и отчетливей, но она никого не увидела. После ее вопроса «Кто здесь?» шепот стих. Госпожа Юдина стояла посреди мансарды, чувствуя, как по ее телу ползут ледяные мурашки, а волосы на голове шевелятся...

Мужчины — муж и администратор виллы Максим Абрамов — играли в бильярд. Они прибежали на ее истошный вопль, однако шепот больше не повторился.

— У кого нервы шалят? У тебя или у меня? — будто даже обрадовался Юдин. — Иди, прими валерьянки.

Она послушно выпила капли и дала себе слово: в мансарду не ходить.

На следующий вечер Жанна Михайловна обнаружила ползущего по покрывалу их роскошной двуспальной кровати черного паука. Он цепко держался лапками за складки китайского шелка и продвигался к изголовью.

Паука тут же изловили и уничтожили, но у госпожи Юдиной напрочь пропало желание ложиться спать. Она не привыкла к таким потрясениям. Через неделю Юдины вернулись в Москву.

Жанна Михайловна вела жизнь степенную, размеренную, занималась домашним хозяйством, обихаживала своих мужчин: мужа и сына. Она была женщиной приземленной, недалекого ума, но добродушной и по-русски красивой. Умеренной полноты, белокожая, румяная, с уложенной тяжелым узлом косой, она являла собой идеал жены такого человека, как лесопромышленник Юдин, образец хозяйки, матери, верной и преданной спутницы.

Аким Иванович не представлял на ее месте голенастую модель или вертлявую, легкомысленную артисточку. Не жаловал он и современных хватких бизнес-леди, и умных, злых и острых на язык женщин-чиновниц.

— Есть бабы для постели, для дома и для души, — как-то поделился он своим кредо с сыном. — А так, чтобы одна сочетала в себе все три качества, не бывает.

Спиридон промолчал, — не захотел перечить отцу. Да и что возразишь? Он сам не раз убеждался в правильности этого вывода. Потому и ходил в холостяках.

— Любись, с кем пожелаешь, а в жены бери домовитую и добрую, — твердил Аким Иванович. — Надежный тыл для мужика — все равно что для казака хороший конь. На худом далеко не уедешь и в бою не отличишься. А мы, Юдины, — казацкого роду, с Дона-батюшки!

Поскольку ни одна из девушек, которые нравились Спиридону, не подходила его родителям, он откладывал женитьбу на неопределенный срок. Те невесты, коих подбирал по своему вкусу отец, не подходили сыну. Наконец взмолилась безропотная Жанна Михайловна, осмелилась слово сказать на семейном совете:

— Еще пяток лет погуляет наш соколик, и внуков мы можем не дождаться.

— Ладно тебе, жена. В тридцать пять настоящий казак — в самом соку!

— Какие вы казаки? То прадед твой, Акимушка, казаком был... А ты — москвич, городской человек. И я в городе родилась. И сын у нас городской. Мы давно по новым правилам живем. Неужели не заметил?

Постановили срочно искать Спиридону достойную невесту — чтобы и нравом тихая, и собой пригожая, и по хозяйству сноровистая. Не нашли.

Жанна Михайловна сначала посмеивалась над бесплодными потугами мужа, а потом заплакала. Ходить сыночку бобылем, если он сам не решится против воли отца жену взять. Так и сказала Спиридону. Тот выслушал, кивнул головой, на том и кончилось.

Задумал Аким Иванович недвижимость в Крыму купить, новый бизнес наладить — не только для себя комфортный отдых устроить, а сделать выгодное вложение: последовать примеру своих партнеров, которые открывали на морском побережье частные отели.

— У нас есть «Элоиза», — сказал он сыну. — Теперь будет еще и пансионат для всех желающих провести отпуск в горном Крыму.

Спиридону предложение понравилось. По его мнению, лучше бы неподалеку от «Элоизы» пансионат приобрести. Но ничего подходящего по разумной цене не подвернулось. Зато позвонил знакомый агент и сообщил, что рядом с Форосом продается недорого здание гостиничного типа.

— Человеку срочно нужны деньги, — объяснил агент. — Он готов уступить. Торгуйтесь!

Поехали взглянуть. Сначала старший опытный Юдин, следом за ним — младший. Объект обоим пришелся по душе. Казалось бы, неслыханная удача!

Однако с этого момента и началась в семействе лесопромышленников черная полоса...

~ ГЛАВА 8 ~

Крым. Поселок Береговое

Утром пошел дождь. Гремело. Степь потемнела от грозовых туч. Над морем сверкали молнии. Ветер гнул деревья и рвал провода.

— Ну вот... — огорчилась Астра. — А я на пляж собралась.

— Дыши озоном, — посоветовал Матвей. — Тоже полезно.

Обитатели виллы опоздали на завтрак. В такую погоду никому не хотелось нос высовывать из-под одеяла. «Хляби небесные» извергали мощные потоки воды. Дойти до столовой, не намочив ног, было невозможно. Вода в бассейне пенилась от бьющих по ней струй. Коты спрятались в барбекю под навесом и оттуда созерцали ливень.

Гости господина Юдина ели без аппетита. Эльдар Гаранин пытался развеселить блондинку плоскими шутками. Виринея Нагорная не поднимала глаз от тарелки с овощным соте. Теплищевы перебрасывались вялыми репликами. На ней был все тот же «парик», украшенный бусинами из лунного камня, те же обильные ожерелья и браслеты. Мочки ушей оттягивали тяжелые серьги. Муж на ее фоне выглядел бледно.

Астра жевала вкуснейшую куриную котлету, когда на пороге столовой показался администратор.

— Позови его за наш столик, — с полным ртом прошептала она Матвею.

Тот помахал Абрамову рукой.

— Макс! На минутку...

Абрамов был мрачен. Вчера он перебрал на ночь коньяка и жареного мяса. До трех часов они с Антоном набирали воду в цистерны. Если вырубится электрика, люди все равно должны быть обеспечены водой. Можно будет включить автономный источник питания.

Людмила — невзрачная стриженая шатенка, полная, с необъятными бедрами — принесла администратору чашку зеленого чая и сухое печенье. Она криво улыбнулась, когда Астра похвалила:

— Вы очень вкусно готовите!

— Это ее хозяйка научила, Жанна Михайловна, — объяснил Абрамов, когда кухарка удалилась. — Все сама показывала и заставляла при ней повторять. Сколько Люда слез пролила, увольняться даже хотела! Но потом ничего, привыкла. Где ей еще так платить станут? Тащит отсюда сумками, а молодые хозяева смотрят на это сквозь пальцы. Понимают ее положение — мать-одиночка, родители престарелые на шее...

Он отхлебнул чаю и поморщился:

— Голова болит, сил нет.

Астра показала ему глазами на Виринею:

— Кто сия спортивная дама?

— Нетрадиционный психолог и тренер по йоге, — прошептал Макс. — Страшная женщина. Вроде глазки всегда опущены, но всё видит, всё слышит и на ус мотает.

— Зачем? — поднял брови Матвей.

— Натура такая. Сегодня, едва рассвело, иду, а она уже сидит на балконе в позе лотоса. Здрасте вам! Спала бы, как все! Дождь хлещет, только ей нипочем. Эту... космическую энергию ловит...

В гостевом доме все комнаты, в том числе и первого этажа, имели крытые балконы. Удобно. Однако в такой ливень сидеть на балконе...

— Я продрогла, пока сюда добежала, — призналась Астра. — И как ей не холодно?

— Она закаленная. Не удивлюсь, если моржует. Йоги все чокнутые. На гвоздях лежат, на стекле.

У Макса сверлило в висках, в желудке как будто камень лежал, и здоровый аппетит госпожи Нагорной раздражал его. Самому, что ли, на овощи перейти? Но он же не травоядное!

— А что за усатый господин любезничает с блондинкой? — спросил Матвей.

— Эльдар Гаранин, маг и астролог. Известный человек. Аким Иваныч позвонил, велел привезти его из Ялты к нам.

— Составлять гороскопы?

Администратор пожал плечами, обтянутыми льняной рубашкой с короткими рукавами. «Бес его знает!» — ответил он про себя. Вслух же произнес другое:

— Погостить, вероятно. Важная персона этот Гаранин. Но насчет баб... мгм... — Он смущенно кашлянул и виновато отвел глаза. — Насчет женщин, видать, не промах. Приклеился к Ирэн как банный лист. Наверное, пускает в ход свои магические штучки. Антон говорил, пока довез его, тот ему в затылке чуть дыру не просверлил. Гипнотизировал!

— Да ну? — притворно удивилась Астра. — Правда, что ли?

— Антона даже «повело», аварии чудом избежал, — на лице Абрамова появилась страдальческая гримаса. — Честно, я таких людей побаиваюсь. Никогда не знаешь, чего от них ожидать.

«Пить меньше надо», — подумал Матвей.

В углу столовой был оборудован маленький бар. Там стояли стеклянный холодильник с напитками, кофеварка и музыкальный центр. Гаранин позвал Людмилу, чтобы она дала ему бутылку шампанского, протянул деньги.

Блондинка, заложив ногу на ногу, с улыбкой наблюдала.

— А она кто? Тоже гадалка какая-нибудь, ворожка?

— Понятия не имею. По-моему, дама легкого поведения. Содержанка или... в общем, не буду напраслину возводить...

Он старался говорить тихо, но Ирэн вдруг послала ему воздушный поцелуй. В ее изящном жесте тем не менее сквозила вульгарность.

— Видите? Она себя ведет, как...

Администратор съежился под взглядом Гаранина, осекся и втянул голову в плечи.

— Вы верите в порчу... и все такое? — засмеялась Астра.

— Не то чтобы да, но лучше держаться от этих колдунов подальше. А Теплищева — настоящая ведьма!

— И часто здесь собирается подобная публика?

Абрамов нервно оглянулся и залпом допил остывший чай.

— Первый раз. Я в шоке...

Гроза бушевала несколько часов. Раскаты грома сотрясали крыши домов, и казалось, что еще один удар молнии расколет их пополам. Ливень смешал небо со степью, и всюду, куда ни кинешь взор, стояла плотная стена воды. Шум непогоды усиливался гулом и грохотом моря, налетающего на берег.

После завтрака все разошлись по своим комнатам. Ехать в город при таком ненастье было немыслимо и даже опасно. Астра и Матвей сидели в номере, изнывая от безделья. Электричество Макс, извинившись перед гостями, выключил. Телевизор не посмотришь, а чем еще заняться в отпуске? Обсуждать обитателей виллы? Напрасный труд.

Астра понимала, что для серьезных размышлений время еще не наступило, пока она просто знакомится с действующими лицами драмы. То, что драма эта уже где-то разворачивается, в каком-то недоступном для ума измерении, у нее сомнений не было. Буря тоже зарождается вне досягаемости человеческого опыта, и только когда она набирает силу, ее можно наблюдать и принимать меры безопасности.

— Чего хочет старший Юдин? — недоумевал Матвей. — С какой целью он созвал сюда всех этих «специалистов по белой и черной магии»? Боюсь, мы выступаем в том же качестве. Каждый из них наверняка получил отдельное задание. Интересно, какое? Тоже наблюдать за окружающими? А смысл? Он надеется кого-то из них на чем-то подловить?

Вопросы повисли в воздухе, нагнетая и без того наэлектризованную атмосферу.

— Странно, почему молодые Юдины избегают встречи с нами? Это негостеприимно, в конце концов!

Словно уловив упрек на расстоянии, позвонил Абрамов.

— Рид с женой просят их извинить, — объяснил он. — Сегодня, к сожалению, они не смогут уделить вам внимание. Елена Захаровна неважно себя чувствует, и он не хочет оставлять ее одну. Но завтра они непременно пригласят вас к себе.

В комнате было хмуро от грозовых туч за окнами, и такое же хмурое выражение приобрело лицо Астры после того, как в трубке зазвучали гудки.

— За этим что-то кроется... Какие китайские церемонии! «Не смогут уделить внимание», «пригласят вас к себе»... Мы же не при царском дворе?!

Она ворчала, а Матвей, напротив, развеселился.

— Успокойся. Жена Юдина нездорова, в такую погоду у нее запросто может случиться нервный припадок. Какое уж тут знакомство? Сочувствую я этому Риду, влип парень.

Астра внутренне сопротивлялась такой точке зрения. Молодые Юдины все сильнее интересовали ее.

— Вместо того чтобы возмущаться без толку, загляни в свое зеркало. Авось, получишь какой-никакой намек...

Она послушалась. Ничего другого в голову не шло.

— А ты свечи принес?

— Еще вчера. В нижнем ящике комода возьми...

Астра просидела у зеркала полчаса в окружении горящих язычков пламени, чихая от свечного чада. Окна открыть было нельзя — ворвавшийся ветер все погасил бы. Чихать начал и Матвей.

— Ну, что там? — спросил он. — Скоро уже?

— Что — скоро?

— Видение появится? А то мы здесь задохнемся.

То ли от запаха дыма, то ли от рези в глазах на золотистой поверхности мелькнул сложенный из камней домик, похожий на скворечник...

Цветной парафин расплавился и натек на журнальный столик, где, впитывая свет живого огня, стояло зеркало Алруна.

— Слушай, это убрать надо, — заметил Матвей. — Мебель испортим.

Они вспомнили, что на первом этаже есть кухня, которой никто не пользуется, и Астра спустилась туда. Кухня имела второй выход, по крайней мере там была еще одна дверь, ведущая во двор. Плита, два больших холодильника, мойка, столики, навесные шкафчики... Астра искала тряпку и скребок, чтобы убрать натекший парафин, когда ее привлекли мужские голоса.

Она прильнула ухом ко второй двери, стараясь не пропустить ни слова. Видимо, мужчины пытались отвести воду, скопившуюся на газоне из-за плохого дренажа. Похоже, копают лопатами мокрую землю... чвяк... чвяк... Чертыхаются, со злостью пеняют на строителей.

«Макс и Антон, — сообразила она. — Говорят вполголоса, и не только о подтоплении...»

— Она подосланная, — твердил Макс.

— Да ну? Не может быть!

— Вот увидишь...

Кто-то окликнул администратора, и он замолчал. Кажется, его позвала соблазнительная госпожа Ирэн.

* * *

После обеда над горизонтом начало проясняться. В голубые просветы робко выглядывало солнце. Дождь перестал. Воды на землю вылилось столько, что она уже не впитывалась. От скуки обитатели гостевого дома собрались в каминном зале на чаепитие. Впрочем, коньяк и вино тоже не возбранялись.

Людмила приготовила большой торт с черносливом и грецкими орехами. Макс водрузил на стол самовар. Он выполнял роль массовика-затейника.

Эльдар Гаранин и блондинка уселись рядом, воркуя. Она нарядилась, как в дорогой ресторан, — открытое вечернее платье, блестящие босоножки на шпильках. И будто бы невзначай умудрялась бросать томные взгляды на археолога Теплищева.

«Дразнит влюбленного мага? Или хочет досадить «жрице» Тэфане? — подумала Астра. — А та уписывает второй кусок торта. Еще бы! Ей, в отличие от Ирэн, за фигурой следить не надо. И так одни жилы да кости».

Вириней Нагорная мельхиоровой ложечкой брезгливо выковыривала из торта чернослив. Она старательно избегала смотреть на Гаранина, любезничающего с блондинкой. На ее щеках выступили красные пятна.

— Я слышала, вы пишете книгу о скифских захоронениях, — громко произнесла Ирэн, обращаясь к Теплищеву. — Так интересно! Расскажите же что-нибудь нам, невеждам. А то мы наступаем на древние камни, не подозревая об их истинном предназначении.

Все невольно повернулись в его сторону. Ученый растерялся. Он перестал есть и умоляюще смотрел на жену, ожидая от нее знака, — как ему следует повести себя.

Тэфана снисходительно тряхнула «париком».

— Да-да... — пробормотал он. — Я действительно... собираю материал... изучаю таврские некрополи... В прошлом году мы с женой ездили в Симеиз... там на площадке, заросшей можжевельником, находится несколько прекрасно сохранившихся «каменных ящиков», а выше, на горе Кошка их гораздо больше...

Анатолий Петрович задыхался от волнения, на его высоком лбу выступили бисеринки пота. Его супруга выпрямилась и приняла боевую стойку, готовая в любой момент вступиться за мужа. Она не разделяла его мнения по поводу погребальных сооружений тавров, но другим было непозволительно нападать на ученого.

Матвей наклонился к самому уху Астры и прошептал:

— Не знаю, какой из него археолог, но оратор он никудышный.

Маг Эльдар ревниво отнесся к тому, что Теплищев оказался в центре внимания, и поспешил перехватить инициативу.

— Официальная наука, как всегда, попала пальцем в небо! — вальяжно раскинувшись на диване, заявил он. — Сколько можно дурачить людей? Да, археологи раскопали под Симеизом поселение тавров. Смею заметить, это племя довольствовалось малым — жили чуть ли не в землянках, пахали землю сучковатым бревном... Они даже письменности не имели! Признайтесь, что вы там нашли? Примитивные орудия труда, куски закопченных глиняных горшков и стеклянные бусины?

— Тавры занимались главным образом скотоводством...

Усатый красавец-мужчина не дал Теплищеву договорить.

— Детский лепет! Вы хотите сказать, что люди, которые вели дикую полукочевую жизнь, вдруг вздумали строить для своих мертвых грандиозные каменные саркофаги? Где же ваша логика? То, что вы безграмотно называете «таврскими ящиками», сложено из массивных каменных плит. Как тавры выламывали из скал тяжеленные монолиты, как обрабатывали, как перемещали, устанавливали, наконец? К тому же эти сооружения появились значительно раньше, чем в Крымских горах поселились древние племена. Им не меньше десяти тысяч лет!

— Но там внутри были обнаружены кости... — робко возразил археолог. — И специалисты оказались единодушны насчет этнической принадлежности погребенных...

Господин Гаранин фыркнул, его усики поддернулись вместе с верхней губой, отчего на лице образовалась злобная гримаса.

— Яркий пример ученой тупости! Почему бы таврам не хоронить своих покойников в уже готовых «саркофагах»? Зачем утруждать себя рытьем могил, когда под боком полно каменных «ящиков», как вы выражаетесь? Естественно, они складывали туда мертвые тела. Но это ничего не доказывает!

— А вы прекрасно изучили предмет, — подала голос Виринея, впервые прямо глядя на Гаранина. — Чем вас привлекли крымские дольмены?

Она похорошела от румянца и распушенных дождевой влагой волос. А в ее голосе звучали нежные нотки.

— Я каждый год совершаю паломничество к *местам силы*. Черпаю мудрость из древнейших источников...

На сей раз ему помешала высказаться Астра. Если она переигрывала, то совсем чуточку.

— Господа! О чем идет речь? Прошу прощения, но... я не знаю, что такое... э-э...

— Дольмены? — усмехнулся Эльдар. И снисходительно объяснил: — Загадочные постройки неизвестной цивилизации. Приходилось слышать о древних кельтах?

Она кивнула и незаметно ущипнула Матвея за локоть. *Кельты!*

— Так вот, слово дольмен имеет кельтские корни. Это древнее сооружение из массивных каменных плит в виде ящика, накрытого сверху плоской «крышей», или домика. Способ, который применялся для их постройки, равно как и назначение дольменов, пока точно не определены. Существуют различные гипотезы...

Он замолчал, а роскошная блондинка, ощущая себя покинутой, спросила:

— Какие же?

За все это время «жрица» Тэфана не проронила ни слова, застыв в позе готовой к броску змеи. Но тут ее прорвало.

— Как можно не знать ничего о дольменах? — Она воздела к потолку руки, звеня браслетами, и, забыв о репутации супруга-археолога, возвестила: — Это же линии для приема телепатических мыслеформ от божественных сущностей! Их соорудили великие атланты!

— Скажите еще, что это линии связи инопланетян, — не сдержался Макс. — Которые в далеком прошлом посетили нашу планету. У нас и такие слухи ходят. Дескать, именно дольмены привлекают в Крым НЛО. Бывало, прогуливаешься, а над тобой кружат стаи летающих тарелок.

— Это правда! — с суровым видом подтвердила госпожа Нагорная.

Администратор, не ожидая, что его иронию примут за чистую монету, смешался и занялся тортом. Вкус чернослива и заварного крема вдруг показались ему горькими.

— Но позвольте... — опомнился Теплищев. — Подобные мегалитические памятники разбросаны по всему миру. И везде они имеют сходство друг с другом — в Европе, на островах Средиземноморья, в Азии, в Северной Африке, на Кавказе и в Крыму.

— Так при чем же тогда тавры? Разве они могли совершать кругосветные путешествия и оставлять повсюду свои могильники?

— А вы не ловите его на слове, — холодно произнесла Нагорная. — Тайна дольменов еще не раскрыта.

— Кстати, господа! — развеселился Эльдар. — Если кто ездил в Геленджик, там можно увидеть дольмены в долине реки Жанэ. В некоторых плитах на фасаде есть круглые отверстия, куда с трудом может протиснуться человек. Как будто великаны построили маленькие каменные домики для лилипутов. Еще в позапрошлом веке исследователь де Мариньи открыл группу дольменов на реке Пшаде. Черкесы рассказали ему легенду о великанах и карликах. Они называли дольмены «домами карликов, которые для верховой езды использовали зайцев».

— Атланты были огромного роста! — не преминула вставить Тэфана.

Блондинка до неприличия громко захохотала. Археолог смутился и вынужден был признать:

— Я допускаю, что «каменные ящики» служили культовыми сооружениями исчезнувшего народа, например жертвенниками...

Гаранин решил не давать ему спуску.

— И этот народ был расселен по всему миру? Полно вам чепуху городить, господин Теплищев. Я уж скорей поверю в атлантов или пришельцев.

Матвей потерял терпение.

— Высокоразвитые люди не стали бы возиться с камнями! У них тонкие технологии.

Его реплика подстегнула компанию к новому витку спора.

— Это еще почему? — взвилась Тэфана. — Да будет вам известно, атланты использовали кристаллы в качестве носителей информации. Так что кристаллическая структура плит, из которых сложены дольмены, — самая долговечная и надежная «Книга истин». Атланты умели предвидеть будущее и прекрасно понимали, какая грубая сила и воинствующее невежество воцарятся на земле после потопа... Любые технологии будут сметены полчищами варваров. И только многотонные камни смогут устоять под сокрушительным натиском хаоса!

«Жрица Луны» преобразилась. Ее густо подведенные глаза сверкали, тощая грудь взволнованно вздымалась.

— Прямо вещунья... — прошептала Астра. — Сивилла...

Она как в воду глядела. Тэфана разошлась не на шутку, обрушила на пристыженных слушателей лавину аргументов в пользу своей теории. Археолог прикусил язык. Виринея не спускала с нее зачарованного взора. Эльдар пытался ее остановить... Куда там!

Это удалось сделать красавице блондинке. Ее громоподобный хохот заставил госпожу Теплищеву сначала споткнуться, сбавить тон, а потом вовсе замолчать.

В наступившей тишине блистательная Ирэн взяла слово и продемонстрировала недюжинные познания в античной истории и литературе. Она заговорила о Храме.

— Господин Гаранин! — звонко произнесла она. — Как примитивные тавры отправляли культ богини Девы? Откуда у них появилось не только само верование в Деву, но и мраморный храм дивной красоты? Ведь они должны были бы приносить жертвы своим богам в каком-нибудь пещерном капище. А Геродот и Овидий свидетельствуют об обратном.

Ее короткая речь произвела эффект разорвавшейся бомбы. Астра могла бы поклясться, что все присутствующие сию минуту изменили свое мнение о блондинке. По крайней мере, половина из них считали эту женщину дорогой изысканной шлюхой, не обремененной интеллектом и нравственными принципами. Крашеные волосы, длинные ноги, силиконовый бюст, умение продавать себя за большие деньги и лексикон Эллочки-людоедки — вот и все ее достоинства. Мужчины обожают таких недалеких, изобретательных и неутомимых в постели красоток.

Археолог закашлялся, в его глазах, устремленных на даму в вечернем платье, проснулся интерес. Теплищева позеленела от злости. Эльдар и Виринея изо всех сил пытались скрыть свое искреннее изумление. Администратор, судя по выражению его лица, тоже не ожидал от «соблазнительницы» ничего подобного.

Все забыли о торте. Самовар остывал на празднично сервированном столе. Было слышно, как за окнами свистит ветер, сбивая с деревьев капли воды вместе с листьями.

— Храм... — первым очнулся Теплищев. — Что вы имеете в виду?

Его жена пришла в себя.

— Георгиевский монастырь, конечно же! — заявила она с твердым намерением взять реванш. — Разве не там находилось языческое капище тавров?

— На мысе Феолент, что ли? — очнулся Макс. — Под Балаклавой? Я там бывал... неужели, христианский монастырь основан на месте капища?

— Представьте, да, — кивнула Вириния, которая со своими йогами объездила весь южный берег Крыма. — Во всяком случае, такова история. Высоко на горе, в пещере над пропастью тавры устроили капище. Много позже на мысе Феолент поселились греческие моряки и в той же пещере заложили храм в честь Георгия Победоносца.

Археолог не выдержал и вмешался:

— Позвольте, но... никому достоверно не известно, находился ли на месте монастыря храм Артемиды, о котором говорится в легенде про Ифигению, дочь Агамемнона. Ни-ко-му!

— Жрица Храма отрубала жертвам головы, а тела их сбрасывались со скалы... — глядя почему-то на Гаранина, произнесла Вириния. — Я слышала эту легенду от экскурсовода. Если верить древнегреческому мифу, у Ифигении был родной брат Орест. Его преследовали Эринии, богини возмездия.

— За что? — простодушно спросил администратор.

Госпожа Нагорная развела руками. Видимо, экскурсовод не вдавался во все подробности, а сама она не увлекалась античной литературой.

— Он убил свою мать Клитемнестру и ее любовника, — подсказал Теплищев, который знал наизусть перипетии царской семьи Микен. — Таким образом, Орест исполнил волю бога Аполлона и отомстил за смерть отца. Однако тут же появились неумолимые Эринии со сверкающими очами и шипящими змеями в руках. Они накинулись на Ореста и омрачили его рассудок. Сам Аполлон пытался защитить Ореста от злобных мстительниц. В искупление вины он повелел Оресту отправиться в далекую Тавриду и привезти оттуда священный кумир[1] Артемиды. По тем временам это было настоящее испытание — воинственное и жестокое племя тавров убивало всех чужестранцев, осмелившихся ступить на их землю. Путешественников, потерпевших крушение мореходов и пленников приносили в жертву Деве. Такая участь едва пе постигла Ореста. Его спасло то, что в жрице Храма он узнал сестру Ифигению...

Теплищев как будто переживал то, о чем говорил. Его лицо хмурилось, голос приобретал трагический оттенок, но к счастливому финалу складки на лбу разгладились, он повеселел и радостно поведал о чудесном спасении Ореста и возвращении брата и сестры на родину.

— Я ошибался насчет его ораторских способностей, — шепотом признал Матвей. — Пожалуй, у него есть дар рассказчика.

— Браво! — Виринея захлопала в ладоши.

— Вы перещеголяли Еврипида, господин археолог, — с холодной улыбкой вымолвила блондинка.

«Ничего себе! — подумала Астра. — Она читала древнегреческого трагика?»

Эльдар Гаранин обескураженно молчал. На его глазах с Ирэн происходила невероятная метаморфоза. Невероятная!

Теплищев с сожалением вздохнул:

---

[1] К у м и р — здесь: изваяние языческого божества, идол.

— И все же смею заметить, что никаких следов Храма при строительстве монастыря найдено не было.

Блондинка склонила голову набок и выразительно продекламировала:

К чему холодные сомненья?
Я верю: здесь был грозный храм,
Где крови жаждущим богам
Дымились жертвоприношенья...

— Пушкин? — угадала Астра.

Ирэн с царственным величием кивнула. Археолог оживленно добавил:

— Молодой поэт, будучи в Крыму, посетил Георгиевский монастырь. Творческий человек отдает предпочтение легенде, а не исторической достоверности.

— А я уверена, что Храм следует искать в другом месте! — с пафосом заявила Тэфана. — На мысе Феолент не чувствуется эманаций[1] богини Девы.

— Вы улавливаете ее эманации? — в голосе Эльдара сквозило раздражение. Он перестал понимать женщину, которой увлекся сильнее, чем рассчитывал, и это испортило ему настроение. Ирэн прикидывалась глупышкой, а на самом деле она умна и эрудированна. Похоже, она может дать фору любому из собравшихся. А он проморгал, проглядел — принял ее за одну из прожигательниц жизни, чуть ли не за «ночную бабочку». Где же его хваленая проницательность?

Похожие мысли одолевали Виринею Нагорную. Она старательно настраивала «третий глаз», дабы обозреть скрытую сторону натуры красавицы-блондинки, и потерпела фиаско.

— Ученые до сих пор ищут руины загадочного Храма в Партенитской долине и на склонах Мед-

---

[1] Истечение, испускание чего-нибудь откуда-нибудь; то, что появляется в результате такого испускания.

ведь-горы, — снова подал голос Теплищев. — Ведь слово «Партенит» переводится с греческого как Долина Дев.

— Может быть, именно там амазонки построили знаменитый Храм? — усмехнулась Ирэн. — Таврская Артемида, как и Эфесская, — азиатская богиня. Ей служили жрецы-евнухи... Древнейшую Артемиду называли Бравронией — «медведицей», — а ее жрицы устраивали ритуальные пляски в медвежьих шкурах. Именно этой ипостаси богини поклонялись амазонки.

— Так потому и Медведь-гора? — осенило археолога. — Боже мой, Тома, — забывшись, обратился он к жене. — Как мне самому в голову не пришло?

Сошлись на том, что существует несколько мест, где мог быть построен Храм Девы: это Партенит, древний Херсонес[1] или все-таки окрестности Георгиевского монастыря.

— Когда-то там нашли каменную колонну, — вспомнил администратор.

— А на монетах Херсонеса изображалась богиня с надписью «Дева», — ввернула Ирэн. — Посмотрите на чернолаковые сосуды этого города. На них изображен Храм и сцены из мифа об Ифигении...

Археолог горячо ее поддержал.

В общем, блондинка произвела на чаепитии фурор. Матвей и Астра только и успевали наблюдать за реакцией этой необычной компании. Когда совсем стемнело, Тэфана вдруг встала во весь рост, подняла руки ладонями вверх и громогласно изрекла:

— Луна предупреждает! Кто-то замыслил страшное зло. Берегитесь...

— Хватит вам людей пугать, Тамара Ефимовна, — рассердился Макс. — И так погода испортилась. А тут еще вы со своими пророчествами!

---

[1] Херсонес — античный город, руины которого находятся сейчас в черте Севастополя.

— Надо бы почистить здешнюю ауру, — отозвалась Виринея. — Я пойду медитировать. Присоединяйтесь.

Она опять взглянула на Гаранина. Тот небрежно дернул усами и передразнил:

— Почистить ауру! Как вы себе это представляете?

— Хотите, научу?

От такой наглости именитый маг на минуту потерял дар речи.

— Выскочка! — прошипел он, наклонившись к Ирэн и обнимая ее за талию. — Пойдемте, подышим воздухом. После грозы он пьянит и будит игривые мысли... Вы расскажете мне об амазонках... Они, кажется, обладали особыми любовными приемами...

У Астры вдруг появилось плохое предчувствие — она узнала его по холодной пустоте в груди.

~ ГЛАВА 9 ~

Горный Крым. Год тому назад

«Общение» с загадочным дольменом по-разному повлияло на туристов. Некоторые решили уйти из лагеря, не дожидаясь прощального костра. Между членами группы начались разногласия. Одни ничего не имели против, чтобы те, кому надоела жара и походные условия, отправились домой. Другие возражали.

— Это неуважение к коллективу...

— Вместе пришли, вместе и уйдем...

— А по-моему, каждый из нас волен поступать по своему усмотрению, мы все свободные и самостоятельные люди...

Конец спорам положил руководитель туристического отряда.

— Я отвечал за вас в горах, на сложных для подъема и спуска тропах, — заявил он. — Но отсюда, с этого плато любой сможет без труда добраться до автомобильной дороги. Поэтому никого не стоит задерживать.

Инцидент был исчерпан, и к следующему утру из лагеря ушли гитарист и рыженькая велосипедистка, которые успели подружиться. Они молча собрали палатку, взвалили на плечи рюкзаки и, наскоро попрощавшись, зашагали прочь.

Накануне прошел дождь, солнце пекло немилосердно, от земли поднимались горячие испарения. Духота морила, клонила в сон.

Обед готовили через силу, потому что так было заведено. Диана, как всегда, собирала хворост. Свалив в костер охапку веток, она устало опустилась на бревно, служившее туристам скамейкой. Сырые ветки дымили, не желая разгораться.

Съестные припасы почти закончились. В котелок засыпали гречку и заправили последней банкой тушенки. Из овощей нарезали вялые огурцы. Ели без аппетита.

— Может, в село сходить? — предложил парень, который принес воду из ручья для чая и мытья посуды. — Хлеба купить, ягод каких-нибудь. Замучила каша!

Старший группы равнодушно жевал, прикидывая, какая завтра будет погода. Вдруг, опять дождь зарядит? Парит сильно. Все тело влажное, майка к спине прилипла.

— Зачем? Завтра уходим. Переночуем, соберемся, не торопясь, позавтракаем — и на автобус. Если повезет, маршрутку поймаем. Вы как, девчонки?

Девушки невнятными возгласами выразили согласие.

Диана пила чай маленькими глотками, пытаясь успокоиться. В ее сердце поселилась тревога. Не только в сердце — в мыслях, в каждой клеточке тела. Казалось, у скал есть глаза, которые следят за ней, подстерегают, выжидают. Или в гуще пихтовых зарослей прячется неведомая опасность. Сказать кому? Неловко, стыдно. Засмеют... Кому тут за ней следить?

Она никогда не была трусихой. Что же происходит в этих горах? Может, и правда, дольмен воздействует на психику? Даже издалека. У людей разная чувствительность, разная восприимчивость. Одним все нипочем, а другие улавливают малейшие энергетические колебания, реагируют. Не зря же двое не выдержали, решили вернуться домой.

После еды все разбрелись, кто куда. Парни улеглись в тени подремать. Девушки отправились к ручью обливаться водой — спасаться от жары. Дежурная по кухне принялась мыть посуду.

— Больше всего ненавижу чистить жирный котелок! — ворчала она.

Диана с тоской смотрела на тропу между камней, ведущую вниз. Может, и ей не ждать завтрашнего утра? Сколько тут идти до дороги? Какие-то час-полтора...

— Слушай, ты ничего не замечаешь? — обратилась она к дежурной.

— Что именно? Жара ужасная...

— Значит, ничего. Так я и думала...

— Ты о чем? — Девушка с отвращением показала ей руки, вымазанные сажей. — Полюбуйся на это! Черт! Все-таки, походная жизнь не для меня.

— Мне тоже надоело! Пойду складывать рюкзак.

— Куда спешить? Завтра сложим...

Но Диана уже все решила. Ей больше невмоготу находиться под прицелом «невидимого взгляда». Магическое поле дольмена оказалось для нее слишком сильным испытанием.

— Я ухожу сегодня!

Дежурная в недоумении уставилась на нее:

— Приспичило? С рыжей пример берешь?

— Я здесь ни на час не останусь...

Она вскочила и побежала к палатке, приговаривая:

— Да, у меня слабая психика, и что из того?

Она запихивала вещи в рюкзак, радуясь его легкости. Продукты съедены, кое-что она оставит в лагере. Другим пригодится.

Наблюдатель потирал руки от радости. Все идет, как по маслу. Сейчас прелестная Диана покинет своих товарищей и прямиком попадет в расставленные сети. Неосторожная курочка...

Крым. Поселок Береговое. Наше время

Вечером небо совершенно очистилось. Над морем раскинулась сияющая карта созвездий. Шторм выбросил на берег кучи водорослей, и ветер принес их соленый запах в комнаты.

— Мне что-то тревожно, — заявила Астра, как только они с Матвеем вернулись из каминного зала к себе. — Ну и сборище...

— Да, пестрая компания. Все чудаки. Но какова Ирэн? Признаться, не ожидал от нее такой прыти. Я думал, она ни черта не смыслит ни в чем, кроме секса.

Астра ощутила в груди укол ревности.

— Она тебе понравилась? Только не лги.

— Конечно, понравилась. Даже Теплищев вспомнил, что он мужчина. Гаранин, по-моему, уже увяз по уши. Макс на подходе.

— Ты нарочно меня дразнишь...

Она угадала, и у Матвея сразу пропал интерес ломать комедию. Да, блондинка хороша, но чего-то ей не достает. Может быть, душевного тепла...

— Я становлюсь сентиментальным, — вздохнул он. — И преданным одной женщине. Тебе, дорогая. Старею!

Ему захотелось отбросить притворную иронию, которая разделяла их, стать простым, понятным в своей любви...

Звонок телефона все испортил. Это был администратор. «Я ненавижу тебя, Макс! — думал Матвей, пока Астра говорила. — Я готов убить тебя прямо сейчас! Во мне зреет злодей, о котором предупреждала Тэфана!»

Почему все так сложно и мучительно?

В нем проснулся Брюс — его второе «я», двойник из прошлого или призрак, который преследует его, — или персонаж, созданный его воображением по образу фельдмаршала, чернокнижника и ученого Якова Брюса, самого загадочного из «птенцов гнезда Петрова». Потомка шотландских королей, в жилах которого текла кровь древних кельтов, он был пожалован в графы русским царем, воевал, постигал многие науки, искал философский камень и наблюдал за звездами.

Как бы повел себя Брюс, будучи не петровским вельможей, а современным человеком, живущим в современном мире техники, бизнеса и денег? Как бы он мыслил? Кого любил? О чем мечтал?

Астра закончила разговор и положила трубку.

— Что с тобой? — спросила она.

Ей одной удавалось видеть не только его внешнего, но и внутреннего. И он поспешил укрыться от ее взора, спрятался за фразой:

— Знаешь, зачем старший Юдин пригласил сюда эту шикарную блондинку? Чтобы она увела его сына у жены...

— Допустим. А остальных?

— Ну... для порчи...

— Для чего, для чего? — прыснула она.

— Порча, сглаз! Колдовство! Не понимаешь? Чтобы отвадить Спиридона Юдина от его супруги Елены. Если блондинка оплошает, предусмотрены запасные варианты. Слышала, какие слова произносят эти гости? Аура... медитировать... эманации...

— Обычные слова. Профессия у них такая, магическая, со своей терминологией.

Матвей вскочил с дивана и начал ходить по комнате.

— Поэтому молодая хозяйка и чахнет, болеет то есть. Они на нее оказывают вредоносное воздействие. Тэфана напугала до полусмерти... Виринея медитирует! Бог знает, какие мысленные посылы она отправляет в адрес Елены. Гаранин тоже мастер направлять телепатические потоки зловредного содержания...

— Вот уж не подозревала, что ты веришь в порчу и сглаз.

— Я не верю! — решительно открестился он. — Чего нельзя сказать о других. Когда человек боится, он становится уязвимым. Страх — самое опасное, что может быть.

Сейчас в нем говорил не инженер Карелин, а чернокнижник Брюс. Лицо его в такие моменты непостижимым образом менялось: черты приобретали не присущую Матвею твердость, жесткость и непоколебимую властность. Тон не допускал возражений, но Астра и не собиралась спорить. Она была с ним согласна, полностью и целиком. Насчет страха, но не по поводу намерений Акима Ивановича.

— Господин Юдин не так прост. Пожелай он извести невестку, не стал бы действовать столь примитивным и ненадежным способом.

— Зато уголовно не наказуемым.

— А нас он зачем сюда прислал?

— Как свидетелей, что криминала не было, — неуверенно пробормотал Матвей.

Брюс уже скрылся за привычным образом столичного жителя, скептичного и прямолинейного, который ищет всему рациональное объяснение.

— Какова же роль Ирэн?

— Уверен, она открыто строит глазки Спиридону.

— Я ни разу не видела.

— Ты его вообще не видела. Он нас игнорирует...

— Появился шанс познакомиться, — улыбнулась Астра. — Макс сказал, что молодые Юдины ждут нас на поздний ужин.

— Я сыт по горло! Два куска торта с заварным кремом, две чашки чая...

Матвея затошнило при мысли о еде. Он перестарался со сладким — торт оказался слишком калорийным.

— Пожуем что-нибудь из вежливости... Зато поговорим. Тебе неинтересно взглянуть на Елену и ее мужа?

Стол для легкого ужина был накрыт в кухне-гостиной на первом этаже хозяйского дома. Охлажденное белое вино, лосось в собственном соку, овощи, виноград и сыр.

— Мы с женой не обедали, — улыбался молодой Юдин. — Будем наверстывать упущенное. Вы не стесняйтесь, пробуйте рыбу по рецепту моей мамы. Вкусно необыкновенно.

Астра поблагодарила и взяла себе приличный кусок лосося.

— Елена скоро спустится, — ответил на ее немой вопрос хозяин.

Сын лесопромышленника оказался красивым мужчиной — не великан, но выше среднего роста, ширококостный, гладко выбритый, с короткой стрижкой, аккуратной линией висков и волевым подбородком. Копия отца, только на тридцать лет моложе. Высокий лоб, черные волосы, серые глаза с прозеленью, чувственные губы. Выбирая между слащавым Гараниным и сдержанным Юдиным, Астра отдала бы предпочтение последнему.

Он представился Ридом и предложил чувствовать себя как дома.

— Давайте общаться запросто. Не люблю церемоний.

Казалось, он не играл, но в то же время абсолютно не походил на этакого рубаху-парня.

— Простите, что не уделяю вам достаточно внимания. Хлопоты! Жена немного приболела. Мы с отцом купили гостиницу под Форосом, начали ремонт. Надо контролировать. Боюсь, не смогу развлекать вас частыми застольями и совместными пикниками на море... Елена не выносит солнца. У нее мигрени.

— Не беспокойтесь, — кивал Матвей. — Мы сами о себе позаботимся.

Юдин принялся рассказывать о гостиничном бизнесе, о сакских грязях, целебном крымском воздухе.

— По сравнению со степью южный берег живописнее. Скалы, камни, вечнозеленая растительность. Кипарисы и туи на фоне синего неба. Мне нравится запах ливанских кедров... Непременно посажу здесь парочку. А море у нас лучше — розовый песочек, мелкая ракушка, чистое дно. Сказка...

Хозяин говорил, гости слушали. Матвей пил вино из крымского винограда.

— Молодое... — заметил он. — Хороший тонкий вкус.

— Я покупаю вина прямо из бочки, у частника, — обрадовался теме Юдин. — Во всяком случае, они натуральные. В магазинах такой гарантии никто не даст.

Астра охотно улыбалась, хвалила вино, лосося.

«Как она может есть? — думал Матвей. — И где Елена? Ее опоздание граничит с неприличием».

Хозяйка появилась неслышно, как будто не шла, а порхала, что не вязалось с ее отнюдь не бесплотной фигурой. Она была дивно, неестественно хороша.

Если Астра сравнивала Юдина с Гараниным, то Матвей провел параллель между Еленой и роскошной блондинкой Ирэн — в пользу первой. Красота блондинки бросалась в глаза, тогда как Елена привлекала исподволь. Взгляд, соприкасаясь с ней, то погружался, то скользил, восхищенно изучая прелестную неправильность ее черт, грацию движений, странное изящество ее облика, не хрупкого, но утонченного.

Ирэн рядом с ней, пожалуй, показалась бы громоздкой, как богатырь-девица. Хотя обе были сложены идеально, Елена отличалась летящей легкостью пропорций. На ее фоне грудь и бедра блондинки выглядели бы тяжеловесными, а лицо несколько вульгарным.

— Извините меня, — вежливо улыбнулась хозяйка, и, не объясняя причину своего опоздания, опустилась на поданный мужем стул.

Впрочем, слово «хозяйка» мало ей подходило.

— Моя жена Елена, — представил ее Рид.

И она легко кивнула. По тому, как он поднялся при ее появлении, по выражению его глаз и по множеству других незначительных мелочей было видно, что он очень дорожит этой женщиной.

— Дорогая, познакомься с нашими гостями. Это Астра, дочь господина Ельцова, и ее жених Матвей. Они приехали по приглашению папы.

«Как будто остальные приехали сюда по собственной инициативе», — подумала Астра, рассыпаясь в любезностях и похвалах чудесному вкусу хозяев виллы. Она не кривила душой. Матвей вяло поддакивал.

Елену, судя по всему, мало интересовало, кто пригласил этих молодых людей. Она глотнула вина и сидела, разглядывая то морские пейзажи на стенах, то ночь за окнами. Рид отдувался за двоих.

— У нас тут собралось яркое общество...

— Весьма экстравагантное, — согласилась Астра. — Не знала, что ваш отец такой горячий поклонник эзотерики и оккультизма.

При этих словах Елена сделала еще один глоток вина. Ее супруг комично сморщился и пожал плечами.

— Представьте, я тоже не имел понятия. Папа не перестает меня удивлять. Он открылся для меня с новой стороны.

«Зачем они пригласили нас к себе? — размышлял между тем Матвей. — Чтобы выведать, с какой целью мы приехали? Прощупать почву? Отдать дань вежливости? Вызвать симпатию?»

Елена молчала, как будто набрала в рот воды. Она была одета в светлое платье без рукавов, на длинной шее — нитка жемчуга, волосы подняты вверх и скреплены на затылке. Просто, стильно и дорого. Астра прикинула, во сколько обошелся Юдину этот «скромный» наряд.

— Я слышал, вы актриса? — спросил он у Астры.

— Закончила театральный, но так ни разу и не вышла на профессиональную сцену.

— Жаль. Почему?

Беседа перекинулась на театр и кино. Обсудили последние громкие премьеры. Елена не принимала участия в разговоре.

— А вы чем занимаетесь? — обратился к ней Карелин.

— Ничем...

Обескураженный ответом, он не нашелся, что сказать. Положение спас Рид.

— В нашей семье не заведено, чтобы жены работали. Мой отец решительно против, и я его поддерживаю. Красивая женщина должна оставаться праздной.

— Спорный вопрос.

— И вообще у нас медовый год, — погладил Елену по плечу муж. — Правда, милая?

— Да, конечно...

Она явно тяготилась и разговором, и необходимостью сидеть за столом. Шатенка с медным отливом волос, бело-розовой кожей и длинными мягкими ресницами. Лицо почти без макияжа. Не то что боевая раскраска Ирэн.

«Почему я их все время сравниваю? — одернул себя Матвей. — Они очень разные».

— Завтра Макс организует поездку в город, — сказал Юдин. — Вы поедете? Можно будет пройтись по магазинам, прогуляться по набережной...

Астра отклонила его предложение.

— Мы лучше сходим на пляж, если погода позволит.

— Правильно, — одобрил он. — Антон покажет чудесный дикий берег: только море, песок и чайки...

— Может, вместе позагораем?

— Елена хочет завтра прокатиться в Ялту...

~ ГЛАВА 10 ~

Астра не могла нарадоваться, когда они вернулись в номер. Упала поперек кровати и закрыла глаза. Знакомство с молодыми Юдиными ничего не прояснило, скорее озадачило.

— Теперь вообще ничего не понимаю, — пробормотала она. — Как тебе эта пара?

— Хозяева такие же странные, как и гости. От магии они далеки, но у них есть какая-то своя тайна. Особенно поразила Елена. Она почти весь ужин молчала. Меня не удивляет настороженность свекра по отношению к ней. Спиридону нужна другая жена.

— Елена красивая...

— Слишком красивая, я бы сказал. И это опасно. Как ты думаешь, где они могли познакомиться?

Ночная прохлада пахла дождем и морем. Матвей шире распахнул окно. Крупные звезды, переливаясь, висели низко над степью. Большая оранжевая луна, промытая небесной влагой, поднялась над горизонтом.

— Завтра все поедут в город, — сказала Астра. — А мы останемся и тщательно осмотрим двор и оба дома.

— К Юдиным нас не пустят.

— Антон там ночует, у него должны быть ключи.

— Ты попросишь его открыть чужой дом? Что ты собираешься искать?

— Не знаю. Поброжу по комнатам, подумаю. Вещи могут многое рассказать о людях. Позвоню-ка я нашему клиенту, пусть он даст распоряжение Антону показать нам все укромные уголки. Настоящий хозяин здесь пока что старший Юдин.

Матвей улегся рядом с ней и уставился в потолок.

— А если охранник расскажет Риду, что мы в его отсутствие шастали по всей вилле?

— Аким Иванович прикажет ему молчать.

Ветер надувал синюю занавеску, и она парусом висела в комнате. Внизу на балконе кто-то заунывно повторял нараспев слова на санскрите[1].

— Виринея... — прошептала Астра. — Ауру чистит...

— Не все люди слушаются приказов, — со вздохом сказал Матвей. Он имел в виду охранника Антона. — С нашей стороны нехорошо повсюду совать нос. Как ты станешь потом оправдываться?

— Никак. Притворюсь любопытной дурочкой...

— Кто тебе поверит?

Ее план был скоропалителен и несовершенен. Однако Матвей согласился, что надо воспользоваться удобным моментом. Когда еще гости и хозяева уедут на прогулку в одно время? Такой случай может больше не представиться.

— Ладно, — решил он. — Устроим завтра экскурсию по вилле.

---

[1] Санскрит — литературный язык древних индусов.

Укладываясь спать, Астра положила под подушку сухой корешок, похожий на маленького человечка. Это был корень мандрагоры, который она нашла в тайнике вместе со злополучной флэшкой. Она называла корешок Альрауном — домашним божком.

— Он будет меня охранять и сопровождать в моих снах...

Матвей отправился в другую комнату и растянулся на диване.

«Какая-то деревяшка ей дороже, чем живой мужчина, — раздраженно думал он. — Небось завтра не хитрый Альраун, а я буду выглядеть идиотом, когда придется просить охранника пустить нас в хозяйский дом... Лучше бы мы пошли на пляж...»

С этой мыслью он уснул.

* * *

Утро следующего дня выдалось погожее. Солнышко начало припекать рано. Все блестело от росы. На проселочной дороге стояли лужи. Пожилой пастух гнал в степь стадо сельских коров.

Астра застыла на балконе, не отрываясь от этой пасторальной картины.

На площадке перед воротами уже стояла «Газель», наполовину заполненная людьми. Дверца водителя была открыта, возле нее стоял Макс, нетерпеливо поглядывая на часы. Кто-то опаздывал.

— Семеро одного не ждут! — сердито крикнул мужчина.

Астра узнала голос Гаранина.

— Еще минуточку... — вежливо улыбнулся администратор.

Запыхавшись, из столовой выбежала горничная — она помогала кухарке чистить овощи на обед. Выражение лица Макса тут же сменило милость на гнев, и он принялся отчитывать девушку:

— Катя! Ну, где тебя носит? Я же сказал, выезжаем ровно в десять!

«Людмила с ними не едет, — отметила про себя Астра и помахала администратору рукой. — Будет стоять у плиты. Могли бы поесть в городе, в каком-нибудь кафе. Кухарка тоже человек и нуждается в отдыхе».

Администратор поднял голову, сделал приветственный жест. К его смуглому телу шла светлая безрукавка из хлопка и такие же легкие штаны.

— Когда вы вернетесь? — спросила она.

— К двум часам.

«Газель» скрылась за воротами, а вскоре укатили на своем черном «мерсе» и молодые Юдины.

Астра не осмелилась торчать на балконе и наблюдала за ними из-за шторы. Елена надела в поездку открытое светло-желтое платье с темной оборкой по подолу. Желтые босоножки, сумочка, оправа темных очков — все в тон. Что-что, а наряжаться она умеет. Природный дар? Или эта Елена — какая-нибудь бывшая манекенщица, поднаторевшая в моде на профессиональных дефиле?

— Для модели она слишком робка, — не разделил ее мнения Матвей. — Тем палец в рот не клади.

— Не скажи... Есть недалекие, которые вынуждены молчать, скрывая полное отсутствие интеллекта.

— Она не производит впечатления тупой куколки. Женщина себе на уме.

Юдин выглядел под стать жене — настоящий денди. Расстегнутая белоснежная рубашка, шорты с накладными карманами, светлая соломенная шляпа.

— Они эффектно смотрятся!

Когда «мерс» исчез за поворотом, подняв фонтан брызг, Астра покинула свой пост у окна.

— Всё! У нас развязаны руки. Старший Юдин дал добро. Мы можем приступать к осмотру помещений.

На вилле остались только кухарка и охранник. Она возится с обедом, а он ждет нашей команды.

— Юдин ему позвонил?

— Да. Вообрази, какое у Антона было лицо!

Она, хихикая, натянула платье, бросила в карман Матвею мобильный телефон:

— Вдруг, понадобится что-то сфотографировать?

Он нехотя поплелся за ней на смотровую террасу второго этажа. Отсюда открывался вид на море. Справа хорошо просматривался соседний двор, а слева — участок с недостроенным татарским домом из ракушечника. Видимо, хозяева давно его забросили, все заросло травой и кустарником с серебристыми листьями, который не боится засухи. Перед домом лежала старая деревянная лодка вверх днищем.

Стадо коров рассыпалось по степи. Буренки что-то жевали, опустив головы и отмахиваясь хвостами от насекомых.

— Смотри! — сказала Астра.

— Что они едят? — недоумевал Матвей. — Там же одни колючки.

— Я о другом. Тебе это ничего не напоминает?

«Опять она о своем, — с досадой подумал он. — Эпизод с флэшки: коровы, жующие траву. Ну и что? Возле любого села пасутся коровы!»

Со двора на террасу вела железная винтовая лестница. По ней к Астре и Матвею поднялся Антон.

— Кто живет в соседнем доме? — спросила она, показывая на типовое двухэтажное строение.

Перед домом рос молодой сад, в углу у будки дремала огромная лохматая собака. Она улеглась в тени, но уши ее настороженно двигались.

— Бизнесмен один купил года полтора назад, — объяснил охранник. — Ремонт делать не стал, ждет чего-то. Может, продаст.

— Там кто-нибудь живет?

— Да, живут. Родственники отдыхать приезжают или друзья. Я, честно, не в курсе. Но собака всегда накормлена, не воет.

— Вы знакомы с соседом?

— Он заходил, говорил с Акимом Ивановичем — расспрашивал, что здесь еще продается. Деловой такой мужик, хваткий.

— Сколько ему лет?

Антон мотнул головой. Его губы обветрились, а нос обгорел. Кожа на лице покраснела, на лбу выступили капельки пота.

— Он мне не докладывал. Думаю, около сорока.

— А это продается? — Астра показала на татарский дом.

— Нет. Хозяин уехал, и с концами. Тут полно таких заброшенных коробок. Начали строить и обломались. Не потянули. А может, обстоятельства изменились.

— Вы покажете нам комнаты гостей?

Если бы охранник не был уже красным от солнца, он бы покраснел от стыда. Водить посторонних по чужим номерам — это неслыханно! Однако приказ есть приказ.

— Идемте...

Матвей придержал Астру за руку.

— Комнаты гостей — это уж слишком! — прошептал он. — Ты хочешь обыск устроить? Как мы будем выглядеть в глазах этих людей? Вдруг они узнают?

Антон ломал голову, кто эти двое и почему их наделили особыми полномочиями. Детективы, что ли? Задавать вопросы он не смел. Старший Юдин такого не потерпит, мигом уволит. А у Антона квартира в кредите, свадьба на носу. Нельзя ему работу терять.

— Так и быть, убедили! — улыбнулась Астра и неожиданно добавила: — Пройдем только по этажам и подвалу. В номера заходить неловко как-то.

Мужчины с облегчением вздохнули.

Осмотр гостиницы ничего не дал. Правда, Астра ничего конкретно не искала. Она ходила, заглядывала везде, куда был доступ, — в кладовку, где хозяйничала горничная, в бельевую, в большую ванную на первом этаже, в каминный зал — и размышляла, наморщив лоб.

Антон потирал затылок и молча ходил следом за любознательной парой. Из гостиницы он повел их в хозяйский дом.

— Говорят, у вас тут пауки ядовитые водятся? — спросила Астра.

— Да... Это же юг, Крым... — подтвердил охранник. — Здесь полно такой живности. И тарантулы попадаются, и каракурты, и сколопендры. Вон степь — рукой подать... Их там немерено.

— Говорят, они в дома заползают...

Парень отвел коричневые, как зрелые каштаны, глаза.

— Это случается крайне редко.

Астра остановилась и повернулась к нему, взглянула в упор.

— Что у вас с Катей?

— О чем вы? — он нервно поеживался.

— Я видела, как вы выходили из ее комнаты... — соврала она, обращаясь за поддержкой к Матвею. — Мы видели. Правда, дорогой?

Она не собиралась спрашивать его о Кате. Слова вылетели как бы сами собой, по наитию. Почему вдруг в какой-то миг ей показалось, что у Антона шуры-муры с горничной? Но она попала в точку!

Охранник съежился, поник. Его нижняя губа отвисла, и он стал похож на провинившегося школьника.

— Это мое личное дело...

— Думаю, господин Юдин будет не в восторге, узнай он о вашем поведении, — строго вымолвил Матвей. — Он человек твердых нравственных принципов и не позволит устраивать на своей вилле бордель.

— Не говорите ему! — взмолился Антон. — У нас с Катей — обыкновенный летний роман. Ни к чему не обязывающий. Она хорошая девушка, не распущенная... Просто ей хочется мужской ласки. Вы понимаете? Я ведь тоже не железный. Существуют физические потребности...

— Умный ты, как я погляжу. Наверное, в институте учишься.

Матвей обратился к нему на «ты», и охранник принял это как должное.

— Ага... — понуро кивнул он. — В Симферополе, на заочном.

— Чего ж в охранники пошел?

— А куда еще идти? Юдины платят нормально, мне хватает — и на жизнь, и кредит отдавать. Где я такую работу найду?

Астра нашла единственно верный способ заставить его говорить правду. Антон был готов оказывать любое содействие, лишь бы хозяева не пронюхали о его интрижке с горничной.

— Я вообще-то женюсь скоро, — смущенно признался он. — У меня невеста в городе. Если до нее дойдут слухи...

— Интересно получается — с одной спишь, на другой женишься...

— Я, что ли, один такой?

— Ладно, иди показывай хозяйские хоромы...

Парень приободрился, значит, у него есть шанс выкрутиться. А с Катькой надо завязывать. Предупреждал же Макс! Он мужик опытный, тертый калач.

Между тем «странные гости» осматривали дом. Обычное жилище, куда наезжают время от времени, со вкусом отделанное и обставленное, удобное, уютное. Два этажа и мансарда. Интерьер скромный, но добротный, в меру дорогой. Видно, что Юдины денег на ветер не бросают.

— На первом этаже мы уже были, — сказала Астра. — Веди-ка нас на второй и под крышу.

— Там спальни... — пробормотал Антон. — Молодые хозяева свою закрывают на ключ.

— Почему?

«Глупый вопрос, — подумал Матвей. — Спальня — это святое, не предназначенное для чужих глаз».

— Рид всегда так делает. У меня есть ключи от всех помещений, кроме их спальни. В принципе правильно.

Астра с этим согласилась. Да и что они увидят, побывав в спальне Юдиных? Кровать, шкаф, туалетный столик и зеркало?

Дом был универсален как по проекту, так и по убранству. Заметна рука профессионального дизайнера. Ничего личного, раскрывающего тайны живущих здесь людей. Красивая мебель, паркет, испанская плитка, плетеные панно на стенах, цветы в горшках...

— Осталась мансарда, — сказал Антон. — Пойдете? Там турецкий уголок и кальянная.

Они поднялись под крышу. Астра смотрела на длинные диваны с бархатными подушками, на разноцветные висячие светильники, и ей на ум пришла оброненная администратором фраза: *«Опять в мансарде что-то?»*

— А что здесь происходит?

Охранник растерялся. Вопрос застал его врасплох.

— Рид запретил нам говорить с кем-либо о... — он споткнулся и замолчал.

— «Нам» — это кому?

— Мне и Максу.

Астра повернулась к Матвею:

— Дай-ка мне телефон, я перезвоню Акиму Ивановичу...

— Н-не надо, не надо! — замахал руками Антон. — Я... так и быть... я вам скажу... Тут творится всякая чертовщина! Будто злой дух поселился. То ходит, то дышит, то стонет... то шепчет... Прямо жуть берет!

Глаза его, и без того большие, стали огромными, как блюдца.

— Только в мансарде? — саркастически усмехнулся Матвей.

— Пока... вроде бы да...

— Ты сам слышал или хозяева говорили?

— Сам... у меня мороз по коже, как вспомню... С тех пор как Елена Захаровна первый раз услышала... мне приказали спать внизу, в каминном зале. На всякий случай...

~ ГЛАВА 11 ~

На городской набережной яблоку было негде упасть. Отдыхающие всех возрастов прогуливались взад и вперед, ели мороженое, пили воду и пиво, дети, разморенные жарой, хныкали. Бродячие собаки спали в тени магнолий. Дышать было тяжело из-за испарений вчерашнего ливня. На песке пляжей, источая зловоние, валялись бурые клочья водорослей.

Вдоль моря тянулась нескончаемая полоса пансионатов, санаториев, кафе, магазинчиков и сувенирных лавок. Художники продавали здесь свои картины, фотографы делали снимки на память...

Теплищевы, нагруженные покупками, с трудом нашли свободную лавочку.

— Фу! Ну и запах! — ворчала Тэфана. — Неужели нельзя было убрать эти ужасные водоросли? Где Макс? Когда нас повезут домой?

— У меня мигрень разыгралась, — пожаловался археолог. — Влажность высокая...

— Надо было надеть шляпу с полями, а не эту бейсболку.

Она купила в лавке веер и непрерывно обмахивалась, блуждая взглядом по праздно шатающейся толпе. Среди разомлевших от жары тел мелькнуло желтое платье.

— О, кого я вижу! Наша загадочная хозяйка.

— Где? — встрепенулся ее муж.

— Вон, идет по направлению к яхт-клубу...

Как Анатолий Петрович ни напрягался, он не увидел никого, похожего на Елену.

— Ты, должно быть, обозналась. Я слышал, они поехали в Ялту.

У Тамары Ефимовны не было ни малейшего желания спорить. Она натерла ноги новыми босоножками и боролась с дурнотой. Веер гонял раскаленный воздух, асфальт дышал жаром, а в ее желудке зарождалась тошнота.

Гаранин и очаровательная блондинка тоже притомились. Они сидели за столиком открытого кафе, под полосатым тентом. Ветерок раздувал угли в жаровне и приносил аромат жареного мяса.

— Я проголодался, — заявил маг. — Может, закажем чего-нибудь?

Она лениво потягивала апельсиновый сок. Зеленое платье плотно облегало ее фигуру, а тело казалось еще более соблазнительным из-за влажного блеска кожи. В ложбинке между грудей покоился кулон в виде античной женской головы. Гаранин только сейчас его заметил. Рядом с Ирэн он терял свои магические способности и последнее соображение.

— Нет, — сказала она. — Здешняя кухня не вызывает у меня аппетита. Поедим дома. Людмила отлично готовит и уж точно не использует прогорклый жир.

Ирэн обернулась, ища взглядом остальных. Теплищевы, красные и уставшие, с кучей покупок, развеселили ее.

— Гляди-ка, Эл! Наш ученый с подругой-жрицей, кажется, опустошили все прилавки.

Сама Ирэн не приобретала сувениров. Она терпеть не могла все эти раковины, пошлые вазочки, тарелки и шкатулки с надписью «Крым».

Гаранин едва справился с приступом смеха, так нелепо выглядели Тэфана и ее супруг. Она напялила на себя какую-то хламиду, увешанную побрякушками, и синюю чалму, а он — шорты и бейсболку. Убийственная пара.

Блондинка посмотрела на часы — им давно пора ехать, а Макс как сквозь землю провалился.

— Слушай, позвони нашему администратору... — тоном повелительницы вымолвила она. — Где он потерялся?

Макс ответил не сразу. Эльдар настойчиво набирал его номер, пока тот не отозвался.

— Да-да! Я знаю, что пора ехать! Сам тороплюсь. Все собрались?

— Ирэн со мной, Теплищевы сидят на лавке неподалеку, а Виринеи я что-то не вижу...

— Мы с госпожой Нагорной ищем Катю.

— Чего ее искать? Позвоните!

— Дело в том, что она не берет мобильный...

Виринея и на прогулке держалась особняком. Магазины и кафе ее не прельщали. Она отправилась к пирсу и, прищурившись, любовалась яхтами и катерами, рассекающими морскую синь. Потом пошла к мечети. Долго стояла, очарованная строгими пропорциями стен и купола, иглами минаретов. Голос муэдзина наводил на нее непонятную ностальгическую тоску. Возможно, когда-то в прошлой жизни она была чернявой, тонкой в талии турчанкой, которая смотрела на мир из узорного окна гарема...

Ей захотелось войти под арочные своды храма, в сумрак, наполненный солнечным дымом. Вдруг, проснутся воспоминания о далекой неизбывной любви?

Внутрь ее не пустили. Госпожа Нагорная купила глиняный кувшин, сделанный в мастерской при мечети, и позвонила Максу.

— Вы где? — спросил администратор. — Катя с вами?

— Нет. Я предпочитаю гулять одна.

— Нам пора ехать, а Катя не отвечает на мои звонки. Может, не взяла с собой телефон?

— Ну, так мы не в пустыне, — холодно заметила Вириния. — Сядет на рейсовый автобус.

— У нее тяжелые сумки. Я поручил ей закупить моющие средства и разные бытовые мелочи.

Вириния была непреклонна.

— Это ее проблемы.

— Я выпустил пассажиров, съездил по делам и припарковал «Газель»... — Макс назвал улицу. — Возле киоска, где продают коктейли и сладкую вату.

— Вы не обязаны отчитываться передо мной.

— Да, но... если вы увидите Катю, скажите ей, куда идти.

— Где я могу ее увидеть?

«До чего люди бывают твердолобыми! — раздраженно подумал администратор. — И нельзя им дерзить. Надо быть вежливым и дружелюбным. Потакать их капризам и не замечать дурных характеров!»

Он взял себя в руки и попросил мадам Нагорную пройтись по скверу между мечетью и набережной — Катя обычно любила отдыхать там в тени деревьев.

— Только ради вас... — пробурчала та.

Конечно же, в сквере она Кати не обнаружила, о чем не преминула сообщить Максу.

Утомленные дневным зноем, голодные и сердитые пассажиры подтянулись к «Газели». Недовольно переговариваясь, они еще полчаса ждали администратора.

— Это невыносимо! — бурно возмущалась Теплищева. — Сколько нас будут здесь держать?

— Возьмите такси, — любезно предложила ей блондинка.

— С какой стати я должна платить свои деньги из-за... из-за... разгильдяйства какой-то девчонки?

— Она еще и скряга... — фыркнул Гаранин.

Виринея стоически терпела. Она опустилась на деревянную скамейку в обрамлении туй, закрыла глаза и повторяла про себя успокоительные мантры.

Археолог зло помалкивал, переминаясь с ноги на ногу. Жена периодически махала веером перед его носом.

— Тебе жарко, Толик?

Могла бы не спрашивать.

Взмыленного Макса компания встретила глухим ропотом. Следом за ним шел полицейский...

Горный Крым. Год тому назад

Молодая женщина с рюкзаком ловко спускалась по тропе вниз.

Человек-невидимка видел в ней не туристку, а Диану-охотницу, с луком за плечами и колчаном, полным стрел. Грациозная, как лань, и лучезарная, как богиня, она приковала к себе его взор, и у него на миг вылетело из головы, зачем он устроил здесь засаду...

Актеон, которого Диана превратила в оленя, проснулся в нем и потребовал мщения. В каждом мужчине дремлет мститель... Каждый мужчина так или иначе претерпел от женщины — унижение, обиду, предательство, измену или пренебрежение. Каждая из них виновата и должна понести наказание. Все они — дочери Евы, лишившие Адама вечного блаженства в раю. Женщины — проклятие мужского рода.

Человек-невидимка обнаружил себя, скрючившись на тропе и закусив губу от «боли». Она, конечно же, не смогла пройти мимо: остановилась и наклонилась над ним, изображая притворное милосердие.

— Что с вами?

— Нога... подвернул или сломал... О, черт! Как больно...

Она помогла ему встать и доковылять до поворота к пещере. Дальше надо было подниматься вверх, цепляясь за камни и колючий кустарник.

— Я оступился и скатился вниз вон оттуда... — Он жестом показал направление. — Там остался мой рюкзак, деньги и телефон.

Он намеренно ни о чем ее не просил. Пусть сама догадается, как следует поступить. Разве ее не учили взаимовыручке?

Она нерешительно оглянулась. Вверху действительно виднелся застрявший между камней ярко-оранжевый рюкзак. До него было рукой подать. Может, позвать на подмогу ребят из лагеря? Не имеет смысла. Возвращаться назад будет вдвое дольше, чем добраться до рюкзака.

— Хорошо, оставайтесь здесь, я достану ваши вещи.

Он со стоном сел и прислонился спиной к скале. Сделал вид, что закрыл глаза. По его лицу разлилась бледность. «Ему совсем худо, — подумала она. — Надо быстрей лезть за рюкзаком и спускаться!» Мнимый больной побледнел не от боли, а от предчувствия удачи. Он все правильно рассчитал. Ее не хватятся в лагере. Ее вообще не скоро хватятся.

Она обладала навыками скалолазания — наверное, посещала кружок альпинистов — и без труда вскарабкалась вверх. Дотянулась до рюкзака, дернула к себе... и провалилась в темноту. Даже не успела почувствовать удара сзади по затылку.

Втащить ее обмякшее тело в заросли было минутным делом. Он склонился к ней — жива, дышит. Скоро придет в себя. Надо торопиться.

В пещере он все приготовил загодя и замаскировал ветками на всякий случай. Сначала, не ощущая тяжести, приволок женщину, потом два рюкзака, «свой» и ее. Рюкзак оказался хорошей приманкой. Она ничего не заподозрила.

— Какая же ты красивая... — прошептал он, любуясь добычей. — Настоящая Диана... Только я не такой глупый, как юнец Актеон! Я тоже подглядывал за тобой, но не в твоем гроте... В этой пещере я хозяин, а не гость. А ты — моя пленница. Ну, где твои нимфы? Где твой златокудрый солнечный брат? Не надейся, они далеко, остались в забытом прошлом. Никто не принимает мифы всерьез. Никто не вызволит тебя отсюда!

Ее ресницы дрогнули, и он поспешил заклеить рот пленницы скотчем, чтобы не подняла крик, не всполошила своих приятелей-туристов. Потом связал ей ноги и руки. Чтобы не сбежала.

— Прости, но у меня нет другого выхода. Я не могу сидеть с тобой в этой пещере, — объяснил он. — Придется оставить тебя здесь до утра. У меня дела, госпожа моя. Если бы не женское коварство, я бы не стал тебя связывать. Но ты ведь не дождешься моего прихода, захочешь покинуть мою скромную обитель.

Она открыла глаза. В зрачках полыхал ужас. Глухой стон вырвался из ее груди.

— Здесь тебя никто не услышит. Не трать силы понапрасну. Думаешь, тебя будут искать?

Ничего подобного! Посуди сама — ты же преду-
предила, что уходишь. Твоя подруга видела,
как ты взяла рюкзак и отправилась восвояси.
Она расскажет это остальным. С какой стати
им поднимать шум? Ты ушла, уехала домой...
Кстати, сейчас выясню, куда ты направилась.
Где твой паспорт?

Он вытащил из кармана рюкзака ее документ
и тщательно изучил.

— Хм, ты не здешняя, как я и предполагал. Видишь, все отлично складывается. Сам не
ожидал.

Он посмотрел на часы и спохватился:

— Мне пора. Заболтался я тут с тобой.
Пока, крошка! Не скучай... И не бойся. Ночью
сюда никто не сунется. Ни люди, ни звери...
Эту пещеру, похоже, я первый нашел.

Он нырнул куда-то в сторону и исчез из по-
ля ее зрения. Через пару минут она услышала,
как осыпаются под его ногами мелкие камешки...

~ ГЛАВА 12 ~

Поселок Береговое. Наше время

Антон с неохотой говорил о хозяевах. Нет, он понятия не имеет, как и где познакомился молодой Юдин со своей будущей женой. Нет, она не появлялась на вилле, он впервые увидел ее уже после свадьбы.

— Когда это было? — пристала к нему Астра.

— В мае...

— А кто она, откуда? Местная?

Охранник то разводил руками, то прикладывал их к груди.

— На местную не похожа... Она вообще ни на кого не похожа. Мы с Максом уже ломали головы: где Рид ее откопал?

— Он ничего не говорил о ней?

— Ничего! — Антон закатил глаза и размашисто перекрестился. — Истинный крест! Нас даже Аким Иванович расспрашивал, не замечали ли мы за ней чего-нибудь странного?

Матвей слушал с возрастающим удивлением:

— Что ж он, у собственного сына спросить не мог?

Парень пожал плечами.

«У старшего Юдина достаточно связей и средств, чтобы навести любые справки о будущей невестке, — подумала Астра. — Почему он этого не сделал?»

— Мне кажется, Рид сообщил отцу о женитьбе в последний момент, — выпалил охранник. — Старик сам хотел подыскать ему жену. У них были разные взгляды на семейную жизнь и все такое...

— Свадьба была пышная?

— Более чем скромная.

— Они просто расписались? — поинтересовался Матвей. — Без венчания?

— Насколько мне известно, да.

— Но хоть какое-то застолье устроили?

— Для узкого круга. Родители, пара друзей...

— Со стороны невесты кто-то был?

Охранник покачал стриженой головой:

— Никого. Это ведь подозрительно... Верно?

Астра сделала неопределенный жест. Все люди разные, с разными традициями и запросами. Кто-то закатывает гульбища, а кто-то предпочитает отмечать праздники с самыми близкими...

Вся троица расположилась на скамейке у бассейна. Было парно. Дул легкий ветерок, но не освежал. Голубая вода покрылась рябью, дно бассейна мерцало солнечными пятнами. Толстый рыжий кот забрался на ветку абрикосового дерева и, облизываясь, исподтишка наблюдал за ласточками.

Повариха вышла из столовой с блюдцем, полным мясных отходов. Кот навострил уши и мигом спустился, потрусил следом.

— А эти... звуки в мансарде когда начались? — спросила Астра.

Ей было жарко. Солнце светило сбоку, обжигая не тронутую загаром кожу лица и рук. Матвей сходил в столовую за пивом и вернулся с тремя запотевшими бутылками «Сармата».

— Будете?

Астра отказалась, а охранник с радостью начал пить. Он получил краткую передышку в этом перекрестном допросе. Звуки в мансарде... Меньше всего ему хотелось говорить о них. А придется.

— Осенью Жанна Михайловна услышала шаги и шепот в первый раз, — выдохнул он, вытирая губы тыльной стороной ладони. — Когда старшие Юдины приехали сюда отдыхать.

— Что ты об этом думаешь?

Видимо, тема была крайне неприятна Антону: он занервничал.

— Мое дело — охранять, а не думать! Пусть Макс думает... или сами хозяева. Их дом, им и меры принимать. Только если здесь кто-то завелся, его так просто не выкуришь. Хоть батюшку приводи, хоть матушку, хоть черта лысого!

— Кто завелся? — наивно улыбнулась Астра. — Домовой? Полтергейст?

— Назвать как угодно можно. Суть в другом. Тут у нас случай был — этот самый по...

— Полтергейст! — подсказал Матвей.

— Ага, он. Поселился в захудалом домишке у одинокой бабульки и давай ее метелить — то по голове, то по спине... Бедняга вся в синяках ходила, жаловалась и в сельсовет, и в полицию. Ей, понятное дело, не верили. Сдурела, дескать, бабка, из ума выжила. Пока этот злой дух ее не прикончил. Нашли бабку в закрытом изнутри доме без признаков жизни. Мне участковый сам рассказывал. Дело, правда, заводить не стали... Кого обвинять-то? С тех пор дом заколоченный стоит. Никто в нем селиться не хочет, даже бомжи. Верите, коты и приблудные собаки, и те стороной обходят.

— Так, может, бабка своей смертью умерла. Сколько ей лет было?

— Под восемьдесят.

— Видишь? Преклонный возраст, — усмехнулся Матвей. — И где тот нехороший дом, говоришь?

— В нашем поселке, на окраине. Могу показать.

Астра понимала, к чему он клонит, но все же спросила:

— Какое отношения эта история имеет к звукам в мансарде?

Антон нервно облизнул губы:

— Ну... вдруг он заскучал без бабки и решил переселиться на виллу. Надоело ему в халупе ютиться.

— Кому?

Он перевел на Астру жалостливые глаза. «Взрослая женщина, а задает такие глупые вопросы. Как будто не понимает», — читалось в них. И буркнул:

— Сами догадайтесь.

Солнце поднялось выше. Фасад столовой, сделанный из стекла и пластика, ослепительно блестел. Ласточки, рассекая горячий воздух, часто опускались к бассейну, пили воду. Людмила вышла покурить — она села за деревянный столик и с наслаждением затянулась. На ней был короткий трикотажный халатик, фартук с оборкой и шлепанцы.

— Антон! — громко произнесла она. — Когда Макс с гостями вернется? Мясо ставить? Оно потом остынет, будет невкусное.

— Сейчас...

Охранник набрал номер администратора. Его лицо напряглось.

— Они опоздают! — повернулся он к кухарке. — Катюху потеряли.

Людмила кивнула и выпустила изо рта струйку дыма. Хорошо, можно не спешить.

Глядя на нее, Астра вспомнила, что та живет в одной комнате с горничной. Она наклонилась к парню и понизила голос:

— Куда вы стряпуху деваете, когда...

— Тише вы! — зашипел Антон. Вскочил, повертел головой, и плюхнулся обратно на скамейку. — Я же просил...

— Она не слышит.

— Люда иногда остается спать в кухне, на диване. Кухня просторная... Она умается, приляжет и дрыхнет до утра. Из пушки не разбудишь.

Его нижняя губа оттопырилась, а крылья носа раздулись. «Кто вам дал право копаться в моей личной жизни? — злился он. — Какое вам дело до меня?»

— Получается, что есть дело, — сказала Астра.

Было смешно видеть, как он подпрыгнул от неожиданности, сумматошно дернулся и спрятал глаза.

— Вы мысли читать умеете?

— Немного, — не стала скромничать она. — Так что лучше тебе говорить правду.

— Я не лгу!

Под ее пристальным взглядом он чувствовал себя как на раскаленной сковороде. «Почему он так волнуется? — думал Матвей. — Видать, есть причина!»

Астра сочла необходимым разрядить обстановку.

— Хочу познакомиться с вашими соседями... — прикрывая ладошкой зевок, сказала она. И показала на забор: — Вон с теми, ближайшими. Можно устроить?

Охранник молча кивнул. Любой каприз!

— Как по мне, я бы на месте Юдиных эту виллу продал, — вдруг вырвалось у него...

* * *

Астра и Матвей обедали в пустом зале, за угловым столиком — сюда не падал солнечный свет. На огромных, до потолка, окнах, висели желтые занавески с бабочками.

— Вот так всегда, — ворчала кухарка. — Сами задерживаются, а потом будут недовольны. Бульон остыл, мясо перестояло.

— Бульон подогреть можно...

— А мясо? Второй раз в духовку сажать?

Когда Людмила принесла им десерт, во двор въехала «Газель». Из нее высыпали измученные духотой, подавленные пассажиры.

Макс торопливо, с несвойственным ему трагическим выражением лица вошел в столовую, пересек зал и без приглашения опустился на стул рядом с Астрой.

— Что-то случилось? — спросила она. — Поломка?

— Катю убили! — выпалил администратор. — Зарезали. Прямо в сквере, неподалеку от набережной. Мы ее сначала ждали, потом искали, а потом...

Оказалось, на тело горничной наткнулся подросток, который решил справить в кустах малую нужду. Залез в самую гущу, а там...

— Я гляжу, народ столпился, — покрывшись пятнами, объяснял Макс. — Сердце сразу ёкнуло... Подбежал, — точно, она. Лежит на боку, крови не видно, будто отдохнуть решила. Рядом сумка валяется... — Он схватился руками за голову и закрыл глаза. — Кошмарный сон! Полиция, «Скорая»... Нас всех повезли в отделение, снимать показания. А какие показания? Никто ничего не видел! Все гуляли, бродили по магазинам... Даже если Катя кричала, звала на помощь, кто ее услышит? На набережной музыка гремит, шум, гам... До чего дело дошло! Людей убивают среди бела дня... Что ж это творится такое?! Наверняка опять маньяк появился. В прошлом году одного ловили, ловили, насилу поймали. А теперь, выходит, новый душегуб завелся...

Он говорил тихо, обрывая фразы, выражая эмоции интонацией и мимикой.

Антон во дворе стоял в окружении Теплищевых и Гаранина, судя по жестам, они рассказывали ему об ужасном происшествии. Блондинка и Вириней ушли к себе — освежиться, переодеться к обеду.

Людмила хлопотала в кухне — звенели приборы, засвистел чайник. Зеленый чай лучше всего утоляет жажду.

Администратор замолчал, взял салфетку и промокнул взмокшее лицо. В зале работал кондиционер, но его бросало в жар.

Матвея поразила реакция Астры. Ее не удивила страшная новость, словно она была готова к чему-то подобному.

— А что Катя должна была купить?

Ее вопрос отрезвил Макса. Он скомкал салфетку и, очнувшись, потянулся к минералке:

— Разрешите?

— Конечно...

Выпив залпом стакан воды, администратор ответил на вопрос:

— Я специально взял ее с собой, чтобы она закупила моющие средства. У нее были деньги в кошельке — их не тронули. Пропал только мобильный телефон. Она могла его потерять, обронить где-нибудь... Это не ограбление!

— Вы кого-нибудь подозреваете?

Макс отшатнулся, как будто его ударили:

— Кого я могу подозревать? Вы думаете, Катю... кто-то из наших? Уф-ф-ффф! Час от часу не легче...

— И все-таки?

— Полный бред! Зачем кому-то убивать горничную? Ясно, что это дело рук маньяка. Бедная девочка...

Людмила стояла в дверях кухни, прислушиваясь к разговору за столиком.

— Где Катя? — громко спросила она. — Что с ней случилось?

Через час приехали из Ялты молодые хозяева.

Солнце садилось в красное от заката море. Во дворе никого не было, кроме Антона. Он стоял на краю бассейна и сачком с длинной ручкой вылавливал из воды нападавшую листву, мотыльков и прочий мусор.

— А где все? — устало спросил у него Юдин.

Елена вышла из машины и направилась к дому. Ее платье желтым пятном выделялось на темной зелени сада. Антон проводил ее взглядом и только потом ответил:

— Сидят по комнатам...

— Макс где?

— В столовой. Повариху успокаивает. Истерика у нее.

Юдин уже знал о смерти Кати — администратор позвонил ему на сотовый и доложил обстановку.

— Как она оказалась в сквере? — сдерживая ярость, спросил Юдин. — Почему одна?

Антон виновато опустил голову, хотя он был совершенно ни при чем.

— Я дома оставался... Вы у Макса спросите. Вообще-то Катя должна была закупить кое-что для хозяйства.

— Кто еще был дома?

— Эти... Гости с двухкомнатного номера на втором этаже, Астра и Матвей. И Людмила. Она обед готовила.

Юдин задумался:

— Разве они на море не поехали?

— Жарко очень. А они совсем белые... без загара. Им лучше не усердствовать.

Почему-то его слова не понравились Риду.

— Черт бы вас побрал! — вышел он из себя. — Только на день с женой отлучились, и вот, извольте, — убийство. Зачем мне скандал? Зачем дурацкие допросы? Теперь сюда повадятся оперативники, будут везде совать нос, собирать сплетни.

Охранник, опустив в воду сачок, оторопело уставился на хозяина.

— Так... мы-то что? Мы ничего. Ее же в городе убили... говорят, маньяк какой-то. Как в прошлом году. Не повезло Катюхе...

— Прошлогоднего маньяка поймали и посадили за решетку! — гаркнул Юдин. — Тебе это отлично известно.

До Антона, казалось, еще не дошел истинный смысл случившегося. Больше всего он боялся огласки. Начнут менты копаться в жизни Кати, доберутся до него, до их близких отношений. А там с работы выгонят, невеста узнает, пошлет подальше... Она ох какая ревнивая! Пойдет вся его жизнь молодая наперекосяк.

— Считай, ты в рубашке родился, — сказал ему Макс, когда все разошлись по своим комнатам. — Алиби у тебя железное. С виллы никуда не выходил?

— Нет... — испуганно пробормотал он. — М-меня постоянно видели... Астра и этот... Матвей. Точно! Мы на лавочке сидели, беседовали. Прямо здесь, у бассейна. Потом я выключатель чинил в кухне...

— Твое счастье. А то бы пришили тебе убийство, как пить дать.

— П-почему мне?

Макс смерил его долгим внимательным взглядом:

— Объяснить? Или сам знаешь?

— Слушай... а может, это... он? — Охранник поднял голову и показал в сторону мансарды.

~ ГЛАВА 13 ~

Гаранина выбило из колеи убийство Кати. Впрочем, как и всех обитателей виллы.

— Отчего-то я не верю в маньяка, — рассуждала блондинка. — Девочку убил кто-то из своих. Это ясно, как день.

Она пригласила мага к себе в такой же двухкомнатный люкс, как и у Астры с Матвеем: балкон с видом на море, роскошная спальня, мягкая мебель, ванная в розовых тонах и ракушках. Его подмывало спросить, чем она зарабатывает себе на безбедную жизнь, но никак не решался — робел. И это выводило его из себя.

— Думаешь, горничная кому-то мешала? Например, хозяйке...

— ...которая ревновала ее к хозяину, — подхватила Ирэн.

— Или хозяину, который спал с ней тайком от жены...

— ...а малышка взялась шантажировать господина Юдина. Она могла забеременеть.

— Вот и нет, — торжествующе заявил маг. — Беременность меняет цвет ауры женщины. Я бы увидел.

— «Третьим глазом»?

— «Третий глаз» — у нашей уважаемой мадам Нагорной! Спорим, она изображает его на лбу красной охрой, когда ведет занятия по йоге? Девочку убила Теплищева, она сущая мегера! Испугалась, что молоденькая горничная отобьет у нее археолога.

Ирэн вдруг сделалась серьезной и прошептала:

— Прекрати, Эл. Мы зубоскалим о смерти...

— Мы вычисляем убийцу, — усмехнулся он. — Это совсем другое дело. Разве тебе неинтересно?

В номере стояла духота, насыщенная ароматами сандала и можжевельника. Гаранин, в отличие от блондинки, не любил слишком резких запахов. Он встал и с ее разрешения распахнул окно. В москитную сетку тут же уткнулись с десяток комаров.

Ирэн поманила его пальцем, и, когда он нагнулся, провела губами по его подбородку. Отчего Эльдара сразу обдало жаром, и он забыл предмет разговора, чего нельзя было сказать о ней.

— По-моему, маленькая горничная крутила любовь с курносым охранником, — протянула красавица.

— Почему бы и нам не заняться тем же?

Она проигнорировала намек.

— Он бросал на девочку томные взгляды...

— ...а та изменяла ему с хозяином!

— Или хозяину с охранником, — предположила блондинка. — Хотя странно, Рид гораздо привлекательнее Антона.

Они снова занялись этой игрой — один начинает фразу, второй продолжает.

— Поэтому Юдин ее убил? Я же говорю, — ревность. Вечный мотив.

— Юдиных не было в городе. Они ездили в Ялту.

Гаранин прикинул, как она отнесется к тому, что...

— Ничего подобного! — не придя ни к какому выводу, выпалил он. — Я видел Елену на набережной. Ее желтое платье слишком заметно.

— Елену? Она была одна? Почему ты ничего мне не сказал?

— Зачем? Я же не знал, что кого-то убьют.

— При чем здесь...

Ирэн не договорила, задумавшись над услышанным. Юдины не поехали в Ялту? Почему? Они всех ввели в заблуждение. И что они скажут оперативнику, который непременно придет на виллу побеседовать с хозяевами и теми, кто днем оставался дома? Ее вдруг осенило — Гаранин ведь тоже явился сюда из Ялты! Спрашивать причину бесполезно. Каждый из гостей, приглашенных лично старшим Юдиным, не признается, какова истинная цель его нахождения здесь.

«Я ведь тоже помалкиваю, — оправдывалась она. — Я заключила своего рода сделку и должна выполнять свою часть обязательств».

В полиции они все твердили одно и то же — ничего не знают, приехали отдыхать, с Катей практически не общались: она делала уборку, стирала и гладила белье. Никаких стычек, конфликтов ни у кого из гостей с горничной не возникало.

И это была правда. Во всяком случае, пока ее никто не опроверг.

Ирэн повернулась к Гаранину и нежно погладила его по щеке:

— Ты весь горишь...

— Еще бы! Рядом с тобой... — у него перехватило дыхание. — Почему ты не позволяешь мне...

Она закрыла ладонью его рот:

— Я не могу дать тебе того, что ты просишь. Мне нельзя! Я девственница...

— Что-о?

Если бы сию минуту в комнате обвалился потолок, Гаранин не был бы так потрясен. Он невольно отпрянул, покрылся испариной, побледнел, потом по его светло-шоколадной коже пошли красные пятна.

— Ты шутишь...

— Ничуть, дорогой.

В его голове произошел взрыв: он был ослеплен, оглушен, ошарашен.

— Ты знаешь, какого цвета аура у девственниц? — расхохоталась блондинка. — Посмотри на мою!

«Она издевается... — ощущая в висках гул крови, подумал Гаранин. — Дурачит меня самым наглым образом! И что можно сделать? Не насиловать же ее? Пожалуй, поднимет крик, скандал, станет звать на помощь... Или рискнуть? Эх, была не была...»

Наверное, его намерения промелькнули в его глазах, потому что красавица подняла указательный пальчик и с усмешкой погрозила:

— Даже не пытайся...

Должно быть, он выглядел полным идиотом. Она, как ни в чем не бывало, обняла его за шею:

— А что ты делал в Ялте, милый?

Маг чувствовал себя растерянным, как неопытный мальчишка. Он сопротивлялся, но что-то жгучее и сладкое, исходящее от нее, вползало в его грудь, шею, голову, кружило, морочило, как крепкий коньяк, выпитый на пустой желудок. Неужели, она сильнее его? Ему хотелось очнуться, стряхнуть с себя вязкую истому...

Вместо этого он вяло пробормотал:

— До того, как приехал сюда?

— Да, дорогой.

Он видел только ее глаза, изумрудно-яркие, каких у людей не бывает, ее мягкие розовые губы, источающие мед...

— Искал силу... Я ежегодно посещаю дольмены... Это... — Язык плохо его слушался, а образ сидящей рядом женщины расплывался, менял очертания. — Это... источники информации... там можно обрести сверхспособности... Никому не известно, кто и зачем построил дольмены... Некоторые называют их... акустическими вибраторами... Считается, что воздействие Луны и Солнца... лишь включает неизвестный людям источник энергии... и она течет... течет...

— Значит, вполне вероятно, что их использовали еще жители Атлантиды?

В отличие от своего визави, блондинка сохраняла ясность мысли и завидное спокойствие.

— Как средства связи... с космосом...

Гаранин пришел в себя так же неожиданно, как и впал в транс. Черт! Что она вытворяет? Или это он сам чрезмерно увлекся? Дольмены — штука опасная. А он часами сидел внутри этих каменных сооружений, пытаясь войти в резонанс с «вибрациями высшего разума». И вот результат — сознание разбалансировано и легко поддается внешнему воздействию.

Он протер глаза, которые будто заволокла мутная пелена, и глубоко вдохнул сандалового воздуха.

— У тебя здесь все пропитано... благовониями... — уже более четко выговорил он.

— Люблю растительные ароматы.

Она не хотела уходить от интересной темы. У нее были вопросы:

— Люди веками словно не видели дольменов. Упоминания о них нигде нет. Почему?

Маг покачал тяжелой, будто налившейся свинцом, головой. Но его взгляд приобрел осмысленность, и речь стала более внятной.

— Думаю, были не способны заметить... Время не пришло. Есть версия, что дольмены построены на геологических разломах. Возможно, они как-то связаны с тектонической энергией Земли. Загадка Стоунхенджа до сих пор не разгадана. Наука блуждает в тумане. Рассуждения непрофессионалов имеют самый широкий разброс — от «святилища друидов» до «гробницы языческой королевы». Самые распространенные версии — Храм Солнца, обсерватория каменного века, аэродром НЛО — не выдерживают критики.

Он воодушевился и почувствовал себя снова на коне:

— Кстати, Стоунхендж тоже по ошибке принимали за могильник. Там действительно обнаружены захоронения, но гораздо более поздние, чем сама постройка. Возраст этих каменных руин предположительно сто сорок тысяч лет.

Ирэн откинулась на спинку дивана, ее глаза подернулись мечтательной дымкой.

— Это напоминает мне кельтскую легенду о короле Артуре и чародее Мерлине, — вымолвила она. — Колдун при помощи заклинаний перенес неподъемные камни с какой-то горы, расположенной в Ирландии, на нынешнее место. Полагаю, речь идет о мифическом мире, откуда чудесным образом перенеслись все эти загадочные постройки.

— И дольмены?

Она кивнула. Гаранин молчал, ему на ум пришла Катя. Каким образом они перешли в разговоре с убийства на дольмены? На Стоунхендж? Люди склонны думать, что наука идет вперед семимильными шагами, что вот-вот перед человечеством раскроются тайны всего сущего, и жизнь станет простой и понятной, как собственная ладонь. Но даже ладонь хранит в себе следы прошлого и линии будущего, эти смутные знаки судьбы, которые способен прочесть далеко не каждый. А может быть, до конца их не прочтет никто. В этом и состоит загадка неизмеримого бытия...

Попробуй понять, кто и для чего в глубокой древности соорудил на бескрайней равнине суровые, безмолвные каменные монолиты, и убедишься в бессилии своего разума. Заодно и усомнишься в ходе истории: почему-то цивилизация, создавшая их, не оставила после себя других следов.

— Как же нам проникнуть в душу человека, если мы не можем понять даже его созданий?! — невольно воскликнул Гаранин.

У него крутился на языке вопрос, откуда Ирэн так хорошо знает греческие мифы и легенды о Храме Девы, но задать его он не успел.

Блондинка встала и подошла к окну. Облитая лунным светом, в эту минуту она стала похожа на одну из надменных, коварных античных богинь.

— Иди ко мне... — плотоядно прошептала она.

И Гаранин перестал принадлежать себе, потерял чувство времени и растворился в сладости ее прикосновений с ароматом сандала...

Горный Крым. Год тому назад

Он с замиранием сердца скользнул в пещеру. Грот Дианы — какое счастливое название он придумал для этой полости, образованной в горе древнейшими вулканическими процессами. Наверное, пещера служила убежищем еще первобытным людям, а много позже и диким таврам. Какие-то черепки, покрытые вековой пылью, валялись у одной из стен, кое-где были видны следы очага.

Жаль, никаких наскальных рисунков внутри обнаружить не удалось. Но он не очень огорчился. Стыдливая богиня-охотница сторонилась обжитых мест. Вряд ли ей пришлась бы по душе пещера, где селились древние люди. А этот природный грот, надежно скрытый от чужих глаз, как раз то, что надо.

Здесь, в каменном тайнике, человек-невидимка припас свечи, спички, фонарь, нож, топорик и много разных необходимых мелочей. Здесь он устроил свою нору, сюда притащил желанную добычу.

На краткий миг у него потемнело в глазах от мысли, что все это ему приснилось. Что сейчас он свернет за скальный выступ, а там пусто. Нет никакой красавицы, богини, воплощенной в женском обличье. Но та никуда не делась — сидела, привалившись спиной к стене из камня, сверкала лихорадочно горящим взором.

Она вздумала водить его за нос! Спряталась в человеческом теле. Только люди не бывают так совершенны, так дивно, сверхъестественно прекрасны. У них всегда можно найти кучу изъянов.

— М-мм-м... м-м-мм...

Она хотела приветствовать его, но с заклеенным ртом не поговоришь, раздается лишь глухое мычание.

— Вижу, как ты мне рада... — прошептал он. — Ты ведь ждала, когда я приду. Как ты провела ночь?

— М-м-ммм...

— Ночь в одиночестве, в кромешной тьме не доставила тебе удовольствия? Что ж, верю. Тем более в пещере, где по укромным уголкам возятся разные гадкие твари и живут летучие мыши. Ты боишься этих маленьких кровопийц? Они вполне безобидны по сравнению с людьми: всего лишь прокусят кожу и высосут немного крови. Люди же фантастически кровожадны. Они убивают себе подобных! Я уже не говорю о богах, которые алчут жертв. В том числе и ты, луноликая Дева. Давно ли твой мраморный алтарь дымился от кровавых подношений? А за что ты погубила бедного Актеона?

— М-мм... м-м...

— Знаю, что ты скажешь в свое оправдание. Мол, смертные живут по одним законам, а боги по другим. Но порой судьба позволяет им поменяться ролями...

Он наклонился к ней и провел пальцами по подбородку, шее и начале груди, которую открывал вырез футболки, наслаждаясь ее страхом и отвращением.

— Дрожишь? Напрасно... Я не собираюсь тебя убивать. Или бросать на съедение охотничьим псам. Мы просто займемся любовью. Не сегодня... Я хочу продлить удовольствие. Впрочем, могу и передумать. Ты столь соблазнительна, что я весь горю... Больше всего на свете ты дорожишь своей невинностью. Угадал? Это нетрудно, поверь. Я хочу, чтобы ты отдала ее мне — как выкуп за смерть молодого охотника, который всего-то и посмел, что залюбоваться твоей красотой.

Он присел на корточки, вглядываясь в ее безумные, белые от ужаса глаза.

— Ты же не обманешь меня? Если ты успела расстаться с девственной чистотой, то заплатишь за это жизнью. Потому что тогда ты уже не богиня, а обыкновенная женщина и заслуживаешь печальной участи...

Он молча наблюдал, как она безуспешно пыталась вжаться в стену пещеры, отстраниться от него, избежать его прикосновений.

— Когда-то давно одна прелестная девушка вздумала меня обмануть. Она изображала саму невинность, а оказалась грязной шлюхой...

В этой пещере он обрел другое пространство — не то, в котором жил, — и возможность быть другим. Темный двойник пожирал его изнутри, и только здесь он мог выпустить его наружу, позволить ему говорить, дышать и осуществлять тайные мечты...

— Я буду у тебя первым, — шептал он испуганной пленнице. — Ведь так? Кивни, чтобы я был спокоен...

~ ГЛАВА 14 ~

Поселок Береговое. Наше время

Тэфана, которая только наедине с мужем из «лунной жрицы» превращалась в обыкновенную женщину, жену, ждала, пока ее Толик уляжется в постель. Только после этого она отправилась на балкон совершать ежевечерний обряд поклонения ночному светилу. Сегодня Луна явно выражала свое недовольство действиями «жрицы», поэтому Тэфана не ощутила никакого приятного возбуждения, никакого сияющего потока энергии, обволакивающего ее тело... Она то и дело отвлекалась на посторонние звуки и ловила себя на земных мыслях.

Смерть горничной произвела на Теплищеву ужасное впечатление. Вся окружающая природа, казалось, источала тревогу, а яркие краски южной ночи приобрели мрачный оттенок. Чернота напоминала о смерти, ветер — о волнении загубленной души, а глухой рокот моря — о темной бездне воды, кишащей неведомыми опасностями.

Соседский пес оглашал окрестности то заливистым лаем, то зловещим воем. Выражение «воет на луну» пришло в голову бывшей учительницы, и она устыдилась. Каким примитивным все еще остается ее разум!

Где-то в конце улицы раздавалась безвкусная разухабистая музыка — люди танцевали на траве под деревьями, желтые лампочки, висящие на проводах, раскачивались от ветра.

Как в таких условиях отправлять культ богини звездного неба? Тэфана со вздохом поднялась из своей ритуальной позы и решила просто постоять на балконе, любуясь низкими «мерцающими очами Вселенной». Некоторое время она пыталась вызвать на беседу погибшую Катю, вступить в телепатический контакт с ее духом и попросить у покойной прощения. Но Катя избегала Тэфаны, а Луна отказывалась выступать посредником между живой женщиной и мертвой.

Убедившись, что ничего не клеится, Теплищева вернулась в комнату.

— Ты еще не спишь? — удивленно воззрилась она на археолога.

Тот, вопреки своей манере засыпать, едва коснувшись подушки, лежал с широко открытыми глазами и водил рукой в воздухе, словно чертил карту «острова сокровищ», как он называл Крым. Легкий пух волос, подсвеченный ночником, встал дыбом на его голове, наподобие нимба.

— Тома! — воскликнул Теплищев, словно жена никуда не уходила и они вместе размышляли. — А ведь она чертовски права! Амазонки могли построить Храм Девы, только не в Херсонесе, а на Медведь-горе!

— Кто «она»?

— Эта... белокурая дама, Ирэн.

Тамара Ефимовна приложила руки с накрашенными синим лаком ногтями к груди. На каждом ногте золотистой краской был выписан полумесяц.

— Ты неисправим, дорогой. Как можно думать о Храме... когда убили живую девушку, Катю? От Храма в любом случае сохранились засыпанные землей руины. А Катю не вернешь.

— Раньше таких девушек десятками приносили в жертву на алтаре Артемиды! Саму Ифигению тоже чуть не зарезал родной отец! — торжественно произнес ученый. — Это было в порядке вещей. Она, вероятно, блудница, а богиня Дева сурово карает блудниц.

Редко что могло вывести бывшую учительницу из терпения. Но сие бессердечное высказывание возмутило ее до глубины души.

— Кто блудница, Катя? Откуда ты знаешь?

— По глазам видел... Она стреляла глазами. И с этим бритым парнем заигрывала, и с нашим великим магом Гараниным. Вероятно, не только с ними.

— Ты-то когда успел заметить, кто с кем заигрывает?

— Случайно... Гаранин сам подошел к ней в саду, и они о чем-то долго шушукались. Я сидел на лавочке под виноградом, думал. Вижу, идет стрекоза эта, горничная, а тут, откуда ни возьмись — маг. Этак галантно забрал у нее ведро, швабру и увлек в тень...

В хозяйском доме допоздна горели окна. Рид и Елена не спали. Они лежали на роскошной кровати под балдахином, обсуждая завтрашний день.

— Завтра сюда приедет сотрудник полиции, — говорил он. — Придется отвечать на его вопросы. Надо позвонить отцу. Ах, как это все некстати!

— Разве смерть бывает «кстати»...

— Надо же было Кате пойти именно в тот сквер, оказаться в том самом месте, где промышлял маньяк! Почему Макс не поехал вместе с ней за покупками? Отец будет в бешенстве.

— Ты любил Катю? — простодушно спросила Елена.

— Любил? Неподходящее слово... Скорее, жалел. Катя здешняя, из соседнего села.

— Здешняя? Почему же она жила в гостевом доме?

— Так удобнее. И нам, и ей. Утром надо делать уборку, значит, рано вставать, как-то добираться до виллы, потом ночью возвращаться домой. Макс отпускал ее на выходные, иногда.

— У нее есть семья?

— Мать и брат. Безработный. Нигде надолго не задерживается. Катя просила устроить его в строительную бригаду, но он отказался. Хочет быть свободным, заниматься тем, что по душе.

— Разве это плохо?

— Для него, наверное, хорошо. А для других — не знаю. Жить на содержании у сестры и матери-пенсионерки как-то не по-мужски. — Юдин разошелся. Такие, как брат Кати вызывали у него глухое раздражение. — Он, видите ли, путешественник! Лазает по горам, скитается с рюкзаком по побережью. Живет в палатке, питается, чем бог пошлет. Наслаждается красотами природы. Собирает ракушки, ловит крабов... А сестра вкалывает! Вкалывала...

Елена не разделяла его беспокойства по поводу семейных отношений Кати и ее брата. Она волновалась по другой причине.

— Не хочу видеть полицию.

— Я постараюсь избавить тебя от необходимости объясняться с ними. Но среди оперативников попадаются такие назойливые.

— Что мы можем им сообщить? Пусть в городе ищут, опрашивают свидетелей.

— Как оказалось, свидетелей нет. Все наши видели Катю выходящей из «Газели», и все. Они отправились кто куда — одни по магазинам, другие слоняться в толпе отдыхающих... А потом ее нашли мертвой в дальнем уголке сквера.

Елена приподнялась и поправила подушку. На ее щеках выступили красные пятна.

— Я не буду ни с кем говорить. Делай что хочешь!

— Дорогая, это ведь формальность. Им нужно задать несколько обычных вопросов. Не было ли у Кати врагов? С кем она ссорилась? Кто мог желать ей смерти? Стандартная процедура.

— Я ее даже не знала толком...

Юдин потянулся за телефоном, набрал номер отца. Тот не отвечал. Отключился, как назло. Он ненавидел сотовую связь, и когда заканчивался рабочий день, вырубал мобильник.

— Черт! Ну, возьми же трубку!

Старый упрямец, похоже, улегся спать. А отдых для него — святое.

— Почему ты нервничаешь? — испугалась Елена. — Это тебе чем-нибудь грозит?

— Нет! Конечно, нет. Все в порядке. Успокойся...

— Мне страшно... — прошептала она, прижимаясь к мужу всем телом. Лунный свет сделал ее кожу серебристой, как у инопланетянки. — Я чувствую дыхание смерти...

Москва

Жанна Михайловна напекла на завтрак оладий. Мужа сегодня не будет, он сутками мотается по объектам, улаживает какие-то проблемы с бизнесом.

— Ах, как это все скучно! — вздохнула она.

Вчера госпожа Юдина купила на рынке свежей лесной земляники, думала побаловать Акимушку. Он любит землянику со взбитыми сливками. Придется теперь есть самой — ягода стоять не будет.

Она полила горку золотистых оладий сливочным маслом и взгрустнула. Хоть бы сыночек приехал, покушал домашнего. Правда, он сейчас живет на вилле, там все-таки пища не казенная — повариха Людмила с трудом, но научилась нормально готовить.

— До моей стряпни ей далеко... — сдерживая слезы, прошептала жена лесопромышленника.

Мысли о сыне и невестке окончательно испортили ей настроение. Как все женщины, обожавшие своих мальчиков, Юдина ревновала сына к другой женщине. Пусть даже и к жене. Как появилась эта Елена, он совершенно забыл о матери, звонит раз в неделю, говорит одни и те же фразы: «У нас все хорошо», «Дела идут отлично»... Если спросит: «Как твое здоровье, мама?» — то исключительно из вежливости. По тону слышно, что он исполняет сыновний долг, и не больше.

— Я сама уговорила его жениться! — успокаивала себя Юдина. — Хватит ему у материной юбки сидеть. Мужчина в его возрасте должен быть главой семьи, своей собственной. Жену лелеять, детишек растить, добро наживать.

Но обида горьким комом стояла в горле. Вот и оладушек не хочется, и земляника в горло не лезет.

Звонок телефона заставил ее сердце радостно встрепенуться.

— Сынуля, родной! Я только что о тебе подумала! Ты почувствовал? Как вы там? Как Елена?

Слова сына оказались для Жанны Михайловны холодным душем.

— Мама, не хочу тебя волновать, у нас неприятности. Где отец? Почему он не берет трубку?

— Что случилось? — упавшим голосом спросила она. — Ты заболел?

— Нет...

— Что-то с Леночкой?

— Лена в порядке. Где папа?

— Ой, как обычно, в разъездах. Наверное, отключил сотовый. Он сам звонит, когда улучит свободную минутку. Ты же знаешь папу, у него свои правила.

— Он мне нужен! Срочно.

Госпожа Юдина ощутила спазм под ложечкой. Чуяла беду, да сама себе не верила, гнала прочь черные мысли.

— Господи, Рид, ты меня пугаешь...

Из закромов ее памяти выполз большой паук, и, перебирая лапками, двинулся по кровати к изголовью...

Спиридон услышал ее прерывистое дыхание и решил сказать правду. По крайней мере, мать не будет выдумывать несусветные ужасы.

— Видишь ли, нашу горничную... в общем, Катя мертва.

«Так я и знала! — почти не удивилась Юдина. — Что-то подобное должно было произойти. Слава богу, сын и невестка не пострадали!»

— Ее укусил паук?

— Какой паук? — опешил сын. — Ты чего, мам? Лучше разыщи папу. Надо ему сообщить.

— Боже мой! Не смей ничего скрывать от меня! — всхлипнула она. — Отчего умерла Катя? Отец мне не верил... Теперь он сам убедится...

Рид с нетерпением ждал, пока иссякнут ее причитания. Наконец она смолкла и зашмыгала носом.

— Успокойся. Катю убили в городском сквере. Маньяк какой-то. Пауки здесь точно ни при чем. Скажи, как мне связаться с отцом?

— Ой! — спохватилась Жанна Михайловна. — Он же дал мне номер другого мобильного. Велел по пустякам не трезвонить, только по серьезному поводу. Совсем из головы вылетело...

Она продиктовала сыну номер, и тот отключился. А у нее сразу отлегло от души. Катя погибла не в доме, совершенно в другом месте. Это меняет дело.

Она откусила кусочек оладьи — мягкое тесто показалось невкусным. Земляника горчила.

Жанна Михайловна набрала номер, который оставил ей муж для экстренной связи. Занято... И еще раз занято. Короткие гудки... Видать, с Ридом разговаривает.

Так оно и было. Через четверть часа Аким Иванович позвонил ей сам.

— Ты уже знаешь?

— Да...

— Беда. Жалко девчонку. Как ее угораздило на маньяка нарваться?

— Судьба, милый. Что на роду написано, того не миновать.

— Теперь полиция будет сыну нервы трепать, искать виноватых среди наших гостей и персонала. А я, как назло, не могу вырваться в Крым. При нынешнем финансовом положении компании упустить этот контракт никак нельзя.

Из глаз Жанны Михайловны градом покатились слезы:

— Продай ты чертову виллу, Акимушка! Я ведь просила...

— Цыц! — рявкнул Юдин. — Чтобы я такого больше не слышал. Мало ли, что в жизни случается? Отобьется сын — моя закалка, мой характер. Освобожусь, сам поеду разбираться. И прекрати реветь!

~ ГЛАВА 15 ~

Горный Крым. Год тому назад

— Я охотник, — шептал он, разрывая ее одежду. — А ты — дикая лань. Ты жертва, которая призвана искупить чужие страдания. Я не отдам тебя на растерзание собакам, как бессердечная Диана поступила с юным Актеоном. Я буду тебя любить, ласкать, без помех наслаждаться твоей красотой... Зачем богине прятать от смертных свои прелести?

Ее глаза заволокла пелена беспамятства. Видимо, ночь в темной пещере не прошла для нее даром. Страх, неизвестность, ожидание жуткой участи, рисуемой воображением, лишили ее сил.

Заниматься любовью с бесчувственной связанной женщиной, когда у нее к тому же заклеен рот, неинтересно. Никакого кайфа. Пусть бы она сопротивлялась, кричала, молила о пощаде... Здесь в глубине, пещера странным образом поглощала все звуки. Кричи, не кричи, никто не услышит.

Охотник побрызгал в лицо пленницы водой, легонько похлопал ее по щекам.

— Ну же, просыпайся! Очнись... Мне ни к чему недвижимая статуя, холодная и равнодушная. Посмотри мне в глаза! Давай же! Ты казалась крепкой и выносливой, когда собирала хворост...

Ее длинная шея, точеная грудь, плоский девичий живот, бедра, икры и лодыжки безукоризненной формы — все ее дивное тело казалось призрачным в рассеянном свете свечи. Язычок пламени тянулся в сторону выхода, дразня недоступной свободой. Всего два десятка шагов, и вот оно, отверстие в скале, замаскированное можжевельником...

— Тебе не выбраться отсюда, — шептал он, поглаживая ее ноги. — Ты останешься здесь, со мной...

Она не отвечала на его прикосновения, не шевелилась.

Охотник ощутил себя жестоко обманутым, обделенным. Диана находилась в его власти... и ускользала. Потеря сознания позволила ей убежать от него в спасительную темноту и тишину. Они оказались по разные стороны реки жизни. Он — здесь, она — там. Какой подлый трюк...

Он начал трясти ее, приговаривая:

— Тебе не удастся перехитрить меня... Я слишком долго этого ждал...

Пришлось освободить ее губы, разжать их и влить немного воды. По ее горлу прошла судорога, ресницы дрогнули... Он мог бы и не заклеивать ей рта, сделал так исключительно для острастки. Перестарался...

— Иди сюда! Иди же... Я не сделаю тебе ничего плохого. Разве любовь так страшна? Я хочу только овладеть тобой, совершить обряд «тайной ночи», который почитался древними. Ты узнаешь блаженство любви, не обремененной ни прошлым, ни будущим... Ты слышишь меня? Знаю, что слышишь. Не бойся...

Он звал ее с «того берега», подманивая, будто она и правда была пугливой ланью, которая прячется от охотника в густом лесу.

Диана наконец открыла глаза и задрожала.

— Кто вы? Что вам надо? Отпустите меня...

Ее губы и язык плохо слушались, и вместо слов выходило невнятное бормотание, но он все понял.

— Куда ты пойдешь? Зачем? Неужели тебя тянет к этим грубиянам, которые таскаются по горным тропам с рюкзаками в поисках каких-то мифических камней? Они не оценили твою красоту, ничего не поняли, использовали тебя, как рабочую силу, кухарку и посудомойку. А я буду поклоняться тебе... мы оба исполним тайное предназначение... станем мстителем и жертвой... всего лишь на один сладкий миг... Ты прольешь кровь невинности на алтарь искупления, как когда-то проливали кровь на мраморном алтаре богини-девственницы, Артемиды-Дианы... Возможно, где-то в этих горах, чуть ближе к морю... Ты помнишь тот дивный Храм, белоснежную лестницу и стройные колонны, вырубленное в толще скалы святилище? Сама дочь Агамемнона, героя Троянской войны, прелестная Ифигения убивала людей жертвенным ножом... и все ради того, чтобы ублажить тебя... утолить твою жажду... Тот, кто жаждет крови, должен приготовиться к тому, что когда-нибудь все обратится вспять... Актеон вернется, чтобы любовью отомстить за свою смерть... Любовь — великая мука и наказание, наложенное богами на смертных...

Его речь сбивалась, все более походила на горячечный бред. Близость, которая вот-вот могла свершиться, и распаленное желание затмевали разум.

Пленница о чем-то молила, но ее слова сливались в однообразную мелодию флейт и арф, звучавших, вероятно, в Храме во время обрядов... Это была музыка Эроса, забытая, как далекое прошлое... Эти звуки подстегнули охотника.

Он принялся исступленно целовать пленницу, развязал ей ноги и повалил на спину, на расстеленное на полу пещеры белое покрывало. Она почти не сопротивлялась, ошеломленная его натиском. Ее мышцы затекли, пока она сидела связанная, и тело онемело.

— Если ты меня обманешь, я убью тебя... — задыхаясь, шептал он.

— Сумасшедший... псих...

Он схватил ее за шею, сжал, и она затихла. Она уже не пыталась вывернуться, избежать его ласк, покорившись своей судьбе, — а то в пылу остервенелой «любви» маньяк, пожалуй, ее придушит. Был ли у нее шанс спастись... Она не думала. Ощущала только боль, тяжесть чужого тела, запах и дыхание зверя...

— Ты же сама хочешь этого, признайся... Разве твоя затянувшаяся невинность не тяготит тебя? Я избавлю тебя от нее и подарю новую жизнь...

«Или смерть...» — мелькнуло в ее помраченном уме.

Она закричала в надежде, что кто-нибудь — одинокий скалолаз, любитель горных прогулок или случайно забравшийся сюда турист — услышит ее голос и придет на помощь. Напрасно...

Насильник даже не стал зажимать ей рот.

— Кричи... — прошептал он, обдавая ее слабым запахом алкоголя. — Меня это возбуждает...

И она перестала кричать, стонала, чувствуя, как крепкие мужские пальцы мнут ее плоть, впиваются в ее кожу, подчиняют себе, как грубо свершается «таинство любви», как сотрясается в мощном оргазме навалившееся тело... и вдруг обмякает, обессиленное, придавливая ее неподвижным и оттого кажущимся безжизненным грузом...

Она отдышалась, замерла и робко пошевелилась. Ничего не последовало. Свеча догорала, и в чадном сумраке нельзя было разглядеть, открыты или закрыты глаза насильника. Кажется, закрыты... Он что, потерял сознание? Перевозбудился, не выдержал нервного напряжения... или сердце подвело?..

Эти сумбурные мысли вихрем пронеслись у нее в голове, и осознание их пришло намного позже. А сейчас действовала не она — ее инстинкт самосохранения. Он гнал ее прочь из страшной пещеры...

Она приподнялась, и тело похитителя мягко скатилось, застыв в неприличной позе, со спущенными штанами и обнаженными ягодицами, белыми ниже полосы загара. Все эти мелкие детали врезались в ее память, чтобы остаться там вместо лица и других важных примет извращенца.

Она долго возилась, освобождая руки, кое-как натянула растерзанные спортивные брюки и порванную футболку. Не выходить же из пещеры голой? Насильник тем временем пришел в себя и дернулся, издав хриплый вздох...

Она кинулась к выходу. Солнце ослепило ее, горячий воздух и запах хвои хлынули в легкие.

Голова закружилась, и беглянка едва не сорвалась вниз. Первобытное чувство единения с природой — единственное, чем можно объяснить ловкость и быстроту, с которой она спустилась на тропу и помчалась навстречу неизвестности.

Шум и летящие вниз камни подсказали ей, что похититель очнулся, сообразил, что произошло, и бросился в погоню. Она закусила губы, боясь крикнуть и выдать себя. Впрочем, его звериное чутье сразу навело его на верный след.

Она бежала, не чуя под собой ног, не ощущая царапин и порезов от цепких ветвей и острых колючек. «Циклоп» возник перед ней внезапно, она не стремилась сюда и ни за что не нашла бы дольмен, делая это нарочно. Одинокий черный глаз как будто направил на нее спасительный призыв, обещая надежное укрытие и защиту...

Как она проскользнула внутрь через узкое отверстие, не думая о змеях и пауках, — тоже осталось загадкой. Человек представлял сейчас для нее большую опасность, чем ядовитые твари. Дольмен впустил ее, окутав тишиной и прохладой... Она села в уголке, поджав ноги и вдыхая запах прелой листвы. Страх медленно уходил из нее, вытекал, растворялся в пелене сна... Она не заметила, как погрузилась в невесомый туман, и ее веки смежились...

Крым. Поселок Береговое. Наше время

После долгой душной ночи, полной раздумий, Астре захотелось свежести, морского ветра, купания.

— Мы приехали сюда отдыхать? — спросила она Матвея, который брился в ванной. — Или киснуть в номере? Пошли на пляж. Завтракать не будем.

— Я против!

Она не успела разразиться возмущенной тирадой — зазвонил телефон. Ну вот и пропавший клиент. Господин Юдин был немногословен. «Да, я знаю о гибели Кати, сын сообщил... Разумеется, все расходы мы возьмем на себя и материальную помощь ее семье выделим... Вам, Астра, даю карт-бланш... Действуйте по обстоятельствам... Рид и Макс в курсе, что вы будете вести собственное расследование... Я уверен — дело нечисто...»

Она села и положила трубку на колени. Наконец, Аким Иванович откликнулся, а то всякие мысли в голову лезли. Приставать к людям с нескромными вопросами по своей инициативе она не рискнула. Но теперь администратор их предупредит, что хозяин очень просит посодействовать раскрытию преступления, и они будут сговорчивее.

Матвей оделся и вышел на балкон. Солнце слепило. Лужи на дороге почти высохли. По небу бежали мелкие облачка. Море узкой полосой серебрилось на горизонте.

Виринея Нагорная в панаме, шортах и майке взгромоздилась на велосипед. Антон открыл ей калитку. Спортивная дама едет на пляж?

— Ладно, — вздохнул Матвей. — Иду за машиной. Здесь по степи изжаримся топать пешком. Возьми в кухне коробку с бутербродами и виноград. Вместо завтрака.

— Хорошо.

Блондинка сидела на скамейке у бассейна, точно изваянная из мрамора греческая богиня. Гаранин плавал, шумно отфыркиваясь, красуясь перед ней поджарым телом и развитой мускулатурой. Рыжий кот, недовольный летящими брызгами, спрыгнул с парапета и потрусил к тарелочке с едой.

Теплищевы, перешептываясь, прошествовали мимо и скрылись за дверями столовой. Астра с вежливой улыбкой пожелала им приятного аппетита.

Черный «Пассат» уже стоял за воротами, когда она вышла из кухни. Людмила с опухшими от слез глазами молча подала ей бутерброды, минералку и фрукты. Это входило в ее обязанности.

— Что на завтрак? — спросил Матвей, когда Астра уселась на переднее сиденье.

— Овсянка и сырники.

Овсянку он не любил, поэтому без сожаления повернул в степь, на дорогу, ведущую к морю. Пока Астра ходила за едой, Антон подробно рассказал ему, где находится дикий пляж.

— Смотрите, осторожнее там. Близко к берегу не подъезжайте, — предупредил охранник. — В песке застрянете. Если вдруг что, звоните. Вытащим!

«Не очень-то он убивается из-за смерти Кати, — отметил Карелин. — Скорее, напуган. Боится, как бы не вылезли наружу его шашни с горничной».

Вдоль дороги тянулись недостроенные дома, масличные деревья и наконец чистая степь. Стайки перепелок с шумом вспархивали из-под колес. После ливня соленое озерцо покрылось водой; в грязи, поджимая лапы, бродили чайки. Прибрежный песок был горячим и мягким — ноги проваливались в него по щиколотку.

Астра в широкополой шляпе с удовольствием шла босиком по берегу, выглядывая госпожу Нагорную. Та расположилась метрах в ста от места, где Матвей поставил машину. Дул слабый ветер. По морю шла рябь. Полоса прибоя чернела клочьями водорослей. Справа в золотистой дымке выступал мыс с белыми домиками, накрытыми розовой черепицей. Эти домики, пирамидальные тополя и черепица навевали мысли о лермонтовской Тамани, контрабандистах и романтической любви. В синеве моря, в унисон тем же мотивам появилось судно под белым парусом.

— Пойду побеседую с нашей йогиней, — сказала Астра.

Матвей вытащил из багажника раскладное кресло, два полотенца и большой зонтик, протянул ей парео:

— Накрой плечи, а то обгоришь.

Астра попробовала ногой воду — холодная. После шторма у берега плавали побитые волнами медузы. Она медленно пошла по мокрому песку в сторону мыса.

Вириней Нагорная сидела на махровой подстилке в позе лотоса и медитировала с закрытыми глазами. На ее лице застыло выражение принужденного умиротворения. Она, вероятно, слышала шаги Астры, но не подала виду.

— Здравствуйте!

Вириней неохотно приподняла веки и уставилась на незваную гостью:

— Доброе утро...

Ее приветствие дышало холодом. Она нарочно уединилась, чтобы успокоиться, привести мысли в порядок и восстановить душевную гармонию. Убийство Кати, полицейские вопросы и просьба не уезжать до выяснения обстоятельств гибели горничной взбудоражили ее, расстроили и привнесли в ее внутренний мир негативную энергию, а эта молодая настырная барышня помешала ее медитации. И ведь не отстанет — не зря администратор попросил «ввести госпожу Ельцову в курс дела» по поводу гибели Кати.

— Извините... Надеюсь, вы не откажетесь поговорить со мной о вчерашней прогулке?

— Вы кто? — бесцеремонно поинтересовалась Вириней. — Следователь?

То, что Астра на чаепитии представилась артисткой театра, не ввело ее в заблуждение. Она, как-никак, психолог, и в состоянии отличить артистку от богатой бездельницы.

— В первую очередь я друг хозяина виллы, Акима Ивановича Юдина.

— Я обязана отвечать вам?

— Разве вы не хотите помочь быстрее разобраться с этим ужасным происшествием? Пока не найден убийца, подозрение лежит на каждом из тех, кто ездил вчера в город.

— Бред! — вытаращила глаза Виринея. — Девочку убил маньяк. Ладно, бог с вами. Чем я могу помочь?

Она продолжала сидеть в позе лотоса, глядя на Астру снизу вверх.

Та решила начать с комплимента:

— В силу профессии вы должны обладать тонкой наблюдательностью. Думаю, это так и есть.

Госпожа Нагорная снисходительно улыбнулась:

— Ну, допустим. И что же?

— Вы не заметили чего-нибудь странного в поведении Кати перед отъездом?

— Абсолютно ничего. Она, как всегда, кокетничала и строила глазки всем подряд. Грубо и неумело. По-моему... — Виринея запнулась и замолчала, как будто сомневаясь, стоит говорить или нет. — Это останется между нами?

Астра клятвенно заверила ее, что действует исключительно частным образом по поручению хозяина, и все сказанное не станет достоянием как чужих ушей, так и официального следствия.

— Мы ведь не покрываем преступника? — усмехнулась Виринея. — Потому что среди нас нет маньяков. Кто-то мог иметь зуб на Катю, но убивать? Зачем? Я даже не понимаю, с какой стати вы копаетесь в нашем грязном белье...

Астра проглотила оскорбительный намек. Ради дела можно и потерпеть. А госпожа Нагорная — довольно язвительная особа.

— У каждого свое хобби. Кто-то медитирует, а кто-то собирает сплетни.

— Я не хотела вас обидеть, — пошла та на попятную. — Так вот, по-моему, Катя крутила роман с охранником. Как его зовут? Антон, кажется...

— С чего вы взяли?

— Мелочи. Брошенный украдкой взгляд, шушуканье, случайное прикосновение. Они засиживались допоздна в саду, пока все не разойдутся, и один раз я видела, как Антон выходил из ее комнаты, воровато оглядываясь.

«А она и вправду наблюдательна! — подумала Астра. — Глаз цепкий, как у сыщика. Только все время щурится. Близорукость!»

— О покойниках плохо не говорят, — добавила Нагорная. — Но такие, как Катя, могут одновременно морочить голову нескольким мужчинам. Где выгорит! Есть дамы, которые ищут не любви, а выгоды. Я их не осуждаю, просто констатирую факт. Катя родом из села, образования никакого, зато мордашка смазливая, фигурка ничего. Какие у нее шансы прилично устроиться в жизни? Только подцепить мужчинку. Курортный сезон — время охоты на потенциальных мужей... Или хотя бы на состоятельных любовников.

— Антон не так уж много зарабатывает.

— Кто вам сказал, что она рассчитывала именно на охранника? С ним у Кати была банальная и пошлая интрижка. Кстати! — Виринея изменила позу, устроилась поудобнее. — Я уже не уверена, что на горничную напал маньяк. Мотивом для убийства могла послужить ревность. Не так ли?

Астра пожала плечами. Ей надоело стоять на солнцепеке, но спрятаться было некуда. Никаких тентов, деревьев и даже кустов на диком пляже не имелось.

— Можно мне присесть на вашу подстилку? — спросила она.

— Пожалуйста...

— Скажите, кто-нибудь из обитателей виллы, кроме Антона, оказывал Кате знаки внимания?

— Вы имеете в виду мужчин? А то сейчас свобода нравов, дамы тоже не прочь поиграть в лесбийские игры. И убить из ревности.

Астра не сразу нашлась, что сказать. Она поспешно перебрала в уме женщин, проживающих на вилле. Елена Юдина... блондинка Ирэн... жена археолога... кухарка... Нет, никто из них не походил на лесбиянку. Впрочем, разве у тех есть какие-то особые приметы? Людмилу вообще можно исключить, она готовила дома обед, следовательно, у нее алиби. Сама Виринея? А что, ей вполне подходит однополая любовь. Хотя тоже нет. Она откровенно заглядывалась на Гаранина...

— Я вспомнила! Этот археолог... божий одуванчик... строит из себя великого ученого, а туда же, пробовал приударить за Катей. Вы видели его жену? Сущая горгона! Она бы на все пошла, лишь бы избавиться от соперницы.

Астра не поверила своим ушам:

— Теплищев? Ухаживал за горничной?

— Ну, вольностей он себе не позволял, просто пел этой дурочке дифирамбы. Та и млела.

— Вы слышали?

Виринея негодующе всплеснула руками:

— Он увлек Катю в темный уголок сада и полчаса заливался соловьем! Полагаете, они обсуждали последние достижения в археологии?

— Это было один раз?

— Так рядом с ним постоянно находится жена! Она его пасет, как овечку. Тогда ему чудом удалось вырваться...

~ ГЛАВА 16 ~

Горный Крым. Год тому назад

Жертвенная лань ускользнула! Неужели Артемида вновь посмеялась над незадачливым охотником?

Очнувшись, он пришел в ярость. Что за помрачение с ним случилось? Он помнил, как извивалось, дрожало в его руках теплое женское тело, как вдруг стало покорным, помнил нежный вкус женских губ, шелковистость кожи, мягкость грудей и собственную бурную судорогу оргазма... Потом — провал, чернота, тишина...

Он слишком долго ждал этого рокового мига, слишком сильно предвкушал его... Он был слишком возбужден и отключился... Вероятно, всего на пару минут. Но этого хватило, чтобы женщина сбежала.

В висках у него стучала кровь, голова болела, просто раскалывалась. Лоб сдавило свинцовым обручем. В глазах то темнело, то прояснялось.

Он наклонился и поднял обрывки скотча, которым были связаны руки пленницы. Да, ей пришлось потрудиться, прежде чем она освободилась и смогла натянуть на себя рваную одежду. Выходит, он пробыл без сознания дольше, чем казалось. Какая досада! Упустить Диану, когда она только что отдалась ему, признала в нем своего владыку, смирилась со своей участью. Она ведь почти не сопротивлялась, так, подергалась для приличия, закричала, потому что девушкам страшно терять свое самое главное сокровище — невинность. Она не обманула его, но почему-то решила бросить. Ладно, ее можно понять. Зря он оставил ее на всю ночь одну в пещере! Любая бы сбежала на ее месте...

— Я тебя поймаю... — лихорадочно бормотал он. — Далеко тебе не уйти. Поймаю и убью. Теперь у меня нет выхода. Жаль убивать тебя раньше времени, но ничего не поделаешь...

Яркий солнечный свет ослепил его, как недавно ослепил беглянку. Он поднял голову, щурясь... Вверх она бы не полезла. Крутой подъем без подготовки не одолеешь. Она могла только спуститься на тропу...

Охотник шел по следу, разговаривая с преследуемой дичью, заклиная если не вернуться, то хотя бы замедлить шаг. Остановиться, замереть...

— Я знаю дорогу гораздо лучше, чем ты... Пока ты пройдешь пять метров, я пройду десять... Не заставляй меня злиться! Я все равно тебя догоню...

Из-под его ног, шурша, осыпались мелкие камешки. Время от времени он останавливался и прислушивался. Шумели низкорослые сосны, *перекликались вспугнутые птицы. Горячий воздух пах хвоей...*

У него кружилась голова, дышать становилось труднее и труднее. Перед глазами расплывались радужные круги. Впереди мелькнуло светлое пятно... Неужто, она?

Он не мог позволить себе отдохнуть, гонимый нетерпением и праведным гневом.

— Как ты посмела ослушаться? Я же предупреждал... Я просил тебя... Как подло, низко было воспользоваться моей минутной слабостью...

В просвете между кустарником показалась ее фигура. Он узнал бы ее из сотен, тысяч других похожих женщин, одинаково одетых, с одинаковыми волосами... Он потянул носом и учуял ее запах, как самец издалека чувствует запах самки. Вот она! Попалась! Он ее нашел, догнал и волен делать с ней все, что пожелает...

— Ты не заслуживаешь моей любви, — шептал он. — Ты заслуживаешь смерти! Ты променяла любовь на проклятую свободу... Зачем тебе свобода, глупышка? Но раз ты сама хочешь, я освобожу тебя... Я выпущу твою душу на волю из бренного тела... Ты сама захотела, сама...

Он рванулся вперед... и с разгону ударился о ствол дерева. Не заметил... Из глаз посыпались искры, голова отозвалась болью. Какая-то странная, тягучая сила оказывала ему сопротивление, не пускала дальше редких кустов можжевельника, приткнувшихся между громадных валунов. Словно кто-то невидимый воздвиг барьер, который невозможно преодолеть...

Он блуждал кругами, возвращаясь на одно и то же место, пока не свалился от усталости.

Ноги и руки налились тяжестью, в ушах стоял гул...

Кто-то наблюдал за ним из ядовито зеленых зарослей жутким черным глазом, пронизывал насквозь, выкручивая мышцы и забивая дыхание. Страх проник в мозг, заполнил кровь и легкие, каждую клеточку живой плоти.

Охотник не помнил, как кинулся прочь, как бежал, не разбирая дороги, — ноги сами несли его — и снова оказался у входа в пещеру.

Он не скоро сообразил, где он и что с ним, почему лежит на камнях, уткнувшись носом в чей-то рюкзак. Только к вечеру пришел в себя, понял, что Дианы нет и уже не будет. Порылся в рюкзаке, вдыхая аромат ее вещей, взял спички и поджег все, что от нее осталось...

Поселок Береговое. Наше время

Оперативник не любил посещать комфортабельные виллы «новых буржуев», но служба есть служба. Надо формальность соблюсти, побеседовать с хозяевами, у которых потерпевшая работала на протяжении двух лет.

Сам-то он не сомневался, что девушка стала жертвой очередного маньяка. Природные катаклизмы отрицательно воздействуют на человеческую психику, это научный факт. Всякие там озоновые дыры, вспышки на солнце, магнитные бури.

— Некоторые люди очень даже подвержены...

— Не понял? — поднял голову господин Юдин.

Оперативник сообразил, что выражает мысли вслух, и смущенно кашлянул:

— Значит, вас вчера в городе не было?

— Нет. Мы с женой ездили в Ялту. Развеяться, полюбоваться горными видами... Я давно обещал показать ей ботанический сад. Она обожает цветы.

Они разговаривали в холле. За открытым окном шумел сад, чирикали птицы. Полицейский сидел в кресле, а супруги Юдины — рядышком на диване. Его постоянно тянуло смотреть на Елену: он не представлял себе, что бывают такие красивые женщины. Она, напротив, не выказывала никакого интереса к незваному гостю. На вопросы отвечал муж.

— Что вы можете сказать о Катерине Ушаковой?

— Ничего особенного, — вздохнул Юдин. — Она работала у нас горничной, как вы уже знаете. Хорошо справлялась со своими обязанностями, мы исправно платили ей. Кажется, она была довольна.

— Как к ней относились другие сотрудники?

— Нормально. У нас маленький коллектив, кроме горничной, еще администратор, охранник и повариха. Два раза в неделю приходит садовник, он же убирает во дворе.

— Садовник?

— Пожилой человек, сосед. Мы берем у его жены молоко и творог.

Елена сидела прямая и напряженная, беседа явно тяготила ее. Тонкое голубое платье было присобрано на плечах и свободно падало складками, шею украшали мелкие бусы из бирюзы в несколько рядов. Такая же нитка бирюзы схватывала ее прическу.

Оперативник невольно вспомнил картину из местной галереи — женщина в голубом стоит на мраморной террасе, увитой розами, и смотрит в лазурную даль моря. Он долго не мог отойти от полотна, хотя не увлекался живописью. Елена была гораздо привлекательнее, чем та женщина, и это отвлекало его, мешало задавать вопросы.

— У Катерины были враги? Кто мог желать ей смерти?

— Вы подозреваете кого-то из персонала? Вчера в город ездили только наши гости, Катя и администратор. Остальные были на вилле, на виду друг у друга.

Елена взмахнула ресницами и обратила свой взор на молодого человека. Тот заерзал, начал оправдываться:

— Поймите меня правильно, мы отрабатываем все версии.

— У Кати не было врагов, — отрезал Юдин. — К ней все относились по-дружески. Не там ищете.

Полицейский достал нож в целлофановом пакете и показал супругам. Длинное узкое лезвие, деревянная ручка.

— Такие ножи продаются на каждом шагу, — заявил Юдин. — В супермаркетах и хозяйственных магазинах.

— Вы видели этот нож?

Супруги переглянулись. На щеках Елены зарделся жаркий румянец.

— Моей жене противопоказаны любые волнения, — разозлился муж. — Вы ее нервируете. Уберите нож...

— Им убили вашу горничную. Это кухонный нож. Вы его не узнаете?

— Почему я должен его узнать? Думаете, это нож из нашей кухни? Пойдемте проверим...

Осмотр кухни ничего не дал, как и следовало ожидать. Людмила пользовалась дорогими качественными ножами немецкой фирмы, и все они были на месте.

Юдин с трудом сдерживал раздражение.

— Неужели вам больше негде искать преступника, кроме как в приличном доме? Это маньяк, разве не ясно?

— Пока что других убийств не произошло, — огрызался оперативник. — А маньяком может оказаться кто угодно. Даже вы...

В кухне пахло жареным мясом, помидорами и перцем. Людмила при виде ножа, который оборвал жизнь Кати, залилась слезами. Из духовки повалил дым.

— У тебя что-то горит, — сказал Юдин и повернулся к оперативнику. — Видите, до чего вы довели женщину? До истерики. Нельзя ли помягче?

Повариха кинулась спасать мясо с овощами, а хозяин с полицейским отправились во двор.

— Могу я взглянуть на комнату, где жила ваша горничная?

— Да, пожалуйста, я покажу.

У бассейна, скрестив ноги, сидела Елена. Ей надоело ждать в холле, и она вышла на солнце. Юдин наклонился, скользнул губами по её уху.

— Иди к себе, я вернусь через полчаса.

Он повёл оперативника в комнату Кати и Людмилы. Там царил беспорядок. Пахло цветочными духами и стиральным порошком. Вещи были разбросаны, неглаженое постельное бельё комом валялось на столе. В шкафу висели платья и кофточки, внизу лежала сумка, с которой Катя ездила домой.

Ничего, что могло бы навести на след убийцы, там не нашлось.

— Всё? — сердито спросил Юдин. — Простите, но я должен заниматься делами. Я уделил вам достаточно времени.

— Да-да, конечно... Если что-нибудь вспомните, позвоните мне.

Молодой человек вырвал из блокнота листок и написал номер.

— Антон, проводи человека...

Охранник проводил того до калитки.

— Вы хорошо знали Катю? — вдруг спросил оперативник. — У нее был мужчина? Ухажер или любовник?

Антон опешил. Он распахнул калитку и, понимая, что от него ждут ответа, невнятно пробормотал:

— Мне-то откуда знать?

* * *

Астра все же рискнула искупаться. Вода обжигала холодом. На песчаном дне виднелись мелкие ракушки.

— Быть на море и не окунуться в такую жару? — дразнил ее Матвей.

Сам он нырял и плавал, как рыба. Она последовала его примеру, но с трудом продержалась в воде пару минут. Даже Виринея не купалась, после разговора с Астрой она продолжала медитировать, сидя на своей подстилке.

— Она призналась тебе, кого подозревает в убийстве горничной? — спросил Матвей, отряхиваясь.

— Не брызгайся!

— Иди под зонт, а то сгоришь. С морским солнцем лучше не шутить.

Астра послушно пересела в раскладное кресло, куда падала тень от зонтика. Мокрый купальник неприятно холодил кожу. Куда лучше купаться нагишом.

— Мадам Нагорная утверждает, что археолог ухаживал за Катей...

— Теплищев? — расхохотался Матвей. — Не выдумывай.

— По крайней мере, он о чем-то разговаривал с горничной тайком от всех.

— Это Нагорная решила, что тайком. Она может заблуждаться.

— Согласна...

Астра закрыла глаза и представила себе беседу Теплищева и Кати. Девушка немного смущается, археолог побаивается жены — вдруг та заметит его интерес к более молодой женщине. Ну и что? А то! Ревность творит с людьми ужасные вещи.

— Теплищева не похожа на убийцу...

— Зато жрица Тэфана вполне способна прирезать жертвенную овечку, — возразил Матвей. — Ты разбираешься в «лунной магии»?

— Нет. По-моему, Теплищева сама эту магию придумала. И вообще мне показалось, ее муж заглядывался на блондинку, а вовсе не на горничную.

— Точно! Я тоже заметил.

Он чувствовал, как печет плечи, и повернулся в другую сторону. Пусть теперь грудь загорает. Солнце поднялось выше, раскаленное, оно слепило глаза даже через темные очки. Справа по берегу виднелся старый причал с торчащими над водой сваями и одноэтажные корпуса пансионата. Наверное, с причала удобно ловить рыбу. Он бы с удовольствием забросил удочку, вместо того, чтобы строить из себя детектива...

— Надо возвращаться на виллу! — объявила Астра. — Мы теряем время.

~ ГЛАВА 17 ~

Теплищевы сидели в саду, обсуждая намеченную поездку в Партенит. Ученый высказывал фантастическую теорию:

— Возможно, Храм Девы находился в недрах горы... Давным-давно его вырубили в толще породы. Наружу выступал только фасад. Не исключено, что именно амазонки основали там святилище Артемиды-Медведицы...

— Господин Юдин просил нас пока не покидать Береговое, — перебила супруга. — До выяснения обстоятельств гибели этой несчастной девушки.

— Разве еще что-то не ясно?

— Пойдем на пляж, — вздохнула Тамара Ефимовна.

— В полдень? Ты моей смерти хочешь! Мы не успели адаптироваться к жаре...

Астра застала их в разгар спора, когда лучше идти на море: рано утром или после обеда.

— С утра вода холодная, — поддержала она Теплищеву.

Та сердито поджала губы. Вмешиваться в чужой разговор — признак дурного тона. Но Астре было не до этикета.

— Позвольте задать вам несколько вопросов?

Она без приглашения уселась на скамейку. Археолог недовольно поморщился. Опять вопросы? Сколько это будет продолжаться!

— Мы не скажем вам ничего нового, — покачал он головой. — Нас уже спрашивали. Мы не видели убийцу и никого не подозреваем.

Его жена кивала, позвякивая серебряными подвесками. Тем не менее настырная девица не собиралась отступать. Кто она такая, чтобы мучить ни в чем не повинных людей?

— Во время вчерашней прогулки вы все время были вдвоем?

Теплищевы переглянулись и одинаково скрестили руки перед собой.

— Конечно, — заверила ее «жрица». — Ходили по магазинам, покупали сувениры... На набережной такая сутолока! Мы устали и решили посидеть в тени.

— И ни один из вас никуда не отлучался?

— Никуда.

Ученый порозовел и опустил глаза:

— Как, Тома? Ведь мы потерялись... Я стоял у лотка с книгами, а ты пошла дальше. Я потом тебя искал долго. Хотел позвонить, но забыл взять с собой телефон.

— Он дико рассеянный! — расплылась в улыбке жена. — Ничего не помнит. Часы он тоже не берет. И головной убор. Я только заглянула в ювелирный, а его и след простыл. — Она повернулась к мужу. — Не ты меня искал, дорогой, — я тебя! Мы чудом столкнулись у прилавка с мороженым.

— Это правда...

— Вы не заметили ничего странного? — спросила Астра. — Может быть, чье-то поведение показалось вам подозрительным?

— Нет-нет, — торопливо ответил археолог. — Все было обыкновенно...

— Подожди-ка! — Тамара Ефимовна прищурилась, глядя в сторону. — Меня удивило, что наши молодые хозяева говорили о поездке в Ялту. А сами никуда не ездили. — Она перешла на шепот. — По крайней мере, Елена. Я видела ее в толпе на набережной.

— Ты обозналась, Тома...

— Ничего подобного! То была она. Ее желтое платье не спутаешь ни с каким другим. Елена шла к яхт-клубу.

Теплищева невольно повернулась к хозяйскому дому — убедиться, что Юдины не сидят на террасе.

— Вы тоже вчера видели Елену Юдину на набережной? — обратилась Астра к археологу.

— Н-нет. Тома сказала мне. Я смотрел, но... Там же полно народу!

— Давайте погадаем, — неожиданно предложила «жрица Луны». — У меня есть книга пророчеств. Я сама ее написала под диктовку богини.

— Это будет интересно.

Пока Тэфана бегала за книгой, Астра взялась за ее супруга:

— О чем вы говорили с Катей в саду? Когда думали, что вас никто не видит?

— С Катей? Вероятно, об уборке, просил ее убрать в номере.

Он предвидел этот вопрос и заранее приготовил ответ.

— Вот как? Но вас не только приметили, но и подслушали...

— Кто?

Теплищев смешался, без жены он терял уверенность в себе.

— Какая разница? Главное — вы лжете, Анатолий Петрович. Почему?

— Помилуйте, я познакомился с Катей и всеми остальными буквально неделю назад! Я не лгу, я...

— Зачем вы приехали на виллу?

Теплищеву стало стыдно за вопиющую невоспитанность Астры. Он побледнел и пригладил растрепанный ветром пух волос.

— Отдыхать, как и вы. Нас пригласили... господин Юдин, отец Рида.

— Только отдыхать?

— Мне, право, неловко от ваших вопросов. Отвечаю исключительно из уважения к хозяину этого гостеприимного дома. Зная об экстрасенсорных способностях моей супруги, господин Юдин счел возможным обратиться к ней с просьбой... Это была конфиденциальная просьба. Вы понимаете?

— Разве вам не передали, что Аким Иванович позволил нарушить конфиденциальность?

— Да, но...

Ученый выглядел несчастным и вызвал у Астры мимолетную жалость.

— Речь идет об убийстве, — напомнила она ему.

— Уверяю вас... просьба господина Юдина не имеет отношения к убийству. Впрочем, пусть будет по-вашему. Он попросил Тамару... очистить пространство виллы с помощью лунной магии. Что она добросовестно выполняла... и выполняет. Ему показалось, будто бы на территории его владений появилось нечто... э-э... враждебное.

— Или кто-то, замысливший недоброе?

— Д-да, — заставил себя признаться Теплищев. — Я, как человек науки... подхожу к подобным вещам с материалистической точки зрения. Но люди имеют право на собственное мнение.

Он с тоской поглядывал на дорожку, по которой должна была вернуться в сад «жрица» Тэфана. Где же она?

— Я не разделяю убеждений своей жены, — добавил он. — Однако уважаю их.

— О чем вы разговаривали с Катей?

Археолог по-женски всплеснул руками.

— Я же сказал...

— Вы солгали!

— Да, простите... — он поник.

Жена задерживалась, предоставив ему в одиночку отбивать атаку этой настойчивой барышни.

— Я расспрашивал Катю о ее брате. Его фамилия Ушаков. Он разгильдяй, нигде не работает, зато исколесил полуостров вдоль и поперек. Черный копатель. Знает все местные секреты: где какой курган, где каменные некрополи, где пещеры. Я намеревался побеседовать с ним о Храме Девы. Ныряльщики обнаружили в Партените, у подножия Медведь-горы, обломки мрамора... возможно, у него есть какие-то идеи.

Теплищев мечтал стать первооткрывателем. Ему было нелегко решиться на разговор с Катей, ведь этим он показал интерес к находкам самодеятельных археологов. С другой стороны, нырять с аквалангом ему возраст не позволяет, а денег, чтобы нанять людей для исследований морского дна или туннелей в недрах горы, у него не имеется. То, что туннели существуют, он слышал, но никто пока слухи не подтвердил.

— Значит, вы знакомы с Ушаковым?

— В нашей группе... вернее, в группе моей жены есть парень, который откапывал вместе с Ушаковым захоронение амазонки. Они пытались доказать, что греки не придумали женщин-воительниц. Я знал, что

Ушаков проживает в соседнем поселке, и рискнул спросить у Кати. Оказалось, это ее брат. Но теперь ему, конечно, не до меня...

— Кто-нибудь из гостей оказывал Кате... знаки внимания?

Археолог достал платок, промокнул лысеющий лоб и оглянулся.

— Гаранин. Он еще тот ловелас! Умудрялся волочиться за двумя женщинами. Такие мужчины, несмотря на собственную ветреность, жутко ревнивы и вспыльчивы. А Катя давала ему повод. Она... кокетка.

Он едва не сказал «блудница», но вспомнил реакцию жены и выразился мягче.

— Вы намекаете, что Гаранин волочился за горничной?

— По крайней мере, было похоже на то. Несомненно, в первую очередь он уделял внимание Ирэн... открыто и даже подчеркнуто. Но однажды в сумерках, когда Тома совершала... э-э... очистительный обряд... я остался в саду и невольно стал свидетелем встречи Гаранина и Кати. Я сидел в тени, за кустом инжира, они не могли меня видеть. Гаранин стоял ко мне спиной, загораживая Катю... они о чем-то беседовали вполголоса.

— Вы что-нибудь слышали?

— Я не подслушиваю чужие разговоры, — оскорбился Теплищев.

— Конечно. Может быть, до вас случайно донеслась фраза или слово? Это очень важно.

— Они говорили тихо...

— А вот и я!

Увидев жену, Анатолий Петрович просветлел. Тамара Ефимовна смерила молодую женщину и мужа настороженным взглядом, словно спрашивая: «О чем вы тут ворковали, голубки?» — и потрясла в воздухе увесистым фолиантом. То была «Книга лунных пророчеств».

— Как же с ее помощью гадают? — полюбопытствовала Астра.

— Мысленно задайте вопрос, — объяснила «жрица». — Можете не произносить его вслух. Мне остается только открыть названную вами страницу и прочитать указанную вами же строку.

Астра назвала две цифры, — двадцать один и пятнадцать. Первые, которые пришли в голову. Тэфана открыла фолиант и торжественно изрекла:

— *Тот, кто здесь и не здесь... тот, кто наводит страх и боится... Один глаз Луны видит больше, чем сотни прочих глаз... Один глаз у того, кто украл у него добычу...*

* * *

Гаранин отдыхал у себя в номере, когда к нему постучалась Астра. Он нехотя поднялся с дивана.

— Чего вам не спится в послеобеденную жару? — неприязненно пробормотал маг, впуская ее. — Пришли расспрашивать о бедной Кате? Так я уже все рассказал в полиции. Вернее, мне нечего было рассказывать. Последний раз я видел горничную, когда мы выходили из «Газели». Она отправилась по своим делам, в магазин, кажется.

В его комнате царил идеальный порядок. Вещи не разбросаны, нигде не стоят тарелки с недоеденными фруктами, недопитые бутылки, чашки из-под кофе, в пепельнице нет ни одного окурка... Пахнет мужской парфюмерией и чуть-чуть сандалом. Понятно, откуда сей восточный аромат. Блондинка!

Астра начала издалека:

— Вы курите?

— Разумеется, нет. Я веду здоровый образ жизни.

— А Катя?

Его покоробило. Выпуклые глаза налились гневом.

— При чем здесь Катя? Что за намеки?

Не дождавшись приглашения, Астра удобно устроилась в кресле под неприязненным взглядом Гаранина.

— Как вы оказались на вилле «Элоиза»?

— Меня пригласил хозяин, отец Рида.

— Вы были с ним знакомы до этого?

— Нет. Он узнал мой телефон и позвонил. Вероятно, кто-то из моих клиентов порекомендовал меня...

Маг замолчал, исподлобья наблюдая за гостьей. Она чувствовала себя уверенно и комфортно — заложила ногу на ногу, откинулась на мягкую спинку кресла. А он вдруг забыл о своей магнетической силе и навыках гипнотизера. Сидел и гадал, зачем она явилась.

— Порекомендовали вас в качестве кого?

— Раз господин Юдин снял запрет на разглашение информации, я могу сказать. Его заинтересовало мое умение считывать карму людей и гармонизировать энергетику пространства, — напыщенно произнес Гаранин.

— Это связано с виллой или с конкретным человеком?

— И то и другое. Он попросил меня присмотреться к обитателям «Элоизы», а также выявить источник негативного воздействия. Признаться, я не успел этого сделать.

«Потому что обхаживал госпожу Ирэн и горничную, — добавила про себя Астра. — Теперь одна из них убита!»

— Я только включился в процесс, как произошла трагедия. Смерть Кати спутала все карты. Могу сказать точно — здесь присутствуют черные массы! — Он согнул руки в локтях и поднял ладони вверх, поворачивая их в разные стороны. — Самое гиблое место — хозяйский дом. Именно туда направлен поток темных мыслеформ. Там есть некий невскрытый нарыв, гнойник, который угрожает здоровью и жизни живущих в доме людей. Что-то наглухо закрытое...

Он действительно «включился в процесс», увлекся, разыгрывая свое шоу перед благодарной зрительницей.

— Вижу смерть женщины... — вещал маг. — Вижу опасность... Еще одна смерть...

«Цирк! — подумала Астра. — Он видит смерть женщины! Не мудрено. Горничная-то убита!»

— *Еще одна смерть?*

Маг как будто очнулся, открыл глаза и опустил руки:

— Больше ни слова. Скажете потом, что я накаркал.

— Это вы убили Катю?

Гаранин побледнел от возмущения, его щегольская бородка и усики ярко выделялись на матово-смуглой коже.

— Что за бред? В полиции и то понимают: Катя стала жертвой маньяка. Я не убиваю молодых хорошеньких женщин...

— Вы с ними спите!

Он чудом сдержал ругательство, процедил сквозь зубы:

— Иногда. Кажется, это не преступление.

Роль мага отступила на второй план, на сцене явился красивый самовлюбленный самец.

— У вас с Катей...

— Нет! — он не дал Астре договорить. — Нет и нет! Категорически! Я не вступаю в интимные отношения с прислугой.

— О чем же вы беседовали с горничной в темном уголке сада? Она просила у вас приворотное зелье?

Гаранин воздел руки к потолку.

— На этой чертовой вилле даже деревья имеют глаза и уши! Мы *беседовали*, как вы изволили заметить. Ничего другого не было. Ваш соглядатай это подтвердит. Кто он? Впрочем, какое мне дело?! Прислуге не запрещено разговаривать с гостями, надеюсь? Хотя Кате теперь все равно, а мне подавно наплевать.

— Господин Юдин хочет разобраться, кто лишил жизни молодую женщину, которая у него работала. Он умеет добиваться своего, поверьте.

— Вы мне угрожаете?

— Я напоминаю, что помочь найти убийцу — долг каждого из присутствующих. Тем более вы предсказываете еще одну смерть. Это не игрушки, Эльдар.

Маг со свистом втянул в себя воздух. Лучше бы он лазал по горам под Ялтой! А все жадность. Посулили кругленькую сумму, и вот он здесь, расхлебывает чужие проблемы.

— Убедили, — буркнул он. — Допустим, я говорил с Катей о ее брате. И что?

— Вы знаете ее брата?

— Собирался познакомиться.

— С какой целью?

Гаранин терял терпение. Неужели брата подозревают в убийстве сестры?

— Хотел задать ему пару вопросов. Андрей Ушаков — известный археолог-любитель. Он знает о дольменах, которые не успели превратиться в экскурсионные объекты. Когда к мегалиту водят толпы туристов, торгуют поблизости сувенирами и фотографируются на память, такой дольмен становится просто «каменным ящиком». Из него что-то уходит... Потревоженный попусту Дух дольмена покидает его.

— С этим можно поспорить, — не согласилась Астра.

— Можно. Но зачем? У меня свое мнение, у вас — свое.

— Значит, вы хотели, чтобы Ушаков показал вам затерянные в горах дольмены?

— Да... Приятель из Ялты посоветовал мне обратиться к нему. Я знал, что Катя местная, спросил, где найти Ушакова. Оказалось, это ее брат. Вот и все! Никакой роковой тайны.

— Зачем же было прятаться?

— Мы не прятались, — разозлился Гаранин. — Так получилось. Я вышел подышать воздухом перед сном. Катя убирала в барбекю. Я воспользовался случаем поговорить без свидетелей. Потому что мечтал пойти к дольменам один, вернее, с Ушаковым. Если бы за нами увязались женщины или другие гости, сакральное действие превратилось бы в балаган.

— Теперь признайтесь, вы вступили в связь с Ирэн?

Глаза Гаранина налились сожалением, губы дрогнули.

— Это невозможно! — с болезненным надрывом прошептал он. — Совершенно исключено. Она девственница... Но искушенная в любовных ласках! Знаете, она считает привычный секс противоречием Эросу. Бог любви обручается с душой женщины, а не с ее телом...

Пылкая блондинка — *девственница?* Астра оказалась не готова к такому повороту и выразила изумление.

— Я тоже был... поражен... мгм...

Маг от волнения охрип. Его смуглое лицо пылало жарким румянцем. Он не ожидал от себя подобных откровений и запоздало каялся.

— А вы... артистка! — выпалил он, отводя взгляд. — Ловко прикидывались все это время. Кто вас нанял? Можете не отвечать, и так ясно.

Астра скромно промолчала. Возникла неловкая пауза.

— На той прогулке вы ничего подозрительного не заметили? — примирительно спросила она.

Он покачал головой.

— Ничего. Мы с Ирэн гуляли, потом сидели в кафе...

— Она никуда не отлучалась?

— Как же, спускалась на пляж, к морю, окунуться. Я не пошел. Было жарко, но мне не нравятся городские пляжи, кишащие людьми. Взболтанная вода, горластые дети...

— Сколько времени она купалась?

— Долго. Ирэн обожает плавать. Я время не засекал.

— Вы видели, как она плавала?

Гаранин вспылил.

— Не видел. Я не следил за ней! Теперь вы спросите, а чем же я-то занимался? Уж не прокрался ли в сквер, чтобы зарезать горничную?

— Угадали.

— Я не убивал Катю. Я любовался морем, яхтами. Пил пиво. Мое алиби подтвердить некому, если вы это имеете в виду. — Он вдруг сосредоточился, сдвинул брови. — Постойте-ка... наши молодые хозяева, Елена и Рид, похоже, не ездили в Ялту. Я видел госпожу Юдину в толпе на набережной. Точно, я только сейчас вспомнил...

~ ГЛАВА 18 ~

Горный Крым. Год тому назад

Она открыла глаза и увидела тесную камеру: шероховатые каменные стены, каменный потолок, круглое окошко. А где же дверь? Двери не было.

— Как я сюда попала?

Память отказывалась давать ответ: подбрасывала смутные отрывки, словно наугад выхваченные кадры из утерянного фильма. Горная тропа... жаркий воздух... стесненное дыхание... кусты можжевельника... страх...

«За тобой кто-то гнался. Враг...» Мысли пришли из окружающей ее прохлады с запахом прелой листвы, сырости и каменной крошки. Глаза привыкали к полумраку, свет проникал в ее убежище через дыру в стене, которую она приняла за окно. Вероятно, эта дыра служила одновременно и входом. Чьи-то темные от времени кости лежали в углу, припорошенные вековой пылью, отовсюду свисала паутина...

— Куда я попала? В склеп?

Она не испытала положенного ужаса. Он остался за толстыми каменными плитами, там, снаружи, где светило солнце и зеленели деревья. Он имел обличье человека, мужчины... Живые порой куда опаснее мертвых.

Она стянула на груди разодранную футболку и попыталась вспомнить, что с ней произошло. Руки и лицо были исцарапаны, саднили — вероятно, она продиралась сквозь густые заросли. Сильно болели поясница и низ живота, ныли стертые в кровь ноги. Как ее угораздило натянуть мокасины без носков?

Враг был рядом. Не слишком близко, но и не так уж далеко. Он потерял след.

— Но если я выйду...

Она прикинула, сколько сможет просидеть здесь, в каменном ящике, без пищи и воды, и содрогнулась. Голод уснул, подавленный шоком, а жажда давала о себе знать.

Она облизнула сухие губы и ощутила, как на теле выступает холодная испарина. С ней случилось нечто чудовищное... Ее изнасиловали, хотели убить? Догадка вспыхнула и погасла, как искра в ночном воздухе. Сознание заволокло плотным покрывалом забвения.

Ей не хотелось покидать каменный домик, который дал ей приют, укрыл от чужих глаз. Пожалуй, она снова ляжет и уснет. И пусть к ней придут чудесные сны...

Она не чувствовала ничего, кроме желания избежать смерти, которая ждала ее за этими грубо обработанными стенами, поэтому свернулась *клубочком*, *устроилась поудобнее и задремала*.

«Ты не можешь оставаться здесь долго... Это не подходящее место для людей...» Кто-то будто разговаривал с ней, — дружелюбно и настойчиво. Подсказывал, что можно и чего нельзя. Или это был ее собственный бред, вызванный психическим шоком?

Прелестная женщина с сияющим лицом, в длинном, ниспадающем складками светлом наряде взирала на нее из звездного тумана... Она порхала над Млечным Путем и улыбалась...

— Хочешь испить молока небесной коровы? Тогда ты уже не вернешься обратно... Выбирай.

Она молчала в замешательстве.

— Не торопишься? Правильно... — одобрила женщина. — Все заблуждаются по поводу моего источника. Ищут его где угодно, а он протекает рядом... В жизни все на виду, но люди не умеют смотреть...

Она вдруг испытала потребность задать сияющей женщине важный вопрос:

— Кто я?

— Ты — моя первая гостья, которая ничего не просит...

— А кто ты?

— Одни называют меня Персефоной, другие — Прозерпиной[1]... Я живу сразу в двух мирах и храню тайну ларца... Кто туда заглянет, уснет навеки...

— Поэтому я хочу спать?

— Тебе пора уходить... — прошептала женщина. — Иначе будет поздно...

---

[1] Латинское имя Персефоны, богини царства мертвых и возрождения природы.

Гостья попыталась возразить, но неведомая сила подхватила ее и заставила подняться на ноги.

— Тебе пора уходить... — повторил голос.

Гостья, не понимая, что делает, протиснулась в круглое отверстие и... потеряла сознание. Придя в себя, она увидела голубое небо с плывущими облаками, услышала шелест листвы и птичий гомон. Было жарко — камни, на которых она лежала, нагрелись от солнца. Каменный домик издали настороженно следил за ней черным глазом.

Она не замечала его за плотной зеленой стеной душистого кустарника. От резкого запаха у нее кружилась голова. Было непонятно, как она сумела отойти от своего убежища на приличное расстояние. Она тут же забыла о нем и, ослепленная и оглушенная, побрела вниз по тропе.

Она потеряла счет времени. Сумерки опустились неожиданно и окутали все туманом. Какой-то знакомый звук привлек внимание беглянки, и она устремилась к его источнику, не разбирая дороги.

Яркий свет ударил ей в лицо, выскочившее из тумана чудовище со страшной силой набросилось на нее, подмяло под себя и потащило...

Поселок Береговое. Наше время

Соседний с виллой «Элоиза» дом утопал в зелени. У ворот рычала черная, как смоль, собака, она гремела цепью и угрожающе скалилась.

Хозяин провел Матвея к беседке, где стояла плетеная мебель: столик, стулья. Беседку сплошь увивал дикий виноград.

— Храпов Василий Степанович, — представился полноватый мужчина с выступающим животом.

На вид ему было около сорока. Залысины и двухдневная щетина прибавляли Храпову лет пять.

Матвей незаметно осматривался. Дом обычный, гораздо проще, чем у Юдиных, хотя тоже в два этажа с мансардой. Улица была застроена по типовому проекту, но Юдин переделал все по-своему. Во дворе у Храпова под тентом стояла дорогая иномарка. Сам он вышел к гостю в простой майке и мятых шортах, но на его руке блестели золотые часы.

— Чем обязан? — спросил он после того, как Матвей уселся на удобный стул с высокой спинкой.

— Мы здесь отдыхаем, у Юдиных. Я и моя будущая жена. Вот... зашел спросить, не продаете ли вы дом. Нам пришлось по душе это место.

— Вы родственники?

— Знакомые.

— А-а...

Сквозь виноградные листья просвечивало солнце, но в беседке сохранялась приятная прохлада. Храпов плеснул себе и гостю коньяку в стаканы, наполовину заполненные льдом.

Пить в такую жару? Но отказываться было нельзя. Матвей из вежливости пригубил.

— Хороший коньяк.

Вокруг беседки густо росли цветы, белые, желтые, розовые. Над ними кружили насекомые. Жужжание сливалось с шумом сада.

— Ветер с моря... — задумчиво произнес Храпов. — Пахнет солью. Так вы хотите приобрести домик в Береговом?

— Хотя бы прицениться. Мне сказали, что вы отлично изучили здешний рынок недвижимости.

— Кто, простите, направил вас ко мне?

— Максим, администратор Юдиных.

— Ах, Макс? Он прав. Лучше меня никто не даст вам совета. Я подумываю о продаже дома, но не этим летом. Скоро сюда приедут мои друзья, жена, сестра с племянниками.

Он недоверчиво поглядывал на гостя. Тот не походил на серьезного покупателя. Впрочем, как должны выглядеть покупатели? Они бывают такими разными.

— Я слышал, на вилле произошло несчастье. Убили горничную. Вот, чего бы я решительно не велел вам брать, так это «Элоизу». Но Юдины ее не продают. Чудаки!

— Девушку убили не на вилле, а в городском сквере.

— Какая разница? Это место проклято! Я бы давно избавился от такого приобретения.

Матвей не очень умело изобразил растерянность:

— Не понимаю...

— Что тут понимать? О вилле ходят дурные слухи. Якобы, там завелась какая-то нечисть. По ночам у них происходят странные вещи. Вы уже заметили?

— Нет... пока.

— Значит, скоро станете свидетелем... кое-чего зловещего, — с удовольствием заявил Храпов. — Чего стоит женитьба Спиридона? Вы видели его супругу? Редкая красавица, однако одержимая какой-то болезнью.

— Одержимая?

— Не люблю сплетничать о соседях...

На самом деле Храпов был счастлив заполучить собеседника, которому он мог выложить все, что он думал о хозяевах виллы «Элоиза». Юдины — гордецы, живут обособленно, с соседями дружбы не водят, прислугу запугивают, чтобы не дай бог ничего не просочилось за высокий глухой забор. Но шила в мешке не утаишь! Слухи уже поползли по улице, и скоро о проделках нечистой силы, которая облюбовала «Элоизу», будет знать весь поселок...

— У нас это уже не первый случай, — ухмылялся Храпов. — На самой окраине, за старым пирсом, стоит заколоченная развалюха, где злой дух бабку прикончил. Говорят, он в пустом жилище скучает, ему забавы подавай. Любит черт над людьми глумиться! Вот и переселился на богатую виллу. Ему с богатыми-то веселее!

«Ты сам далеко не бедный, — думал Матвей, потягивая коньяк со льдом. — Чужой беде радоваться негоже. Своя может прибежать».

— Я не злорадствую, — поспешил оправдаться хозяин. — Просто посвящаю вас в здешние реалии. Вы же поговорить пришли... разузнать, кто чем дышит. Не так ли? Дом купить — дело тонкое, особого подхода требует. Отдашь деньги за «замок с привидением», потом жить в нем невмоготу. И продать трудно.

Ветер играл виноградными листьями, насквозь продувая беседку. Лед в стаканах стремительно таял. Матвей сделал глоток, ощущая, как разбавленный коньяк проскользнул в желудок. Храпов подвинул к нему блюдце.

— Лимончик берите, закусывайте.

— Намскаете, что злой дух перебрался к вашим соседям?

— Предполагаю. Жену старшего Юдина, Жанну Михайловну, едва паук ядовитый не укусил. С тех пор она на виллу ни ногой. Свадьба у их сына тоже вышла странная. Они не то, чтобы живут на широкую ногу, козыряя показным шиком, но ни в чем себе не отказывают. А тут отметили бракосочетание единственного отпрыска в узком кругу и держат невестку, будто в затворе. Не хотят показывать! Почему, спрашивается? Красотой бог ее не обидел, а умом она, видать, не блещет. Или вовсе душой хворая — от каждой тени шарахается и не помнит ничего.

— Откуда вы знаете?

— Поселок у нас маленький. Людям рот не закроешь. Сколько прислуге ни плати, она все равно язык за зубами не удержит. Такова уж людская порода. Вот и выходит, что злой дух Спиридона попутал, подсунул ему не жену, а недоразумение. Отец, понятно, не в восторге, но терпит. Спиридон, как чувствовал, до ЗАГСа скрывал суженую от родителей. Поставил их перед фактом. Тем деваться было некуда, смирились. Вот уж истинно — кто долго выбирает, тому изъян попадает...

Храпов сыпал пословицами и поговорками, эксплуатируя народную мудрость. Матвей пил коньяк, размышлял.

— Полагаете, убийство горничной тоже дело рук... нечистой силы?

Василий Степанович наклонился и доверительно вымолвил:

— Уверен. А вы нет?

Гость пожал плечами. Он бы все под одну гребенку не подгонял. Кому-то выгодно свалить вину на «черта» — дескать, злой дух лютует, а люди ни при чем.

— Почему этот *полтергейст* поселился именно на вилле Юдиных? А не у вас, например?

— Чур, меня! Чур! — подпрыгнул хозяин. Он принялся плевать через плечо, стучать по дереву и креститься. — Тьфу, тьфу, тьфу! Отведи напасть, господи! Что вы такое говорите?

— Простите, я не хотел ничего дурного... Однако надо же выяснить...

— Вам надо, вы и выясняйте! — рассвирепел вдруг Храпов. — А то еще на мой дом беду накликаете! Я к вам со всей душой, советы даю, мыслями делюсь. Даже не заикайтесь о...

Он поднял палец вверх и указал в сторону выступающей из-за забора крыши юдинских хором.

— Простите еще раз.

— Как вы лодку назовете, так она и поплывет! Аким сам виноват. Зачем было называть виллу именем умершей девушки? Оказывается, до того как Жанну Михайловну в жены взять, Юдин по одной зазнобе сох. Только не сложилось у них. Девушка другого любила, из-за него покончила с собой. Убежала из дома, повесилась в каком-то заброшенном деревянном бараке возле железнодорожных путей. Обнаружили ее не сразу, сначала искали как пропавшую. Потом, когда барак сносили, наткнулись на труп. Аким сильно переживал, почернел весь... уж потом встретил Жанну, оттаял, женился. Поклялся, что сделает ее счастливой. И слово свое держит.

Храпов промочил горло коньяком и, будто осознав что-то сию минуту, изменился в лице. Складки на лбу и переносице разгладились, глаза просветлели.

— Слу-у-ушайте, а ведь это злой рок, который уже тогда преследовал семью Юдиных! Может, дух Элоизы бродит по вилле? Самоубийцы зачастую не могут найти себе покоя ни в том мире, ни в этом. Они жаждут мщения... Пытаются расквитаться за погубленную жизнь...

Матвей, вопреки ожиданию рассказчика, не проникся душещипательной любовной драмой.

— В данном случае для Элоизы было бы логично преследовать мужчину, который отверг ее чувства, — возразил он.

Однако Храпов, воодушевленный собственной идеей, не спешил с ним соглашаться.

— Женщины вообще лишены логики... — задумчиво пробормотал он. — Тем более мертвые. Привидения ведут себя неадекватно... Дух Элоизы, обуреваемый ревностью и обидой, агрессивно воспринимает чужое счастье. Поэтому страдают в первую очередь женщины... Жанна Михайловна, Елена... Катя...

Матвей терпеливо слушал его рассуждения. Долго, не перебивая. Наконец, хозяин сделал паузу и потянулся за коньяком.

— Интересно, кто вам поведал эту леденящую кровь историю?

— Сам Аким! — без запинки ответил Храпов. — Как-то я зашел к нему взглянуть на оборудование для бассейна, он предложил выпить. Хотя был уже изрядно пьян... Жаловался на строителей, которые ломали цену, потом перешел на свою жизнь... Мы пили водку, вспоминали молодость. Тогда его и прорвало — изливал душу, как на исповеди. Хмель развязывает язык даже таким молчунам. На следующий день он протрезвел, явился ко мне, просил сохранить в тайне его признания. Видимо, водка мозги не совсем отшибла, кое-что в памяти осталось. Беспокоился, чтобы жена не узнала. Будет-де переживать, ревновать к прошлому. «Я ей всегда твердил — ты у меня единственная. И сына воспитывал однолюбом, так и сказал. Вообще, история мрачная. Лучше о ней помалкивать!» Ну, я пообещал молчать. И до сих пор никому ни слова.

Храпов сообразил, сколь нелепо прозвучала последняя фраза, и спохватился:

— Одному вам рассказал. Потому что речь идет о вашем благополучии. Мало ли чего эта Элоиза вытворит?..

Администратор занимался ремонтными работами. Пока странная пара — Астра и Матвей — выясняли какие-то им одним важные тонкости убийства горничной, он чинил шланг, менял фильтр в бассейне. Он как раз закончил, когда госпожа Ельцова проследовала мимо него в столовую. Она вышла со стаканом холодного сока и уселась на скамейку.

Сам не зная почему, Макс опустился рядом, повернулся к ней:

— Я вам нужен?

— Вы телепат. Читаете мысли. Разумеется, нужны, я только собиралась вас позвать.

Астра была одета в короткую светлую юбку и шелковый топик. Ее плечи успели поджариться, покраснели, поэтому она выбрала скамейку под тенью раскидистого ореха.

— Вчера и сегодня в доме хозяев происходило что-нибудь... пугающее? — дохнув ананасовым соком, спросила она. — Шепот, например... или шаги в мансарде?

Макс ожидал вопросов о Кате и обескураженно хмыкнул.

— Н-нет, кажется... Антон ничего такого не говорил, и Рид тоже молчит. При чем тут...

— А в доме для гостей «черти» тоже пошаливают?

— Никто не жаловался...

Он задумался над этим обстоятельством, но Астра опять сбила его с толку:

— Что вам известно о красавице блондинке? Ее в самом деле зовут Ирэн?

— Ирина Самойленко. Она москвичка, вернее, приехала из Москвы. По приглашению старшего Юдина. Чем она занимается, понятия не имею. Похожа на содержанку, а с другой стороны, ведет себя как самостоятельная эмансипированная дама. Когда она говорила об амазонках, это было очень убедительно. Не удивлюсь, если Ирэн возглавляет нечто вроде секты амазонок.

— Секты?

— Ну не совсем... Секта предполагает религиозную направленность. А женщины, подобные госпоже Самойленко, могут объединяться на почве идеи. Мужененавистничество, нечто агрессивное, вызов сильному полу. Противопоставление себя общественному укладу, принятой морали.

Его речь была гладкой, изобилующей научными выражениями, и выдавала интеллигента, вынужденного пойти в услужение к богатым господам. Ради заработка. Должно быть, Макс иногда чувствовал унизительность своего положения и даже бывал оскорблен.

Она представила его жизнь — целый день на побегушках: ублажать гостей, угождать хозяевам, следить за сложным хозяйством виллы, поддерживать порядок. Его могли вызвать в любое время суток — днем, ночью, — потребовать устранить какую-нибудь неисправность, уладить возникшую проблему или погасить конфликт. Он за все был в ответе и фактически находился на работе двадцать четыре часа. Свободное время и выходные наверняка выпадали редко и были весьма условны. Видать, Юдины щедро ему платят, коль он терпит. Но внутри у приветливого, улыбчивого и всегда готового прийти на помощь Макса могли зреть и наверняка зреют недовольство, возмущение и злость. Скрытые, тщательно замаскированные приятными манерами, подавленные эмоции порой выплескиваются бурно и уродливо.

— Кто вы по профессии? — поинтересовалась Астра, чем немало смутила администратора.

— Гуманитарий. Специалист по экологии и уникальной природе Крыма. Мечтал защитить диссертацию о лечебных грязях, да так и не довелось. Мать слегла, пришлось искать хороший заработок. Тут уж не до науки. Выжить бы! Покупал дорогие лекарства, платил докторам... Еле на ноги ее поставил.

— Она выздоровела?

Астра деликатно не уточняла, какой болезнью страдала мать Абрамова. Судя по всему, тяжелой. А он оказался хорошим, преданным сыном.

— Да, почти... Слава богу, мы больше не нуждаемся в услугах сиделки. Сейчас с мамой живет сестра, она не замужем.

— Теперь вы можете вернуться к научным исследованиям?

Он покачал головой:

— Увы, я не подвижник, а обыватель, который хочет жить в достатке и комфорте. Я привык не экономить на необходимых вещах, не считать каждую копейку. В общем, погряз в материальном. Осуждаете?

— Нет. Понимаю.

Он недоверчиво усмехнулся, с вызовом произнес:

— Меня здесь, на вилле, все устраивает. Осенью и зимой работы поменьше, а с мая по октябрь я безвылазно торчу за этим забором и обеспечиваю быт обитателей «Элоизы». Хозяева мной довольны, даже идут на уступки. В прошлом году у меня был отпуск в июле, целых две недели. Я лазал по горам, купался в море... Отдохнул как белый человек.

— Вам больше нравится горный Крым?

— Я решил сменить обстановку, отдохнуть от всего, что связано с работой. Когда постоянно общаешься с людьми, наступает усталость, хочется уединения, тишины. Я жил в палатке, питался консервами, чтобы не ходить в магазины. Иногда целый день валялся в тени под тентом, слыша только шепот прибоя и голоса чаек. Благодать...

Солнце поднялось выше, и вода в бассейне заиграла ослепительным блеском. Низко летали стрекозы. По дорожке из кухни в сарай, где хранились овощи, прошла кухарка, туда и обратно. Она надела на голову черную ленточку, лицо опухло от слез.

— Они с Катей дружили, — объяснил администратор. — Жили в одной комнате. Это сближает.

— Какие отношения у вас были с горничной?

— Служебные... Персонал всегда недолюбливает начальника. Я делал Кате замечания, выговоры. Кому это понравится? Но в целом она справлялась со своими обязанностями, а я не придирчив. Поэтому мы ладили.

Астра вздохнула и поставила стакан с недопитым соком на скамейку.

— Мне нужно побеседовать с Ирэн. Вы ее предупредили, что...

— Все гости виллы предупреждены о ваших полномочиях, — криво улыбнулся Макс.

~ ГЛАВА 19 ~

Госпожа Самойленко занимала большой номер-люкс на втором этаже, с балконом и видом на море, почти такой же, как у Астры с Матвеем.

Блондинка полулежала в кресле, одетая подчеркнуто элегантно.

— Я не смогу уделить вам много времени, — сразу заявила она. — Мы с Гараниным собираемся на пляж.

— Постараюсь не задерживать вас. Несколько вопросов, и я удаляюсь.

Та милостиво кивнула. Так уж и быть. Раз нельзя избежать неприятности, ее следует свести к минимуму.

Астра скользнула взглядом по комнате. Наряды этой дамы не помещались в шкафу — повсюду висели сарафаны, блузки, парео и шляпы. Одежду госпожа Самойленко выбирала исключительно качественную и дорогую. Ее обманчиво простые сумочки и босоножки стоили баснословных денег, а в ушах поблескивали бриллианты.

По внешнему виду и поведению было нелегко определить, какая профессия позволяет красавице-блондинке вести безмятежное существование. На руках Ирэн сверкали кольца, но обручального среди них не было. По утрам она любила загорать, вечерами сидела на скамейке под кустом инжира, заложив ногу на ногу и демонстрируя свои безупречные колени и лодыжки. О чем она думала, глядя на подсвеченную голубую воду бассейна, на темную синеву южного неба с низкими крупными звездами? Даже любезничая с Гараниным и откровенно флиртуя с ним, блондинка, казалось, решала в уме какую-то задачу...

Вот и сейчас ее удлиненные, тщательно накрашенные глаза, подернутые мечтательной дымкой, вдруг вспыхнули хищным огнем, который тут же потух, едва гостья расположилась напротив и приготовилась задавать вопросы.

Астра не стала ходить вокруг да около. С такими, как Ирэн, нужно брать быка за рога.

— Кого вы подозреваете в убийстве Кати?

Блондинка обворожительно улыбнулась:

— Да кого угодно. Хоть нашего хозяина, Рида. Чем не маньяк? Держит жену взаперти, сам ведет замкнутый образ жизни, будто монах или... шизофреник. Из него слова не вытянешь. Да, вот еще — в день убийства Юдины не ездили в Ялту, как они утверждают. По крайней мере, Елена точно оставалась в городе. Гаранин ее видел на набережной. Но муженек ни за что не позволил бы ей гулять одной. Ни при каких обстоятельствах! Он стережет ее, словно коршун добычу.

В ее словах сквозила досада.

— Значит, вы не разделяете мнения о случайном нападении на горничную?

— Не разделяю... Убийцу девушки следует искать среди ее окружения. В том числе среди нас! В полиции я говорила другое, то же, что и все, если вас это интересует. Мне ни к чему лишние сложности. Ни у меня, ни у Эльдара нет алиби. Мы были вместе, но не все время. Вы уже беседовали с Теплищевыми?

Астра кивнула.

— И что? Разве археолог не производит впечатления ненормального? Он же помешан на поисках Храма Девы! Одержимость — опасный психический сдвиг, который влечет за собой разные нарушения, вплоть до маниакальности. А его жена? Экзальтированная «жрица Луны» может услышать голос своей Богини и беспрекословно подчиниться. Вы уверены, что «лунная магия» не требует человеческих жертв? Я уже не говорю о Виринее Нагорной. По-моему, эта поклонница йоги просто сочится ядом. Она люто ненавидит молоденьких хорошеньких горничных и вообще всех привлекательных женщин. Где гарантия, что, не найдя успокоения в *мантрах,* она не решится на убийство? Чтобы избавить мир от очередной зараженной развратом особы. Спасая человечество, можно пойти на радикальные шаги...

Слушая агрессивный монолог блондинки, Астра вспомнила слова администратора. Ирэн резкостью высказываний и огнем в глазах действительно походила на оголтелую феминистку.

— Кто еще, по-вашему, мог убить Катю?

— Теоретически и наш милый Макс, и Гаранин, и даже Елена. У каждого найдется мотив, стоит лишь копнуть поглубже.

— Себя вы исключаете?

— Разумеется! — расхохоталась Самойленко. — Пусть меня подозревают другие.

Бордовые шторы на окнах были плотно закрыты, и все в комнате, включая кожу и волосы блондинки, имело красноватый оттенок.

— Какой мотив может быть у Елены?

— Наша хозяйка заслуживает отдельного разговора, а я тороплюсь. Вот-вот за мной зайдет Эл.

— Хоть пару слов! — взмолилась Астра.

— Назвать ее странной — ничего о ней не сказать. Никто из гостей виллы ни разу не беседовал с ней наедине, только в присутствии мужа. Она хороша собой, однако есть в ней некая... неполноценность. Елена ведет себя не как жена Юдина, а скорее как его пленница. Причем добровольная. Она дала согласие быть затворницей в этой клетке. Почему? Что может заставить женщину отказаться от своей свободы?

— Страх... Или любовь.

Ирэн склонила голову на бок, размышляя.

— Пожалуй, в ее случае это страх.

— Разве Юдины не любят друг друга?

— Любовь бывает разная... — меланхолически произнесла блондинка, покачивая великолепной ногой. — В извращенных формах она доходит до безумных фантазий. Эрос прихотлив, на то он и *божество влечения*. Вы меня понимаете? *Влечение* — вот чему поклонялись древние эллины. Они говорили: «*Эрос — есть неисполненное томление*».

«Может, она и вправду девственница, — вдруг подумала Астра. — Разжигает томление, но оставляет его неисполненным. Наверное, это здорово заводит мужчин. Тут госпожа Самойленко, безусловно, права! Безумство, зашедшее слишком далеко, способно разрешиться убийством. Уж не Гаранин ли выместил на несчастной Кате свою неутоленную жажду удовлетворения? Люди часто наказывают того, кто попал под горячую руку...»

Ирэн медленно раздвинула полные розовые губы, и в этом было столько сексуальности, что Астра невольно восхитилась. Даже мимика блондинки эротически отточена. Однако молодой хозяин виллы оказался ей не по зубам. Он просто не дает ей повода применить свои чары и тем наживает себе врага.

— Вы настоящая амазонка! — улыбнулась она. — Наверное, так они и выглядели. Сильные и красивые, с оружием вместо прялки.

Сравнение польстило госпоже Самойленко. Она уже не упоминала о Гаранине, с которым должна была идти на пляж, и охотно продолжала беседу:

— Вы верите, что женщины-воительницы — не миф?

— Конечно, верю. Мифы вуалируют реальность, но никогда не искажают ее до неузнаваемости.

Зеленые глаза Ирэн стали влажными, будто листья в росе.

— Александр Великий бился с амазонками на севере Малой Азии, и это было самое тяжелое сражение для его армии, — с жаром произнесла она. — Гераклу тоже нелегко далась победа над Ипполитой, царицей амазонок. Ведь сам бог войны Арес подарил ей чудесный пояс, за которым явился герой[1]. Самые искусные в бою амазонки были спутницами богини Артемиды. Никто не владел копьем так, как они.

Астра вспомнила слова Теплищева о том, что в женских погребениях скифов и сарматов археологи порой находят не зеркальца и горшки для притираний, а луки, стрелы, копья и мечи.

— Спутницы Артемиды? — машинально переспросила она.

— Ну да! Величайшие древнегреческие ваятели — Фидий, Поликлет, Кресилай и Фрадмон — создали

---

[1] Речь идет о девятом подвиге Геракла. Он отправился в страну амазонок за поясом царицы Ипполиты и добыл его.

для знаменитого храма Артемиды в Эфесе прекрасные статуи амазонок, изобразив их одногрудыми[1] и с копьем в руке. Потому что они служили богине, и та оказывала им покровительство. А мужчины сочинили множество злых басен об амазонках, безудержная чувственность которых была якобы сравнима только с их кровожадностью. Секс и смерть страшно близки...

«Пожалуй, что и ты могла бы убить малышку-горничную, — подумала Астра. — Секс и смерть! Чем не девиз воплощенной амазонки?»

— Откуда вы столько знаете о древней истории Греции?

— Интересуюсь, читаю...

Блондинка испытующе смотрела на Астру — поверит или нет. Если умная — вряд ли примет ее слова за чистую монету. Интерес к какой-либо культуре не пробуждается без причины...

— Теплищев ищет в Крыму овеянный легендами Храм Девы. А вы?

— Я тоже не прочь прикоснуться к священному мрамору, — вздохнула Ирэн. — Он еще полон силы, пропитан флюидами богини... Такой обломок дорогого стоит. Кусочек мрамора от алтаря Артемиды...

— Зачем вы приехали на виллу «Элоиза»?

— По приглашению господина Юдина, отца нашего молодого хозяина. Я практикую *неисполненное томление* — особый вид секса, берущий начало в культе Девы. Очень дорогая услуга. Артемида таврская и эфесская почиталась как непорочная Дева, если вам известно. Перед свадьбой девушка должна была принести в храме искупительную жертву, ведь она теряла свою невинность. Тогда богиня даровала ей счастье в браке и помощь при деторождении.

— Могла ли Катя стать такой жертвой?

---

[1] По преданию, амазонки вырезали или выжигали правую грудь, чтобы удобнее было натягивать тетиву.

Блондинка распахнула изумрудные глаза и уставилась на Астру:

— Вы шутите? Хотя... этого исключить нельзя. Только я здесь ни при чем. Я не собираюсь выходить замуж!

Астра подумала о Елене. Задавая вопросы, она следовала своей собственной логике, никому ничего не объясняя. Даже Матвею. Навязать ход мыслей легко... вместе с вкравшейся в них ошибкой.

— О чем вас попросил Аким Иванович, приглашая сюда?

Красавица пожала округлыми плечами. Она могла бы послужить моделью для самого притязательного древнегреческого скульптора.

— Это была весьма щекотливая просьба, но раз он позволил нарушить тайну, я повинуюсь. Господин Юдин поручил мне соблазнить его сына. Брак Рида внушает ему опасения. Скоропалительная вышла женитьба, необдуманная, опрометчивая. Быстрота, с которой Рид повел невесту к венцу, наводит отца на размышления. Он предполагает какой-то подвох, не то меркантильный расчет, не то кое-что похуже...

— Например?

— Юдин считает, что Елену кто-то подослал, с целью разрушить их семью, бизнес. Изнутри такие вещи делаются куда проще, чем извне. — Она помолчала, разглядывая свои ногти. — В общем, Юдин надеется, что сын осознает свой промах и охладеет к супруге. А увлечение другой женщиной ускорит этот процесс.

— И вы согласились?

— Почему бы и нет? — усмехнулась Ирэн. — Я получила щедрый гонорар, который сохраняется в случае неудачи. Без ложной скромности скажу, что была уверена в благоприятном исходе. Увы, пока мои попытки ни к чему не привели. Я обескуражена, но не разочарована. Еще не все методы исчерпаны.

На ее лице появилась очаровательная гримаска недоумения. Рид оказался крепким орешком.

— А что у вас с Гараниным?

— Курортный роман... Надо же как-то развлекаться.

— Это идет вразрез с поставленной перед вами задачей. Не находите?

— Нет! Юдин-младший в упор не замечает ни меня, ни моего флирта с другими мужчинами. Он полностью поглощен своей безумной женой. У его отца есть основания для беспокойства! Сумасшествие заразно...

— Только что вы называли Елену интриганкой, а теперь говорите о ее болезни?

— Одно не исключает другое.

В голове Астры сами собой всплыли слова Макса, случайно услышанные: «Она подосланная...» Кого тот имел в виду? Елену?

Она уже собралась уходить, когда раздался стук в дверь.

— Это Эльдар, — объявила госпожа Самойленко. — Мы идем на пляж. Присоединяйтесь.

— С меня на сегодня солнца достаточно, — Астра показала покрасневшие плечи. — Спасибо за откровенность, Ирэн.

— Я вам не все сказала. Предложение Юдина не вызвало у меня восторга. Чашу весов склонил ожидаемый приезд на виллу археолога Теплищева. Я знала, что он разыскивает Храм Девы. А вдруг, на сей раз ему повезет? Пожалуй, напрошусь к нему в помощницы...

* * *

Рид нехотя открыл дверцу, приглашая Астру в машину.

— Вы в город? — спросила она.

— Да. Съезжу в банк, переведу деньги на стройку в Форосе. И зайду в агентство по найму прислуги... Насчет новой горничной. Надо же кому-то убирать!

— Жену с собой не берете?

Он зло сверкнул глазами.

— Елена приняла таблетку, она отдыхает. Ей нельзя нервничать. Я только что проводил следователя, — сдерживая раздражение, объяснил он. — Зачастили к нам господа из правоохранительных органов.

Астра кивнула. Им с Матвеем тоже пришлось отвечать на вопросы, как и всем обитателям виллы. Возможно, то был не последний визит сотрудников полиции. Правда, ничего нового в ходе этих нудных разговоров не выяснилось.

— Их можно понять.

— Что тут понимать? Нашли, где искать убийцу! В приличном доме. Им лишь бы дело с плеч долой. Небось вынуждали вас признать, что вилла просто кишит врагами Кати Ушаковой, которые мечтали ее прикончить.

Следователь ничего такого не требовал, задавал обычные в подобных случаях вопросы. Астра старалась не сболтнуть лишнего. «С Катей мы не контактировали. Правда, Матвей?» Карелин послушно поддакивал. «Мы на ту прогулку не ездили, — заявил он. — Оставались здесь... О смерти Кати узнали от администратора... Нет, при нас Катя ни с кем не ссорилась... Ей никто не угрожал... Нет, никого не подозреваем... Больше нам нечего добавить...»

— Вы сами никого не подозреваете? — спросила Астра у Рида, совсем как следователь.

— Боже, сколько можно? У моей жены разыгралась мигрень от этих ужасных намеков. На девушку напали в сквере — ясно, что она погибла от рук бандита. Маньяк он или нет, покажет время. Если убийство повторится, то нас оставят в покое, наконец...

— Почему вы солгали, что в день убийства находились в Ялте?

— Мы были в Ялте, гуляли по ботаническому саду.

Юдин упрямо сжал губы. Он не собирался отступать.

— Вас видели в городе, на набережной. Приблизительно в то время, когда погибла горничная.

— Меня?! Кто?

Дорога была сухая, из-под колес клубилась желтая пыль. Казалось, что они едут по пустыне — справа тянулась до горизонта бурая степь.

— Тамара Теплищева, Гаранин... Возможно, кто-то еще. Они пока молчат из каких-то своих соображений. Не хотят втягивать вас в неприятности, или следователь не спрашивал их прямо. Где гарантия, что они будут продолжать молчать?

Юдин сжал зубы, его шея и щеки побагровели. Он разволновался и резко посигналил подрезающей его кофейной «девятке».

— О, черт... Ну, допустим, мы с Еленой сначала решили отправиться в Ялту, потом передумали. Это ведь не преступление?

— Это — нет. А вот ложные показания...

— Хватит! Вы меня запугиваете? Зря. Я уже не маленький мальчик...

— И все же, что заставляет вас лгать? Вы убили Катю? Или выгораживаете жену?

Рид притормозил на повороте в город. Здесь было больше машин, и вдоль дороги росли деревья. Он съехал на обочину, чудом не врезавшись в одно из них.

— Мы с Еленой... В общем, у нее случаются приступы беспричинного страха. Она вдруг запаниковала и потребовала вернуться. Хорошо, что мы не успели далеко отъехать.

— Что, прямо вот так, без всякого повода, ударилась в панику?

— Не знаю. У нее бывают странные припадки, когда она вскакивает, бежит, куда глаза глядят, будто не в себе. — Он повернулся к Астре и сердито произнес: — Я не должен этого говорить. Никому. Даже вам! Хотя отец просил ничего не скрывать от вас... Я готов отвечать на любые вопросы. Только не о Елене! Она никого не убивала. Катя была горничной — что может связывать ее с Еленой? Моя жена не здешняя. Приехала издалека, из Чернигова.

— Значит, алиби у вашей жены на время убийства отсутствует...

— Я буду утверждать, что она постоянно была со мной.

— А Теплищева? А Гаранин? Я не совсем точно выразилась — на прогулке они видели не вас, а именно вашу жену. Ее желтое платье очень заметное, даже в толпе оно бросается в глаза.

— То, что Елену видели на набережной, ничего не доказывает.

— Тогда почему вы лжете?

Он вздохнул с видом мученика:

— Это не ложь! Это... как вам объяснить... у Елены очень ранимая психика, любая мелочь может вывести ее из равновесия, вызвать приступ жестокой мигрени или глубокий обморок. Я оберегаю ее от всяких потрясений, как могу.

— Хорошо, — согласилась Астра. — Что ваша жена делала на набережной?

— Понятия не имею. Мы вернулись в город по ее просьбе. Было жарко. Мне захотелось пить, а воду мы с собой не взяли, только сок. Я остановился у супермаркета, сказал, что куплю бутылку минералки.

Она осталась в машине. Когда я вышел из магазина, ее в салоне не оказалось.

— И что вы предприняли?

— Кинулся искать... Проехал пару кварталов, спрашивал у прохожих... Благодаря платью, люди обращали внимание на Елену. Они мне подсказали, куда она направилась, — конечно же, на набережную. Оттуда, где мы стояли, все улицы ведут к морю. Я потратил несколько часов на ее поиски. Попробуйте отыскать человека в толпе, где всё и вся перемешалось. Елена беспорядочно бродила то туда, то сюда, она растерялась, у нее разболелась голова... Вероятно, она время от времени отдыхала, сидя на скамейках в тени...

— Почему вы ей не позвонили? У нее есть сотовый?

— Да, но Елена носит его в сумочке, а сумочка осталась в машине, на сиденье.

— Словом, она могла убить горничную, — сухо произнесла Астра.

— Чушь... Елена и мухи не обидит. Я с трудом нашел ее у каких-то киосков с поделками из ракушек. Она ужасно устала, перегрелась на солнце... На ней лица не было. Я повез ее в парк грязелечебницы, мы посидели там, перекусили в кафе. Она ни за что не хотела домой, все повторяла, как в лихорадке: «Я все забыла... забыла... хочу вспомнить, и не могу...» В конце концов я уговорил ее вернуться на виллу.

— Вас не удивил каприз жены? Она ведь не возражала против поездки в Ялту, а потом вдруг передумала.

— Я взял себе за правило ничему не удивляться, когда дело касается Елены. Видите ли, в том, что с ней происходит, — моя вина...

~ ГЛАВА 20 ~

В комнате стояла приятная прохлада. От кондиционера даже тянуло холодом. Пока Астра приводила себя в порядок перед ужином, Матвей рассказал ей о том, что узнал от Храпова.

— Какое впечатление он на тебя произвел?

— Двоякое... Сосед противоречит сам себе. С какой стати замкнутый Юдин стал бы исповедаться перед ним, вспоминать молодость, да еще посвящать, по сути, чужого человека в подробности своей душевной драмы?

— Ну, выпили мужики, вот Юдина и понесло.

— Все равно странно. А что тебе удалось узнать у Юдина-младшего?

Астра провела расческой по волосам.

— Много интересного. И о Елене, и о «нечистой силе», которая облюбовала хозяйский дом. Кстати, с тех пор как мы здесь, *полтергейст* притих.

— Храпов считает, что привидение приложило руку к убийству Кати. Ты в это веришь?

— С натяжкой. Будь я привидением, убила бы девушку прямо в доме, в крайнем случае во дворе. А то — в городском сквере! Смерть Кати — не устрашение. Это необходимость. Узнаем, из-за чего она погибла, и дело будет раскрыто. Почти!

Она повернулась, встала и прошлась по комнате, продолжая расчесываться.

— Надо бы побеседовать с ее братом, Андреем. Макс дал мне домашний телефон Ушаковых, но парень как в воду канул.

— Куда же он делся?

— Вероятно, отправился на курганы. Он часто так уходит и возвращается, когда надоест спать в палатке и питаться чем попало. Может лазать по горам неделю, две и ни разу не позвонить домой. Они привыкли к его отлучкам — мать и сестра.

— Теперь в семье Ушаковых осталась только одна женщина... — пробормотал Матвей. — Выходит, блудный братец еще не знает о смерти Кати?

— Похоже, так, — Астра тряхнула головой. — Волосы жутко запутались, и мысли тоже. Ясно одно — надо провести эксперимент. Аким Иванович дал мне карт-бланш, глупо этим не воспользоваться. В принципе, мы ничем не рискуем. Если я ошибаюсь, что ж, прекрасно. Одна версия отпадет!

Матвей не стал спрашивать, какую версию хочет она проверить. По ходу выяснится.

— Сделаем вот что!

Она наскоро объяснила, в чем заключается план. Матвей от души посмеялся.

За ужином он то и дело фыркал, вспоминая детали ее грандиозного замысла. В столовой пахло поджаркой и хлебным квасом, который Людмила делала по рецепту Жанны Михайловны. Запотевшие кувшины с этим напитком, чудесно утоляющим жажду, стояли на каждом столике.

— Нечего хихикать, — разозлилась Астра. — Увидишь, все пойдет как по маслу. Главное — администратор согласился нам помогать.

— Ты исключаешь его из списка подозреваемых?

— Я уверена, он состоит из плоти и крови. Поэтому мог убить Катю. Но в данном случае мы будем ловить привидение.

— Надеюсь, ты как следует все обдумала.

Обитатели виллы поглядывали в их сторону, кто с любопытством, кто с осуждением. Человек погиб, а эти двое веселятся. Шушукаются, хихикают... Безобразие!

Примерно такие мысли отражались на лице Теплищевой. Археолог полностью ушел в себя, машинально ел куриные котлеты под соусом, фаршированные грибами.

— Бьюсь об заклад, они не чувствуют вкуса, — прошептал Матвей. — Тэфана кипит благородным негодованием, а ее супруг грезит Храмом Девы или самой Девой.

— Кого ты имеешь в виду?

— Самойленко, разумеется. Ты же сама говорила о ее девственности, — ухмыльнулся он. — Ничего более сомнительного я не слышал! Когда мы выходили из дома, Теплищев и блондинка о чем-то увлеченно беседовали. Жаль, что мой слух слабее, чем зрение.

Гаранин и красавица Ирэн ели без аппетита, обмениваясь вялыми репликами. Он заказал бутылку сухого вина, но это не оживило беседу.

Вириней Нагорная нарушила обет вегетарианства. На ее тарелке лежала котлета! Она сосредоточилась на еде, и, казалось, никого не замечала, но из-под ее ресниц украдкой вылетали молниеносные взгляды, обращенные в сторону мага.

— Господин Гаранин пользуется успехом у женщин!

— Завидуешь?

— Вот еще... — возмутился Матвей.

— Эльдар свободен, красив и аморален. К тому же он колдун! Такие типы всегда привлекают слабый пол.

— Он использует любовную магию?

— Скорее сам попался на крючок... Не понимает, что является ширмой для игры очаровательной блондинки. Ее мишень — наш молодой хозяин.

Макс и Антон ужинали за столиком в дальнем углу, под кондиционером. Их окружали пустые бутылки из-под пива. Администратор встретился глазами с Астрой и тут же потупился. Его тяготила навязанная ему роль пособника в сомнительном мероприятии, которое затеяла гостья. Если бы не приказание Акима Ивановича оказывать всяческое содействие госпоже Ельцовой...

Антон, вынужденный скрывать от следствия свои отношения с Катей, взвинченный, измученный бессонницей, опрокидывал бокал за бокалом. Пиво кружило голову, но не спасало от тяжких раздумий.

— Послушай, а Рид дал добро на... — Матвей чуть не произнес «на проведение операции».

Астра поднесла палец к губам:

— Тсс-с, тише... Здесь все начеку. Я решила не ставить Рида в известность. Люди — плохие актеры, они не смогут вести себя естественно и испортят нам действие. Пусть ситуация выглядит натурально, как можно больше приближенно к реальности.

Он шумно вздохнул. Ей виднее.

Теплищева первая окончила трапезу, встала из-за стола и, прямая, худая как жердь, прошествовала к выходу, позванивая серебряными украшениями. За ней потянулся археолог.

Астра проводила их взглядом. Ей на ум сами собой пришли слова Гаранина: «Вижу опасность... Еще одна смерть...»

Ирэн жгла сандаловые палочки. Сизый дымок свивался кольцами и поднимался к потолку. Она вдохнула, пробуя запах. Чуть-чуть не хватает остроты…

Гаранин скользил губами по ее плечу, а она думала о Риде. Как выманить его из спальни жены? Чем та приворожила такого сильного, уверенного в себе, самостоятельного мужчину? Может, вовсе не она пленница, а он?

Убийство горничной потрясло бы любой домашний уклад, но на вилле «Элоиза» он остался незыблемым. Беспорядок вносили исключительно сотрудники полиции, и то ненадолго — с их уходом все возвращалось на круги своя. Елена почти не выходила из дома, разве что сидела на балконе или в саду. Муж выезжал по делам, возвращался и проводил время рядом с ней. Они жили на одной территории с остальными, и в то же время как будто на отдельном острове.

— Башня из слоновой кости… — вырвалось у блондинки.

— Что?

— Не обращай внимания…

Равнодушие молодого Юдина наносило удар по ее самолюбию и ставило под сомнение само искусство обольщения, освященное тысячелетними традициями касты девственных жриц Артемиды. Бесплодная, как ночное светило, богиня дарила наслаждение людям и плодородие нивам и животным. Луна — романтическая подруга влюбленных, синеокая наперсница тайных желаний и эротических грез.

«Будь у меня хоть крохотный осколок мрамора от алтаря Девы, окропленный жертвенной кровью… — размечталась Ирэн. — Ни один мужчина не устоял бы. Тем более Рид! Подкаблучник…»

Она злилась, выдавая свою досаду и бессилие. Гаранин расценил ее недовольство по-другому и удвоил усилия. Расстегнул блузку, коснулся полной, словно персик, груди, такой же нежной на ощупь, такой же сладкой...

Теплая южная ночь опустилась на степь. Однообразно пели цикады, и ветер с моря хозяйничал в саду.

Вдруг на лестнице раздались шаги — кто-то грузный, неуклюжий шлепал по ступенькам: топ-топ... скрип... скрип...

— Кто там? — приподнялась блондинка.

— Где?

— Ты слышишь?

По гулкому пустому коридору пронесся зловещий шепот. Ш-ш-ш-шшш... фью-у-у-у... ш-ш-шшш... И снова шаги. Топ-топ...

На этот раз и оглушенный страстью Гаранин уловил странные звуки.

— Наверное, наши соседи... Астра с Матвеем ходят, — неуверенно произнес он. — На втором этаже, кроме нас и них, никто не живет.

Ирэн и без него знала, что на втором этаже всего три номера. Гаранин — у нее. Значит, соседям не спится.

— Выгляни в коридор! — велела она.

Маг неожиданно смутился. Неловко было подглядывать, но ослушаться он не мог — это было бы невежливо.

— Может, они гулять ходили...

— Выгляни!

Он замолчал и босиком подошел к двери.

— Ш-ш-шшш-шш... ф-ф-ф-ффф... — пронеслось по коридору. — У-у-уууу...

Щелкнул замок. Гаранин высунулся в темноту и услышал чей-то голос.

— Что это такое? — спрашивала Астра. — Кто здесь?

Зажглась лампочка на лестнице. Матвей, озираясь, стоял в коридоре. Видимо, их тоже разбудили странные звуки.

Гаранин, не закрывая двери, повернулся к Ирэн. Вдруг под окнами прокатился жуткий вой, от которого волосы зашевелились на голове.

— А-а-аааа! А-аа... — закричала женщина на первом этаже.

Внизу хлопнула одна дверь, другая. Послышался голос администратора, который увещевал кого-то.

Блондинка вскочила и натянула шелковый халат.

— Что там случилось?

Маг развел руками.

— Наши соседи, похоже, ни при чем. Они сами напуганы.

Госпожа Самойленко, не раздумывая, сунула ноги в шлепанцы и вышла в коридор. Макс на лестнице разговаривал с Матвеем, Астра стояла рядом, задрав голову. Как будто кто-то прятался на чердаке.

— Кто кричал? — спросила она.

— Кухарка. После смерти Кати она плохо спит, — объяснил администратор. — Услышала чей-то вой. У нее истерика. Твердит, что душа «невинно убиенной» бродит по дому, зовет ее за собой. Я дал ей сердечных капель. Она плачет...

В подтверждение с первого этажа донеслись глухие рыдания, и успокаивающий, монотонный женский голос.

— Я попросил Виринею посидеть с ней, — продолжал Макс. — Стучался к Теплищевым, но те не открыли.

— Крепкие же у них нервы...

Ирэн вихрем налетела на администратора:

— Вы звонили хозяину? Где он? Здесь бог знает что творится! Будите Теплищевых! Вы уверены, что они еще живы?

— Помилуйте, как я могу беспокоить людей...

Очередной истошный вопль и мертвого поднял был. Все ринулись вниз, в комнату, где раньше жила Катя, а теперь осталась одна Людмила, и застали следующую картину. Мадам Нагорная, несмотря на поздний час подтянутая и бодрая, хотя и растрепанная, изо всех сил лупила по стене веником. Зареванная повариха забилась в угол дивана, с ужасом наблюдая за ней.

— Отойдите! — рявкнул Макс.

Нагорная опустила веник, и взглядам присутствующих предстала неподвижная сороконожка внушительных размеров...

— Сколопендра! — взвизгнула Теплищева. — Она же могла всех перекусать!

Археолог с супругой не выдержали и вышли разобраться, что за шум посреди ночи. Анатолий Петрович с взлохмаченными волосами выглядел большим ребенком, а у «жрицы» Тэфаны зуб на зуб не попадал от страха.

— Слава богу! — громко воскликнул Матвей. — А мы уже испугались, все ли с вами в порядке.

— Это... возмутительно... — у Теплищевой тряслись губы. — Ядовитая сороконожка в доме?! Она могла заползти куда угодно: в одежду, в постель...

Ее передернуло от отвращения.

— Ими тут вся степь кишит, — заявил Гаранин.

Макс попытался успокоить гостей:

— Сороконожки имеют грозный вид, но они не так опасны, как кажется.

— Они редко кусаются, — поддержал его Матвей. — И не очень ядовиты.

Людмиле потребовалась вторая порция капель. Едва все угомонились, как леденящее кровь завывание заставило женщин метнуться к окнам, а мужчин — выбежать во двор.

Со стороны хозяйского дома к ним спешил Антон. Пока Макс объяснялся с охранником, Матвей поспешил незаметно вытащить вкопанную в землю горлышком вверх пустую бутылку из-под шампанского и зафутболить ее подальше в кусты. Именно она под действием ветра издавала душераздирающие звуки...

— Что-то нашли? — спросил Гаранин, но он опоздал.

«Улика» была вовремя удалена. Прочесывать кусты никому не пришло в голову. Теплищев с магом обошли двор, никого не обнаружили — ни человека, ни привидения — и вернулись в каминный зал.

Администратор по настоянию блондинки позвонил таки хозяину, и через десять минут господин Юдин присоединился к взволнованной компании.

— Антон, иди к Елене, — распорядился он. — Ее нельзя оставлять одну.

Ирэн, пользуясь случаем, взяла его под руку и увлекла в сторону. Она прикинулась слабой и напуганной, пустила в ход все свое обаяние, но он то и дело поглядывал на окна супружеской спальни. Как там Елена? Задерживаться среди гостей больше не имело смысла. «Злой дух», похоже, на эту ночь исчерпал свои фокусы. Вой прекратился, шепот и шаги тоже. Мертвую сороконожку Астра смела на совок и выбросила.

— Я боюсь... — шептала блондинка Риду, прижимаясь теплой грудью к его руке. — Сколопендра! Такой ужас...

Гаранин тайно ревновал. Теплищев, по-женски всплескивая руками, что-то объяснял жене. Виринея угрюмо молчала. При появлении Юдина ее перемкнуло.

Матвей под видом осмотра гостевого дома, подчищал остальные «улики»: убрал припрятанный в укромном местечке динамик, отсоединил провода и выключил магнитофон Абрамова, чтобы на того не пало подозрение. Не хотелось навредить человеку, тем более спровоцировать увольнение.

Мистификация удалась на славу. Значит, в принципе это возможно — Астра была права.

Макс прятал глаза. Кажется, они перестарались. Хозяин бушевал, администратор оправдывался. Если Рид догадается, ему несдобровать! Одна надежда на Астру.

— Я не дам вас в обиду! — пообещала она. — Всё под мою ответственность.

Гости разошлись по комнатам, когда начало светать. Ирэн была разочарована — Юдин вел себя подчеркнуто вежливо, но и только. Она не сумела зажечь в нем ни малейшей искорки и выместила злость на Гаранине, отправив его прочь.

— Я хочу отдохнуть после этой вакханалии! Спать уже некогда, хоть подремлю спокойно. А ты ступай к себе, Эл. Подумай, как избавить нас от ядовитых насекомых, если уж с *очисткой пространства* не складывается.

Вириней первая удалилась к себе — мрачная и напряженная, — ни с кем не поделившись своими мыслями.

Людмила уснула под действием лекарств.

Теплищев пристал к Риду с вопросом, можно ли будет завтра поехать в Партенит. Впрочем, какое «завтра», уже сегодня!

— Из-за этого несчастья с горничной рушатся все наши планы! — жаловался он. — Мы же не преступники, чтобы нас держали под замком. Мы даже не свидетели!

— Вас и не держат... Отложите поездку на денек. Завтра я позвоню следователю и обо всем договорюсь. Думаю, он не будет возражать.

Макс проводил хозяина и закрылся в каминном зале, выпил полстакана коньяка. В голове зрели недобрые мысли. Уж больно легко обитатели виллы поддались на провокацию. После очередного глотка спиртного, администратор вспомнил, что «злой дух» выбрал для своих проделок дом Юдиных еще минувшей осенью.

Он прилег и незаметно погрузился в сон...

Астра и Матвей бодрствовали.

— Кто-то хочет связать смерть Кати с происками «нечистой силы», — заявила она. — В ближайшие часы «привидение» обретет человеческий облик. Наша задача — не прозевать этот момент...

~ ГЛАВА 21 ~

Антон, возбужденный ночным переполохом, сидел у двери в спальню Юдиных. С появлением Рида он привстал.

— Ну, как она?

— Спит, кажется... — доложил охранник.

— Иди, отдыхай. Кажется, все улеглось.

Юдин с виноватым видом повернул ручку. В спальне горел ночник, пахло духами Елены и апельсинами: на прикроватной тумбочке стоял ее апельсиновый сок со льдом. Жена лежала на спине с закрытыми глазами. Рид сразу понял, что она не спит.

Он наклонился и погладил ее по руке.

— Это был ветер, — ответил он на немой вопрос. — Просто ветер.

— Ветер так не воет...

— Вероятно, он задувал в водосточную трубу. Теперь направление переменилось, и все стихло.

Он намеренно не говорил ей о «шепоте» и «шагах», которые разбудили гостей. Впервые это произошло во втором доме. Ерунда, игра необычных акустических эффектов. Не исключено, что чем-то недовольные строители подшутили над хозяевами, оставили на память «сюрприз» где-нибудь в стенах. Такое бывает. Но Елена вообразит разные ужасы и будет трястись от страха.

— Ах, Рид, я схожу с ума. Чувствую себя птицей, отбившейся от стаи.

— Зачем тебе стая? Ты не птица, Елена, ты человек, женщина. У тебя есть муж.

— Я будто чужая среди вас... Помнишь, как я чуть не сбежала со свадьбы? Спроси меня, почему?..

— Почему?

— Если бы я знала! Мной руководит что-то темное, невидимое. Оно сидит внутри меня и повелевает!

— Это последствия травмы. Пройдет...

Ее слова невольно вызвали из прошлого день женитьбы. Рид много раз представлял себе, как он познакомит родителей со своей невестой, но так и не сумел предусмотреть всех нюансов. Он скрывал Елену от придирчивого отца, сколько мог. Тот был шокирован, когда его поставили перед фактом: оказывается, Спиридон вырос и полностью вышел из-под отцовской опеки. Он даже не счел нужным заранее показать родным будущую супругу!

— Ради бога, сын, почему ты не посоветовался с нами? Разве мы враги?

— Ты сам учил меня поступать по-мужски.

— Мы бы в любом случае одобрили твой выбор.

В словах отца прозвучала фальшь.

— Я не нуждаюсь в вашем одобрении. Я люблю эту женщину и женюсь на ней.

Акима Ивановича покоробила резкость его тона, но он не подал виду.

Процедура знакомства и торжественной регистрации брака стала настоящим испытанием для всех четверых. Елена так разволновалась, что порывалась сбежать. Рид нервничал, не выпускал ее руку из своей и постоянно что-то шептал ей на ухо, успокаивал, извинялся за поведение матери и отца.

— Дожили... — Аким Иванович побледнел и насупился. — Собственный сын стыдится нас. Не удосужился заблаговременно познакомить со своей избранницей.

— А ты больше читай ему нотаций, — не сдержалась жена. — В конце концов, он выбрал женщину для себя, а не для тебя.

При взгляде на супруга, ей стало не по себе: тот сначала побелел, затем побагровел. Не ровен час, удар хватит. Это все ущемленное самолюбие взыграло, гордость юдинская! Как Спиридон посмел без отцовской воли жену взять? Ведь это не просто женщина для постели, это мать будущего наследника, продолжателя рода!

Только теперь Жанна Михайловна одобрила скрытность сына. Идти наперекор отцу было бы куда труднее, чем избежать его вмешательства. Попыхтит, побушует и смирится, — примет невестку. Куда деваться-то? Спиридон упрямый, в него уродился. Уж если что решил, не уступит.

В первые минуты атмосфера в зале для брачных церемоний была наэлектризована так, что сверкали разряды молний. Назревала гроза, которая так и не разразилась. Аким Иванович постепенно остыл, сдался. Елена перестала дергаться, у Рида отлегло от сердца, а Жанна Михайловна пробовала на вкус роль свекрови.

— Тебе она нравится? — буркнул муж.

— Я вижу, что наш мальчик от нее без ума.

— Мальчик! — фыркнул Юдин-старший. — Все твое воспитание! Вырастила змееныша...

«Объявляю вас мужем и женой!» — прозвучало под сводами зала. Кто-то открыл шампанское, зазвенели бокалы... Новоиспеченный свекор чокнулся с молодоженами и странным образом успокоился.

— После драки кулаками не машут, — сказал он супруге.

Жанна Михайловна была ослеплена. Она не ожидала увидеть такую неприветливую, импульсивную красавицу. Невестка была слишком хороша, и это пугало. Как они с Ридом познакомились? Где? Почему встречались тайком? Мальчик никогда ничего не скрывал от родителей, а тут вдруг решился на такой шаг...

«Я сама подстрекала его, — признала госпожа Юдина. — Значит, я тоже виновата. Лучше мне помалкивать!»

Ее снедало любопытство, присущее каждой женщине. Где родственники этой Елены Прекрасной? Где подруги? Она хоть москвичка? Неужто столичная прописка и деньги подогрели ее любовь к Спиридону? Нет, он парень хоть куда, за него любая замуж выйдет без всякого расчета.

Однако Елена была невесела, держалась сковано, улыбалась натянуто, принужденно, и это бередило материнское сердце. Как будто невесту насильно под венец повели! Зато Рид так и сияет, так и светится...

— Она что, без роду без племени? — вторил мыслям жены Аким Иванович. — Что-то не видать никого...

— Потом расспросим. Сейчас не время.

— Поздно уже! Она теперь вошла в нашу семью, у нее и фамилия наша — Юдина.

Все подробности того памятного дня пронеслись перед внутренним взором Рида. Первая брачная ночь прошла сумбурно, скомканно. Он щадил Елену — едва дотрагивался, дышать на нее боялся, а она вдруг оттолкнула его, истерически разрыдалась. Раз за разом пришлось преодолевать ее сопротивление, ласками растапливать ее лед.

— Зачем ты женился на мне? Я же говорила, пожалеешь...

— Мой грех! Мне и замаливать...

— Лучше бы ты меня убил тогда...

— Молчи...

Он закрывал ей рот поцелуями, легкими, как лепестки цветка.

— Я и так мертвая... — шептала Елена. — А мертвые не могут любить...

— Значит, я тоже умру... Прямо сейчас...

Она пугалась, приподнявшись, вглядывалась в его лицо и с облегчением вздыхала:

— Ты живой, я по глазам вижу...

Она уснула, когда солнце поднялось над морем и со двора раздался шум воды — Антон поливал из шланга траву и цветники. Юдин же так и не сомкнул глаз, обдумывая ночное происшествие. Накануне вечером ему звонил отец, сетовал, что пока не удается вырваться в Крым.

— Но я непременно приеду, сын. С этой чертовщиной пора кончать.

Спрашивал, как идут дела на купленном объекте под Форосом. Между слов сквозило невысказанное беспокойство.

— Как там твоя жена? — наконец выдавил Аким Иванович. — Есть сдвиги?

Состояние невестки застыло на уровне хрупкого равновесия, между возбужденным сознанием и подавленной бессознательностью. Через неделю после женитьбы Спиридон признался отцу, при каких обстоятельствах он встретил Елену. Тот пришел в ужас.

— Почему ты сразу не рассказал мне все? Я бы подключил свои связи...

— Я полюбил ее. С первого взгляда... Я хотел, чтобы между нами не было никого и ничего. Только я и она. Это судьба, папа.

— Ты уверен, что она будет молчать?

— Мне все равно...

* * *

Храпова разбудил звонок телефона.

— Да? — сонно пробормотал он. — А, это ты?.. Какого дьявола в такую рань?.. Что?.. Не телефонный разговор?.. Ну, знаешь!.. Никуда сегодня не собираюсь... Хочешь встретиться?.. Что за спешка?.. Ладно, черт с тобой... Ладно, сказал! Приеду... на наше место...

Он поднялся и раздвинул шторы. В лицо ударило солнце. Оказывается, давно рассвело. Лохматый пес развалился в тени возле будки, откинув лапы. Храпов ему позавидовал.

— Даже на отдыхе поспать не дадут...

Он поплелся в ванную, включил прохладный душ. Сон отказывался уходить из разморенного тела. Вчера Василий Степанович перебрал спиртного, и это не замедлило сказаться. Года берут свое...

Наскоро перекусив бутербродами, он спустился по лестнице. На первом этаже спала приходящая домработница. Она допоздна провозилась с уборкой, а в таких случаях ей позволялось оставаться в доме до утра.

— Тимофеевна! Я уезжаю... Дождешься меня?

Женщина смутилась, торопливо провела рукой по растрепанным волосам. Хозяин всегда входил без стука — бесцеремонный, как ее покойный муж. Тот тоже признавал исключительно свое право. Она привыкла, потому и держалась. Другая прислуга убегала от Храпова уже через пару дней.

— У соседей вчерась собака какая-то выла... — доложила она. — Не к добру!

— У них нет собаки.

— Может, взяли? Только щенок скулит, а то вой стоял. Я ворочалась, ворочалась, еле уснула. Вы слыхали?

Он покачал головой. Спал мертвецки, какой там вой?

— Я когда выпью, хоть из пушки стреляй...

Храпов вышел во двор, а женщина быстро вскочила, натянула халат и прильнула к окну, посмотрела, как хозяин завел машину, открыл ворота и выехал. Пес стоял, помахивая хвостом, потом зевнул и снова лег. Было жарко и пыльно. Воробьи дрались за крошки вокруг собачьей миски.

Домработница, зевая, прибрала кровать, умылась и отправилась в кухню готовить еду на два дня. Надо бы попросить прибавку к зарплате. Храпов — мужик экономный, прижимистый, лишней копейки зря не выпустит. Но цены-то нынче какие! На рынок пойдешь, деньги так и летят...

Пока она вздыхала и чистила овощи, хозяин, проклиная все на свете, мчался по сельской грунтовке. У недостроенного дома, обсаженного яблонями, он притормозил. В тени за забором уже стояла «Газель» Юдиных, возле нее нервно прохаживался курносый охранник.

— Ну чего ты меня поднял ни свет ни заря? — накинулся на парня Храпов. — Поговорить приспичило? До обеда подождать не мог?

— Не мог... Вы, значит, меня побоку решили, Василий Степаныч? У нас уговор! А вы меня бортануть вздумали? Не получится... Я за себя постою! Мне кое-что известно...

На его красном лице выступил пот, нижняя губа подрагивала.

— Ты что несешь, сопляк? Ты с кем разговариваешь? — рассвирепел Храпов. — Мало я тебе плачу? Больше хочешь? Жадность не одного фраера сгубила... Ты предатель, Антоша. Предал своих хозяев, и они тебе этого не простят, уволят и ославят на всю округу. Никто тебя даже садовником не возьмет. И я не возьму! Пугать он меня вздумал...

— Я вам помогал... Все ваши поручения выполнял в лучшем виде...

Казалось, он вот-вот заплачет от незаслуженной обиды.

— Так, хватит ныть! Толком объясни, в чем дело!

— Вы другого наняли... Макса, да? Чем я не подошел?

От вчерашних возлияний у Храпова гудела голова, а этот безмозглый щенок вытащил его из постели и болтает всякую чепуху.

— Макса? Что-то я не пойму, ты пьяный или обкурился?

— Я с наркотой завязал...

— Меня благодари! Кто тебя к хорошему наркологу отвел? Кто твое анонимное лечение оплачивал?

— Я эти деньги заработал, на свой страх и риск...

У Храпова чесались руки врезать наглецу по физиономии, чтобы понятие имел, как с уважаемым человеком разговаривать. Но нельзя. Рано. Еще не удалось заполучить вожделенный лакомый кусочек... Не дай бог Антоша сорвется, разболтает то, чего Юдиным знать не положено! Тогда прощай «Элоиза»!

— Да погоди ты, не трясись. Что случилось-то?

— А то! Этой ночью «злой дух» куролесил в доме для гостей... — Парень оглянулся и понизил голос. — И шепот был, и шаги, и вой нечеловеческий...

Храпов вспомнил слова домработницы про собаку, которая-де выла у соседей.

— Ну...

— Так я же спал! Меня Макс разбудил. Позвонил на сотовый...

До Василия Степановича начало доходить, о чем ему твердит курносый охранник.

— Ты спал? — переспросил он.

— В том-то все и дело!

— Да-а... — Храпов потер подбородок и уставился на Антона. — Не врешь?

— Зачем мне врать? Сами подумайте... Я был в шоке, когда услышал. Решил, вы мне больше не доверяете, другого наняли. Разве я плохо справлялся? По-моему, все нормально было. И это... про Катюху меня осенило. Вы ее велели... мгм...

— Придурок! — вырвалось у Храпова. — Ты чего мелешь? Ты с Катей амуры крутил по собственной воле. Я тебе таких поручений не давал.

Антон опустил голову:

— Я не ожидал, что до смертоубийства дело дойдет...

— При чем тут девушка? Ты что... Ты намекаешь... Нет уж! Это ты совершил по своей инициативе! И не заикайся при мне ни про какую Катю!

Парень попятился, такой грозный вид был у Храпова. Вот-вот отвесит затрещину.

— Я не убивал... — Парень неуклюже перекрестился. — Клянусь! Я дома был... У меня алиби.

— Попросил кого-нибудь из дружков своих непутевых, наркоманов. Они ведь за дозу маму родную прирежут, не то, что чужую девицу. Им деньги нужны, небось. А тут ты — предложил работу исполнить.

Пот ручьями тек по спине Антона. Он с детства потел, когда сильно волновался.

— Нет! Я подумал... вы Максу поручили... ну это... Катю... Раз мои уловки на Юдиных не действуют, надо их припугнуть по-настоящему. Макс... он же ездил тогда в город...

— Заткнись ты, баран! — взвился Храпов. — Закрой рот! Не вали с больной головы на здоровую! Хочешь на меня стрелки перевести? Не выйдет.

Антон все больше терялся. Он исчерпал аргументы, которые могли заставить Храпова пойти на попятную. Тот распалялся, брызгал слюной и отрицал свою причастность как к новому «злому духу», так и к гибели Кати.

— Кто же тогда устроил «спектакль» этой ночью? — окончательно сконфузился охранник.

— Ты там живешь, ты и разберись! Вижу, у тебя появился конкурент. Знаешь, о чем это говорит? Ты прокололся... Кто-то сумел раскусить твою затею. Может, один из ваших странных гостей? Не зря же старший Юдин согнал их на виллу. Он мужик башковитый! В любом случае на меня не рассчитывай. Я тебя спасать не собираюсь. Сам заварил кашу, сам и расхлебывай...

Антон понял, что выпутываться из неприятностей ему придется без помощи Храпова. Тому репутация дороже, чем судьба продажного охранника.

— Ты сам виноват, парень! — подтвердил его мысль Василий Степанович. — Жаден до денег, распутен. На одной бабе женишься, с другой спишь... Грязь развел прямо там, где работаешь. Ненадежный ты! Юдиных подвел и меня подведешь. Так что я тебя ведать не ведаю. Умываю руки! Ладно, не вешай нос. Тебя пока с поличным не поймали. Притихни на время, пока вся эта шумиха с убийством не уляжется.

Охранник понуро кивнул. Он окончательно раскис.

— Ты куда едешь-то?

— За продуктами...

— Вот и поезжай. Ты теперь должен вести себя безукоризненно. Понял?

Храпов вдруг вспомнил визит Матвея Карелина, который консультировался с ним по поводу недвижимости. Ой, не за тем он приходил. Вынюхивал что-то, выпытывал.

— Со мной разговаривал ваш гость, господин Карелин, — сообщил он Антону. — Хочет домик у моря приобрести. Только не похож он на серьезного покупателя. Видать, заподозрил что-то...

— Как заподозрил? Что же теперь делать? Юдины меня в порошок сотрут!

— Да успокойся, ты, паникер! Конкретно о тебе речь не шла... И вообще, хватит болтать. Отправляйся, куда тебя послали.

Храпов резко повернулся, сел в машину и захлопнул дверцу. Антон остался стоять, привалившись спиной к пыльной «Газели». У него темнело в глазах и подкашивались ноги.

«Меня не просто уволят, меня уничтожат... — вспыхивало у него в уме. — Как же быть? Бежать? Бежать... Глупо. Куда бежать? А квартира, свадьба? Если я убегу, на меня могут повесить убийство Кати. Выплывет мое прошлое, наркотики, старые дружки... Никто не поверит, что я с ними давно порвал. У Юдиных — деньги, влияние, связи... Они меня раздавят, как божью коровку!»

На него накатило отчаяние, и чтобы совсем уж не раскиснуть, он последовал совету Храпова — поехал за продуктами. Погруженный в свои проблемы, он не заметил пристроившуюся сзади машину, которая то отставала, то нагоняла несущуюся по шоссе «Газель».

~ ГЛАВА 22 ~

Поездка в Партенит все-таки состоялась. Поскольку «Газель» задействовали на хозяйственные нужды, Юдин дал гостям свой джип. Ирэн выразила желание составить Теплищевым компанию, Гаранин увязался за ней. Виринея колебалась...

— Не стоит вам оставаться здесь одной, — сказал администратор. — Едемте!

— Я хотела позагорать...

— В Партените великолепный пляж.

— Там галька, а я песок люблю.

Госпожа Нагорная переживала *дежавю*. Опять они едут на прогулку... почти в том же составе. Макс сядет за руль, остальные будут болтать в салоне или дремать. Правда, ехать намного дальше, чем в прошлый раз.

— Надеюсь, мы все вернемся живыми? — пошутила она.

Кто-то нервно хихикнул. Гаранин сделал в воздухе «благословляющие пассы» на удачу и безопасность.

— Теперь можно не волноваться! — с иронией воскликнула блондинка.

Она была одета в короткий ярко-зеленый сарафан и такую же шляпу. Теплищева в узком светлом платье до пят рядом с ней выглядела высушенной мумией, обернутой погребальными пеленами. Загар придавал ее коже пергаментный оттенок. Мужчины облачились в легкие шорты и безрукавки из хлопка. Виринея отличалась от них только собранными в узел волосами.

— Возьму свирель, — решилась она. — Давно мечтала поиграть, сидя на камне над морем.

— Вот и отлично.

Максу было спокойнее забрать всех гостей с собой. Рид и Елена хотят остаться наедине, отдохнуть. Людмила взялась печь пироги. Новая горничная, которую прислали из агентства, приступила к уборке. Антон отправился в город, Астра и Матвей укатили на дикий пляж. Их не интересуют древние руины.

— Вы умеете нырять, Эльдар? — пристал археолог к Гаранину. — Господин Юдин любезно предоставил в наше распоряжение акваланг. Но я не умею им пользоваться.

— Он обожает подводное плавание, — ответила за мага Ирэн. — Верно, милый? Ты достанешь мне с морского дна кусочек алтарного мрамора?

Теплищева брезгливо поджала губы. Эта похотливая белобрысая кошка липнет ко всем подряд! Как ее отвадить от Толика?

— Дорогой, надень панаму, — жеманно произнесла она, повернувшись к мужу. — Побереги свою лысину...

После таких слов романтика свежего розового утра, загадочной женской красоты, эротического запаха виноградных листьев и духов роскошной блондинки рассеялась.

Теплищев еще по инерции приосанился, но игривое настроение было безнадежно испорчено. Он полез в машину и уселся в самом углу. Макс погрузил акваланг, маски для ныряния, корзины с едой и вином, раскладные пляжные кресла и баллон с водой.

— Мы как на пикник собрались, — мрачно изрекла Виринея.

— Так и есть. Кто-то будет заниматься археологическими изысканиями, а кто-то просто отдыхать...

Время в поездке пролетело незаметно. Степной пейзаж сменился холмистым, затем вдоль дороги потянулись горы, синевато-зеленые, в дымке облаков.

Макс включил радио «Ретро». Он ехал не торопясь — в горах много опасных поворотов, обрывов. Сначала пассажиры смотрели в окна, потом задремали. Одна Виринея не спала, твердила про себя *мантры,* хотя глаза ее были закрыты.

Ей не давало покоя то, что произошло в тот роковой для Кати день, но решиться на какой-то шаг мешала неуверенность. А что, если она ошибается? Картина стоящих на приколе яхт и морской синевы сменялась сумрачной прохладой сквера, куда госпожа Нагорная забрела в поисках... Впрочем, это уже к делу не относится.

Катя прошла мимо, не обращая ни на что внимания, погруженная в свои мысли, озабоченная. За ней скользнула серая тень...

— Мы в Алупке! — прогремел голос администратора. — Прошу прощения, может, кому-то надо выйти?

Виринея очнулась от смутных воспоминаний. Дверцы джипа открылись, впуская в салон уличный шум и голоса людей. На маленькой площади торговали летней одеждой, сувенирами, фруктами и ягодами. Над ящиками с клубникой густо кружили пчелы и осы. Кипарисы упирались в небо на фоне гор. Раскаленный асфальт дышал жаром.

Виринея надела черные очки и, прищурившись, поискала глазами туалет. Не мешало бы посетить.

Блондинка с Гараниным покупали черешни. Теплищевы исчезли из виду. Администратор умывался, стоя у машины и поливая себя из пластиковой бутылки.

Когда она вернулась, Макс уже сидел на месте водителя и жевал испеченный Людмилой пирожок. Ранний завтрак на вилле состоял из чая и блинчиков, поэтому все успели проголодаться.

— С чем пирожки? — поинтересовался Гаранин.

— С абрикосовым джемом...

Пассажиры дружно потянулись к корзине с выпечкой. Запивали кто минералкой, кто соком. Госпожа Нагорная посмотрела на жену археолога, и у нее пропал аппетит. Глаза «лунной жрицы» сверкали мрачным огнем. Она готова была испепелить Ирэн, которая перешептывалась с Теплищевым. Ученый сиял — он как будто помолодел лет на десять.

— Сколько еще ехать? — спросила она у Макса.

— Если не останавливаться в Ялте, то недолго...

— Зачем останавливаться? Уже и так скоро полдень.

Остаток пути скоротали за разговорами о легендарном Храме Девы. Блондинка высказала предположение, что святилище могло быть устроено внутри Медведь-горы, а наружу выступал только фасад.

— Который могло завалить во время землетрясения! — подхватил археолог. — Или его замуровали сами тавры. После того как Ифигения вероломно похитила статую Артемиды и сбежала на греческий корабль вместе с братом и его другом.

— Вы полагаете, статуя была похищена?

— Это никому доподлинно не известно.

— Насчет Храма не знаю, а вот о том, что внутри Медведь-горы находится подземная база инопланетян, слухи ходят! — не остался в стороне Макс. — Говорят, между Партенитом и Бахчисараем глубоко под землей проложен туннель...

— И оттуда вылетают «тарелки», — засмеялся Гаранин.

— Не бывает слухов без всяких на то оснований...

— Вы верите в существование пришельцев?

— Почему бы и нет? — подала голос Теплищева. — Огромное количество дольменов, расположенных в Крыму и на Кавказе, говорит в пользу такой версии. Мегалиты оказались здесь не случайно.

— Зачем инопланетянам с их уровнем технического развития примитивные «каменные ящики»?

— Они вовсе не примитивные...

— Люди склонны отрицать все, чего не понимают.

— Не хочу вас разочаровывать, друзья, но дольмены — всего лишь родовые могильники, — отстаивал научную точку зрения Анатолий Петрович. — В некоторых из них обнаружены останки человеческих скелетов слоем до полуметра. Это не «врата в иной мир», а древние мавзолеи.

Виринею убаюкивало плавное покачивание машины и монотонные рассуждения Теплищева. Она не участвовала в дискуссии, куда больше, чем тайна дольменов, ее занимал вопрос, кто убил Катю.

— Не может быть! — говорил ее внутренний голос.

Провалившись в дрему, она снова увидела сквер, заросли и скользящую тень, очень похожую на...

— Приехали!

— Мы на месте, милочка... — произнесла у самого ее уха Тамара Ефимовна. — Просыпайтесь...

Поселок Береговое

Астра лежала на горячем песке и под шум набегающих на берег волн обдумывала вчерашний разговор с Антоном.

Расставшись с Храповым, тот мчался, не разбирая дороги. Он не сразу заметил обгоняющий его черный «Пассат», откуда она махала рукой, пришлось сигналить. Парень притормозил и съехал на обочину следом за машиной гостей. Он чувствовал себя загнанным зверем, но все еще продолжал играть роль добросовестного охранника, который верой и правдой служит хозяевам.

Остановившись, Антон открыл дверцу и на ватных ногах подошел к пассажирам «Пассата».

— Какие-то проблемы?

— У тебя да, — спокойно ответил Матвей. — Идем в тень. Поговорим.

Вдоль дороги росли деревья. Троица расположилась под раскидистой кроной дикой груши. Неподалеку пестрел яркими красками стихийный базарчик, за деревянным прилавком стояла черная от солнца девушка-татарка, торгующая овощами.

— В чем дело? — нахмурился Антон.

— Мы видели, как ты встречался с Храповым, и кое-что слышали.

Парень смахнул со лба капельки пота и вытер пальцы о майку. Его бросило в жар, только не от крымского зноя, а от слов Астры.

— Мы следили за тобой, — сказал Матвей. — За что Храпов платил тебе деньги?

Охранник упрямо мотнул головой и закусил губу. От него они ничего не добьются!

— Если будешь молчать, мы все расскажем Риду. Тогда пощады не жди.

Антон исподлобья взглянул на Астру. Вот хитрюга! Прикидывалась тихоней, а сама подсматривала и подслушивала. На чем она его подловила?

— Вы все равно расскажете...

— Зависит от твоей готовности помогать нам.

Он недоверчиво хмыкнул:

— Хотите, чтобы я сам себе яму вырыл?

— Ты это уже сделал. А мы дадим тебе шанс сохранить лицо. Ты ведь не убивал Катю, а остальное — не такой уж великий грех.

Охранник колебался. Он не знал, что им известно наверняка, а о чем они только догадываются.

— Я не совершил никакого преступления... — нерешительно вымолвил он. — Храпов всего лишь хотел купить виллу Юдиных.

— А они наотрез отказались продавать?

— Угу. И тогда он придумал эту историю про «нечистую силу», тем более что в нашем поселке происходило нечто подобное. Люди легко верят в сверхъестественные вещи. Он научил меня, как создавать пугающие звуки...

— Ты помещал динамик в вентиляционный канал? — спросил Матвей. — Опускал проводки на первый этаж и беспрепятственно включал запись? А потом сам же заметал следы. Молодой Юдин, обеспокоенный состоянием жены, приказал тебе ночевать в хозяйском доме и тем облегчил задачу?

— Да... Но я начал это раньше, еще осенью. Когда здесь отдыхали Аким Иванович с супругой. Поймите, я был вынужден вступить в сговор с Храповым! Мне позарез нужны деньги. Я выплачиваю кредит за квартиру, залез в долги, чтобы уплатить первый взнос. Моя невеста — дочь главного врача частного санатория. Она не выйдет за несостоятельного человека. Что вы на меня так смотрите? Этот брак выведет меня в люди! Не век же в «шестерках» кантоваться...

От волнения он съехал на жаргон и размахивал руками, как возбужденный подросток.

— Ядовитый паук в спальне тоже твоих рук дело?

Парень не отпирался. Паука он с трудом поймал в заброшенном соседнем дворе, посадил в спичечный коробок, а потом выпустил прямо на кровать.

— «Вдова» просто так не укусит, — объяснил он. — На нее наступить надо или лечь. Я был уверен, что никто не пострадает. Но на всякий случай запасся антидотом, до сих пор валяется в подвале, в ящике с инструментами. Могу показать! Я никого не собирался убивать, просто пугал, чтобы о вилле пошла дурная слава, и Юдины решили наконец ее продать. А Храпов бы купил на подставное лицо.

— Что ты еще делал?

— Разное. Тряпку белую вешал в углу сада, чтобы она развевалась на ветру, потом втихаря снимал...

По дороге проезжали машины, обдавая собеседников пылью и выхлопными газами. Солнце пекло немилосердно. Ветра не было — ни один листок, ни одна травинка не шевелились. Продавщица овощей сидела под выцветшим матерчатым тентом и лузгала семечки.

Астра и Матвей молчали, сурово глядя на охранника.

— К смерти Кати я не причастен! Чем хотите, поклянусь! — взмолился он. — Не выдавайте меня, я ведь никакого преступления не совершил. Кроме того, Храпов больше не нуждается в моих услугах, он нанял другого человека. Этой ночью «злой дух» бушевал вовсю, только я тут ни при чем! Как сороконожка в комнату кухарки забралась, ума не приложу. Случайно заползла, наверное.

Астра и Матвей благоразумно не возражали. Пусть Антон думает, что на вилле появился новый пособник Храпова.

— Кого ты подозреваешь?

— Макса... — выпалил парень. Пот градом катился по его лицу. — Ему сподручнее всего такое устроить. Кроме меня, он один имеет доступ в любые помещения...

— Храпов рассказывал тебе о девушке-самоубийце, которая бродит по вилле и мстит Юдиным? — спросила она.

Антон опешил:

— Девушка-самоубийца? Н-нет...

— А кого вы с администратором называете «подосланной»? Я сама слышала, как ты и Макс...

— Елену, жену Юдина, — выпалил охранник. — Она странная! И ведёт себя подозрительно...

~ ГЛАВА 23 ~

Партенит

Спокойную и прозрачную зеленоватую воду до самого дна просвечивало солнце. Камешки играли разными цветами. Темные скалы отвесно уходили вниз, в глубину, к ним лепились водоросли, похожие на русалочьи волосы. Они плавно колыхались, словно маня к себе ныряльщиков.

Макс опускался под воду в маске, ему приходилось то и дело подниматься вверх — набрать воздуха. Редкие медузы с фиолетовым цветком на куполе пытались дотронуться до него своими студенистыми щупальцами. Выплывая на поверхность, он всматривался в купальщиц, все ли на месте. Не хватало, чтобы шутка госпожи Нагорной стала явью.

К счастью, никто из женщин не заплывал далеко. Для «жрицы» Тэфаны море было слишком холодным, и она купалась у берега, там, где оно успело прогреться. Ирэн плескалась, как дельфин, на небольшой глубине, а Вириния быстро окуналась и сразу выходила, ложилась в кресло — загорать, греться.

Гаранин с аквалангом нырял подальше от пляжа, у подножия горы. Теплищев взял напрокат лодку и следил за его действиями.

Они заразили администратора интересом к Храму, который оставил след в искусстве и античной литературе и словно испарился в земной реальности. Почти как Атлантида. После того, что он узнал, Медведь-гора перестала быть только частью живописного пейзажа и обрела некую загадочность. Вдруг там, в толще скальной породы, и впрямь проложен туннель, где прячутся от солнечного света и людских глаз пришельцы из космоса?

Ирэн вышла из воды, отряхиваясь и подставляя солнечным лучам свое великолепное, восхитительное тело. Она села на подстилку рядом с креслом, в котором загорала Виринея. Ее кожа покрылась пупырышками от холода.

— Море довольно прохладное...

Мадам Нагорная не ответила.

Теплищева поставила кресло поодаль от всех и наслаждалась покоем. Ее муж находился в лодке за мысом, и нахальная блондинка не имела возможности ни видеть его, ни тем паче соблазнять своими формами и сладкими речами.

Красавица вздохнула и улеглась на спину, прикрыв лицо шляпой. Сквозь соломку пробивался свет, и она опустила веки. Партенитская долина будила в ней странные фантазии — из небытия возникали образы прекрасных женщин-воительниц, сильных и бесстрашных. Они неслись на полном скаку с оружием в руках, без трепета вступали в бой с мужчинами, а потом приносили жертвы своей богине — девственной и лучезарной Артемиде.

Греки, привыкшие драться пешими и сохранять плотный строй, не приняли всадниц с луками всерьез и поплатились за легкомыслие. Очень скоро они осознали, насколько опасны летучие отряды амазонок и их смертоносные атаки. Красивые, но свирепые предводительницы женского войска нередко вступали в поединок с греческими героями. Многие легенды говорят о гибели и посрамлении цариц амазонок. Но у Геродота они чаще побеждают. Порой бывшие противники становились мужьями воительниц и делили с ними все тяготы кочевой жизни.

Неправда, что амазонки утоляли любовную жажду, а потом убивали мужчин. Неправда и то, что они были покорными женами. Всякое случалось... Кое о чем рассказали могилы, но главную тайну племя амазонок унесло с собой. Откуда они пришли и куда исчезли? По слухам, сам бог Дионис сначала заключил союз с неукротимыми всадницами, потом испугался и разгромил их. Лишь немногих удалось спасти Артемиде — богиня спрятала амазонок в своем Храме и сохранила им жизнь. Существует поверье, что уцелевшие амазонки до сих пор сопровождают богиню-девственницу, охотятся с ней рука об руку, веселятся и пируют после удачного лова, услаждают слух и взор песнями и танцами нимф под сенью священных рощ...

Эрос научил амазонок особому искусству любви — только наполовину плотской, не ради потомства, но ради утех тела и души. Они одни могли практиковать *неисполненное томление* как истинную суть божественного притяжения, что движет Вселенной...

— Вот вам и вечная любовь! — вслух произнесла Ирэн.

Госпожа Нагорная подумала, что ослышалась.

— Простите?

— Вечная любовь... — повторила блондинка. — Непостижимое притяжение душ...

Виринея открыла глаза и повернулась к ней. Какая-то ностальгическая печаль по прошлому шевельнулась в ее закаленном йогой сердце.

— Вы верите в существование амазонок? — спросила Ирэн. — Я думаю, они построили Храм Девы и спрятали его в горе... Бесполезно искать! И сама гора, и святилище недосягаемы для людей. То, что мы видим, — иллюзия, оставленная нам в утешение. Боги ушли...

Она приподнялась, сбросила шляпу с лица и оперлась на локоть.

— Хотите, я сыграю вам на флейте? — улыбнулась Виринея.

Она бережно достала из футляра бамбуковую флейту и приложила к губам. Полились тонкие сиплые звуки, похожие на птичий плач.

Ирэн села, обхватив руками колени, заслушалась. Не заметила, как к ним подошла Теплищева, в купальнике она была неподражаема: тощая, жилистая, с плоской грудью и впалым животом, что, впрочем, ничуть ее не стесняло. Скорее она гордилась своим телосложением.

— Геродота называют отцом вымыслов, — заявила жена археолога. — Причем совершенно напрасно. История оставила нам немало загадок, но обвинять историков во лжи?..

В ней заговорила учительница.

— Вы слышали нашу беседу? — удивилась блондинка.

— Частично...

Долина Дев усмирила в дамах соперничество и заронила женскую солидарность. Звуки флейты рассеивали вражду, как ветер разгоняет грозовые облака. Море, запах кедров и туй, зеленое тело горы на фоне лазурного неба, солнце и теплая галька умиротворяли...

Теплищева перенесла кресло поближе, прилегла и задремала. Флейта усыпила и пышную блондинку. Виринея Нагорная осуществляла сеанс релаксации при помощи древнейшего музыкального инструмента.

Приятную истому прервал громкий мужской возглас:

— Вы же сгорите! Теплищев, несите скорее тент!

Ирэн встрепенулась, медленно поднялась, все еще под впечатлением навеянного флейтой сна — плоская жаркая равнина и несколько несущихся всадниц, исчезающих в дымке на границе между небом и степью.

— Какая красота...

— Вы уже покраснели, будут ожоги! — беспокоился Макс. — А где Вириней?

— Была здесь...

«Жрица» Тэфана стояла, растерянно оглядываясь.

— Кто-нибудь знает, куда она пошла?

На пустом кресле, где сидела госпожа Нагорная, сиротливо лежал футляр от флейты.

Поселок Береговое

Астра разрывалась на две половинки:

— Что делать? Возвращаться на виллу?

— Зачем? — не понял Матвей. — Мы же собирались ехать к Ушаковым. Ты хотела поговорить с матерью Кати.

— Пожалуй, сейчас важнее задать пару вопросов Спиридону Юдину. Насчет Элоизы.

— По-моему, лучше всего об Элоизе расскажет сам Аким Иванович.

— Неудобно...

— С каких пор ты стала заботиться о приличиях? Сама же твердила, что сыск — дело бесцеремонное и порой беспощадное.

— В данном случае...

— Мы теряем время. Поехали на виллу, там видно будет.

Матвей подошел к машине и раскрыл все дверцы, выпуская жар. Пока они загорали, салон нагрелся, как духовка.

— Тебе не жалко Антона? — вздохнула Астра. — Бедный парень сам не свой.

При всем неуважении к охраннику тот вызывал жалость. Нечистая совесть, гибель Кати, с которой он завел интрижку, грядущая свадьба по расчету, долги — вот к чему привели Антона жадность и неразборчивость в средствах.

— Думаю, к смерти горничной он непричастен, — выруливая на асфальт, заключил Карелин. — А вот Храпова следовало бы тряхнуть! Он действительно мог нанять убийцу... Люди, одержимые какой-нибудь идеей, теряют голову и идут на крайние меры. Этот Храпов — явно с приветом.

Астра неопределенно хмыкнула. Она набирала номер старшего Юдина, тот не отвечал.

— Значит, сама судьба велит поговорить с Ридом...

Матвей промолчал. Он про Храпова, а она витает в своих мыслях. Далась ей эта Элоиза! Было дело, да быльем поросло.

На вилле их как будто ждали — молодой хозяин распахнул ворота. Он был в одних коротких шортах, на голом торсе перекатывались рельефные мышцы: видимо, Юдин поддерживал форму в тренажерном зале.

— Разве вы не поехали в Партенит вместе со всеми? — притворно удивился он.

— Нет, мы купались на диком пляже. Сейчас перекусим и прокатимся по побережью.

— В самую жару? Впрочем, в машине — кондиционер...

Рид стоял, прищурившись, положив руку на открытую дверцу «Пассата». Эти двое, присланные отцом для выяснения неких загадочных обстоятельств, настораживали его. Надо бы сойтись с ними поближе.

— Скучно обедать одному, — широко улыбнулся он. — Составите мне компанию? У Елены разгрузочный день, она ест только фрукты. Я, признаться, даже летом отдаю предпочтение мясу.

— Рановато для обеда...

— А я проголодалась! — воскликнула Астра и бросила на своего спутника выразительный взгляд. — Мы ведь на обед не успеем, да, дорогой? Давай поедим, чтобы потом не давиться пельменями в придорожных забегаловках.

— Отлично. Людмила накроет нам в столовой через полчаса, — обрадовался Рид.

— Мы как раз успеем принять душ...

Новая горничная — женщина лет тридцати, невысокая, с квадратной фигурой — домывала пол в холле. Ступеньки лестницы были еще влажными.

— Осторожнее... — предупредил Матвей. — Кстати, когда это мы обедали в забегаловках?

— Какая разница? Ты забыл, что я хочу поговорить с Юдиным? Тем более он будет без жены.

Кухарка все еще оплакивала подругу, но горе не помешало ей приготовить чудесные блюда: салаты из свежих овощей, фаршированную рыбу, котлеты по-киевски и нежнейшее картофельное пюре.

У Матвея разыгрался аппетит. Не так уж плохо бывает заниматься сыском! Жаль, красного вина он выпить не сможет, он за рулем. Зато Астра с хозяином не отказали себе в удовольствии.

— Настоящее сухое, — объяснял Юдин. — Аромат черного винограда...

Слово за слово, затронули историю покупки виллы.

— Тогда это была недостроенная коробка. Отец давно мечтал иметь собственный дом на берегу моря...

— Теперь вы приобрели еще и пансионат в Форосе? Прибыльное дело — гостиничный бизнес?

— У кого как. Здание, к сожалению, старое, запущенное, и не в самом Форосе, а в близлежащем поселке. Зато прилегающая территория радует глаз — айвовый сад, одичавший цветник, туи, пальмы, лавр, кипарисы. Хотим фонтан сделать, проложить дорожки, скамейки поставить в тенистых уголках... Мы с отцом все прошлое лето там проторчали, бумаги разные оформляли, подбирали строительную бригаду, искали стройматериалы подешевле. Спали на скрипучих железных кроватях, питались в сухомятку, мылись в тазиках водой из ручья...

— В этом есть своя прелесть, — заметил Матвей.

Рид кивнул:

— Потом, когда процесс более-менее наладился, оставались по очереди. У нас растущий бизнес, связанный с торговлей лесом, так что надолго из Москвы отлучаться нельзя. Мотались туда, сюда, то я, то папа. Больше мне досталось.

Астра ожидала подходящего момента, чтобы завести речь об «Элоизе».

— Как вы назовете пансионат? — спросила она. — Опять женским именем? Может быть, Елена?

Ей показалось, или Спиридон Юдин побледнел? Он быстро взял себя в руки, глотнул вина.

— Елена? Нет, пожалуй... Пусть папа дает название. У него лучше получается.

— Виллу он придумал назвать «Элоизой»?

— Да...

Юдин занялся едой, старательно разжевывая котлеты. Он явно избегал продолжения темы. Но Астра не отставала:

— Кое-кто считает, что в вашем доме завелось привидение: дух девушки, которая покончила с собой из-за несчастной любви.

Спиридон поперхнулся, прикрыл рот салфеткой, закашлялся.

— Есть мнение, что смерть Кати — не последняя! — многозначительно произнес Матвей. — Если вы что-то скрываете, самое время признаться. Потом будет поздно.

Он научился подыгрывать Астре и делал это легко и естественно.

— Мне нечего скрывать! — слишком поспешно выпалил Юдин. — Какое... мгм-мм... какое отношение убийство Кати имеет ко мне... к нам?

У него пересохло в горле. Наливая вино, он пролил немного на скатерть. Зловещее красное пятно расползлось по столу.

— Дурной знак...

— На что вы... мгм... намекаете?

— Зачем называть виллу именем мертвой девушки?

— Спросите об этом у отца. Он так захотел.

— Какая-то давняя трагическая история?

— Вроде того... Людмила! — крикнул Рид поварихе. — Принеси воды из холодильника. Без газа!

— Не поделитесь с нами? — невинно осведомилась Астра.

— Водой? Разумеется...

— Не хитрите. В вашем доме происходят страшные вещи. Не догадываетесь почему?

Матвей прикоснулся под столом к ее колену. Они обещали Антону не выдавать его предательство без особой нужды. Астра опустила ресницы — не беспокойся, мол, никто не собирается открывать карты.

— Вас что-то гложет, господин Юдин. Начните с Элоизы...

Как ни странно, Спиридону полегчало. Он перевел дух и откинулся на спинку стула:

— В общем, это касается личной жизни моего отца. В молодости у него было серьезное увлечение, любовная драма. Я сам узнал случайно — давний приятель папы рассказал. Девушку звали Элиза.

— Элоиза?

— Нет. Я не ошибся, именно Элиза. Отец испытывал к ней неразделенное чувство. А она полюбила другого. Банально, пошло. Ничего сверхъестественного!

— Она покончила с собой?

— Увы. Тот парень, которому Элиза отдала предпочтение, бросил ее. Она не выдержала и повесилась. Отец жутко переживал, ушел в себя, чуть не бросил институт... Но потом сумел справиться со своим отчаянием. Он сильный. Поставил крест на той истории, как будто ничего не было. Я его понимаю. Когда хочешь что-то забыть, нужно просто перевернуть страницу и больше к этому не возвращаться...

— Возможно, девушка не простила ему измены? Ваш отец женился, и Элиза решила отомстить. Ее дух бродит по вашему дому, пугает вашу мать, вашу жену...

«Она перегибает, — подумал Матвей. — Известно же, что роль «привидения» играл Антон. Допустим, Рид еще не в курсе... Все равно непонятно, к чему она клонит?»

Солнце лилось в столовую через зеленые занавески и стояло в воздухе бледной дымкой. Под потолком порхала залетевшая в двери бабочка.

— Мой отец не бросал Элизу, — сказал Юдин, глядя на бабочку. — Поэтому, во-первых, у нее нет повода для мести. Во-вторых, с того света не возвращаются.

— Почему он назвал виллу ее именем?

— Имя изменено. Вставлена лишняя буква «о». Наверное, отец просто отдал дань ушедшей юности, первой любви. Даже не напоминание, а мимолетный намек. Хотя я согласен — не стоило этого делать. Отец всегда поступает по-своему, ни с кем не советуясь. Видимо, он по сей день не избавился от тоски по той девушке. Честно говоря, я не ожидал от него. Всю жизнь мне внушали, что любить можно только одну женщину — законную жену, хозяйку дома, мать своего ребенка. У отца суровые принципы. Я был шокирован...

Матвей вступился за старшего Юдина:

— В молодости мы часто подвержены романтическим заблуждениям. Делаем глупости, потом сожалеем о напрасно растраченных чувствах. Ваш отец — не исключение.

Рид молчал, наблюдая за бабочкой. Она хотела вырваться на свободу, а вместо этого билась о потолок. Образ смятенной души...

— Вы не верите в злой рок? — спросила Астра.

По лицу Рида пробежала легкая тень, которая не укрылась от ее пытливого взора.

— Намекаете, что нашу семью преследует рок? Ерунда. Отец с матерью живут счастливо, они довольны друг другом. Я тоже... счастлив с Еленой.

У нее на языке крутились вопросы. Но тут зазвонил мобильный телефон Юдина.

— Извините... — Он встал и отошел к окну. — Кто это? Представьтесь, или... Что?.. Вы видели?.. Бред... Кто вы?

Неизвестный абонент на том конце отключился. Юдин застыл с трубкой в руке.

— Какая наглость... — пробормотал он.

— Кто вам звонил?

— Я бы сам не против это узнать. Похоже, женщина... Она...

Слова застряли у него в горле. Матвей и Астра молчали. Было слышно, как шелестит крыльями бабочка.

— Что она вам сказала?

Юдин машинально сунул телефон в карман и вытер испарину со лба.

— Она утверждает, что видела убийцу Кати...

~ ГЛАВА 24 ~

Ушаковы жили на окраине поселка в маленьком домике, типично южном — примыкающий к фасаду каменный забор, три окошка, обращенные на пыльную улицу, застекленная веранда, увитая виноградом. Все тщательно выбелено с синькой. Поперек двора натянута веревка, где сушится белье.

Матвей вышел из машины и подергал калитку. Закрыто.

— Эй, хозяева! — крикнул он. — Есть кто-нибудь?

Астра встала на цыпочки, пытаясь заглянуть, не бегает ли за забором собака. Еще искусает. Собаки, к счастью, не было.

— Вы к кому? — устало спросила пожилая женщина, которая словно из-под земли выросла. В ситцевом платье, в повязанной по-деревенски косынке.

— К Ушаковым...

— Горе у них. Дочка померла... Убили. А сегодня поутру из полиции приходили, про Андрюху рас-

~ 259 ~

спрашивали. Галя слегла совсем, ее вчера в больницу увезли. Давление подскочило. Она меня попросила за курами присматривать, кота кормить и помочь по хозяйству. Я грядки ее выполола, стирку затеяла. Так что если нужны ключи от дома, они у меня.

— Вы — соседка? — догадалась Астра.

— Подруги мы. В школу вместе ходили, потом на свадьбе гуляли — сначала я у нее, потом она у меня. Детей крестили. У меня тоже двое, мальчики. Взрослые уже. Теперь придется крестницу хоронить, — всплакнула она, вытирая глаза кончиком косынки. — А вам чего надо?

— Нас Юдины прислали, — нашелся Матвей. — Насчет похорон. Раз Галина...

Он запнулся, не зная отчества.

— Николаевна она...

— Раз Галина Николаевна в больнице, нам нужен Андрей.

— Нет его, бродит где-то, басурман. Небось еще не знает про Катю...

Она опять заплакала, запричитала.

— Послушайте, у нас времени в обрез. Где его можно найти?

— Ищи ветра в поле! — с сердцем произнесла соседка. — Он ведь как уйдет из дома, так месяцами не появляется. Будто нет у него ни матери, ни сестры. Живет, где попало, питается чем бог пошлет. Бродяга! Бедная Галя... Дочка у нее единственная отрада была, помощница, кормилица...

Астра с Матвеем переглянулись. Имело смысл хотя бы осмотреть жилище непутевого Андрея и погибшей девушки.

— Дайте нам ключи, — решительно заявил он. — Мы документы поищем для оформления... Кто-то же должен заняться делом. Покойник ждать не будет.

Он нарочно выражался неопределенно, но подруга Галины Ушаковой согласно закивала:

— Конечно, конечно, я открою. Хоронить-то Катю, получается, некому. Мать не в силах, — совсем плохая. Отец давно уехал из поселка и пропал где-то. Лет десять ни слуху ни духу. Андрюха по горам лазает или по курганам роется. Золото ищет! Работал бы лучше. Вон дом ремонтировать пора, крыша прохудилась. Каково бабам одним управляться?

Она открыла калитку, провела «гостей» в сумрачную веранду — разросшийся виноград почти не пропускал внутрь света, — оттуда в прохладную неприбранную комнату. Смущенно оправдывалась:

— Уборку-то я не успела сделать. Гале не до того было, она как узнала про смерть дочки, так и упала замертво. А у меня свое хозяйство — птица, поросенок, коза. Еще к ней в больницу езжу, покушать ношу. Только она не ест ничего. Господи, горе-то какое...

Слезы снова полились из ее красных воспаленных глаз.

— Как же быть? — недоумевала Астра. — Андрея нет, поговорить не с кем.

— Вы сидите покуда. Документы Галя в комоде держит, вот они, в коробке из-под конфет. Молодой человек из полиции обещался прийти, вы его и спросите. Вдруг они парня уже нашли?

Соседка не беспокоилась, что оставляет чужих людей в доме Ушаковых. Они с виду приличные, на дорогой машине приехали, да и грабить здесь нечего: деньги все Галина ей отдала на хранение, а вещи старые, никто на них не позарится.

Она ушла, и Матвей принялся методично осматривать ящики комода, шкаф, фотографии на стенах, большей частью желтые от времени, в дешевеньких рамках. Вот, вероятно, родители Галины, вот она сама с мужем, молодая, полная радужных надежд, вот какие-то старики с бородами, в фуражках, похожие на казаков, вот солдат в военной форме сороковых годов...

Несколько рамок отличались от остальных — выглядели помассивнее и подороже.

— Что мы ищем? — обернулся он к Астре.

Та сидела на пружинной кровати и напряженно смотрела в одну точку, сдвинув брови.

— Что попадется...

— Зачем оперативник придет? Как думаешь?

— Побеседовать. Следствие же не закончено...

— Шел бы к Ушаковой в больницу.

— Может, он уже там побывал. Теперь хочет застать Андрея.

— А застанет нас... Опять врать будем?

Полицейский не заставил себя ждать. Они едва успели бегло обыскать горницу и спальню, как ввалился потный и злой лейтенант.

— Мы занимаемся похоронами, — объяснила Астра. — Больше ведь некому...

Он плюхнулся на стул, недоверчиво уставился на них.

— От Юдиных, что ли? Ну, правильно... У них денег куры не клюют, а Ушаковы... Ушакова... теперь одна осталась. Когда из больницы выйдет, неизвестно.

— Нам Андрей нужен. Кто-то из родственников должен распорядиться выделенными деньгами.

— Андрей? Говорю же, Ушакова одна осталась.

— Как одна? У нее еще сын есть.

— Был...

— С ним что-то случилось?

Лейтенант скрестил руки на груди и молча разглядывал носки туфель, припорошенные дорожной пылью. Матвей достал пару купюр и протянул стражу порядка.

— Информация нынче стоит денег.

Тот невозмутимо отправил купюры в карман брюк.

— Гражданин Ушаков под машину попал. В тот же день, когда сестра его погибла. Тело лежало в морге, голова сильно разбита. Только сегодня утром опознали... при нем ни документов никаких не было, ни вещей. Тут с маньяком этим, который девушку убил, все с ног сбились... Дорожно-транспортное происшествие, понятное дело, отложили на потом. Маньяка ищем! Пытаемся спасти жизнь следующей жертве.

В голосе лейтенанта сквозил сарказм.

— Кто опознал Андрея?

Он смерил Астру и ее спутника пристальным взглядом.

— А вы кто будете? Паспорта имеются? — Проверив документы, он примирительно кивнул. — Живете на вилле? Родня Юдиным или просто знакомые?

— Близкие знакомые. Помогаем, чем можем, в этой трагической ситуации. Катя была хорошей горничной, она заслужила, чтобы к ней отнеслись по-человечески.

Лейтенант продолжал сидеть, заложив ногу на ногу, и молчать. В первый раз он пришел к Ушаковым сообщить о смерти Андрея, как положено, а сообщать-то некому. И вопросы задавать оказалось некому. Поехал в больницу, к матери погибших, но донести страшную весть Ушаковой не рискнул, это окончательно ее добьет. Из больницы вернулся сюда. Зачем? Возможно, хотел что-то понять, за что-то уцепиться. А тут эти двое, по всему видать, богатые господа явились по поводу похорон... Любопытничают. Почему бы не поделиться с ними кое-какими сведениями? Если он заупрямится, проявит принципиальность, они другого найдут, поговорчивее. И денежки уплывут в чужой карман. Обидно. Подумаешь, какой секрет! Потерпевший был полунищим бродягой, до него никому нет дела. Скорее всего, спишут смерть парня на несчастный случай: внезапно выскочил на дорогу, попал под колеса. Хотя лично он, пусть и не шибко опытный опер, сомневается. Пьяный водитель среди бела дня наехал на пешехода и скрылся? Бывает. Но две смерти, брата и сестры, последовавшие одна за другой, — это уже не похоже на стечение обстоятельств. Есть и еще одна деталь, которая...

Любознательная парочка расценила его молчание по-своему — мужчина опять достал деньги, и те опять перекочевали в карман лейтенанта. Нет ничего предосудительного в том, чтобы заработать на людских пороках. Этих двоих прямо-таки распирает от любопытства!

Лейтенант был новичком и мечтал сделать карьеру — стать классным сыщиком, заткнуть за пояс товарищей, которые отвыкли проявлять инициативу. У него не только меркантильный интерес, судьба предоставляет ему шанс отличиться. В лице господина Карелина и госпожи Ельцовой он приобретает союзников: глаза и уши на закрытой для посторонних элитной вилле. Услуга за услугу.

— Вы кого-нибудь подозреваете? — спросил он.

— В чем?

— В наезде на Андрея Ушакова.

Следователь приказал оперативнику «не растекаться мыслями по древу». Дескать, обитатели виллы вряд ли имеют отношение к смерти Ушаковых. Брат и сестра — выходцы совершенно из другой среды, и причина их гибели лежит либо в том образе жизни, который они вели, либо им сильно не повезло: одна попалась под руку маньяку, другой угодил под колеса нетрезвого водителя. Тот испугался и удрал — такое далеко не редкость.

— Откуда нам знать, кто мог наехать на брата горничной? — покачал головой Матвей. — Мы его даже не видели ни разу. Кстати, вы не ответили — кто его опознал? Может, это вовсе не Ушаков.

— Ушаков, точно. Паренек один, друг его, сам в полицию обратился. Мол, Андрюха обещал в поход взять, в горы, и как в воду канул. Дотошный оказался, заявление хотел писать. Ему показали неопознанные трупы, чтоб отстал. Он Ушакова по обуви и признал. Они такие кроссовки вместе покупали, одинаковые... Ну и прочие незначительные приметы совпали — родинки, шрамы. Мать-то привыкла, что Андрей пропадает месяцами, не тревожилась. А в этот раз, когда Катя погибла, ей вообще не до сына было. «Скорую» вызывали — уколы, таблетки. Соседка говорит, всю ночь с ней сидела, боялась одну оставить... Потом Ушаковой хуже стало, в больницу забрали.

— Кто обнаружил труп? Где?

— Семья, которая ехала на легковушке к родственникам. На проселке, на окраине города. Ребенку плохо стало, остановились, отошли чуть в сторону от дороги, а там в кустах — тело... Позвонили в полицию.

Лейтенант отвечал охотно, как будто не удивляясь характеру вопросов. Астра сама сочла нужным объяснить, почему их интересуют подробности.

— Если погибший действительно Андрей Ушаков, то Юдины, возможно, возьмут на себя расходы по похоронам и сестры, и брата. Но мы должны быть уверены. Вы понимаете?

— Да.

— Водителя, совершившего наезд, ищут?

— Конечно. Только это почти безнадежная задача. Дорога там пустынная, движение вялое... Потерпевшего ударом отбросило в сторону, в кусты — его не сразу заметили. Следов никаких, куча машин после того проехала. Свидетелей, естественно, нет. Что там делал Ушаков, неизвестно. Мог идти куда-нибудь. Его уже не спросишь, Катя тоже мертва. Бывают же трагические совпадения!

Он обвел взглядом убогую обстановку комнаты — старые стены, выцветший ковер, железные кровати, простой деревянный пол. Жили брат и сестра Ушаковы небогато и недолго. Такая вот жалкая судьба.

— Кто из них умер раньше, Катя или Андрей? — вдруг спросила Астра.

— По предварительным выводам, парень погиб первым. А это имеет значение?

— Вы тщательно вникаете во все тонкости...

Она произнесла фразу, как комплимент с оттенком иронии.

— Тренирую «серое вещество»! — усмехнулся полицейский, постучав себя пальцем по лбу. — Беру пример с Эркюля Пуаро.

— Читали Агату Кристи?

— Запоем. Обожаю детективы.

— Здесь угоняют машины?

— В поселке? Редко...

— А в городе?

— Наверное, две-три в неделю.

Матвей понимал, к чему она клонит. Если Андрея убили, то могли использовать для этого угнанную машину, которую потом бросили. Лейтенант прав, концов не найти.

— Самое странное, что у трупа изуродовано лицо — сказал молодой человек. — Похоже, кто-то постарался, чтобы Ушакова не опознали.

«И не связывали его смерть со смертью Кати», — подумала Астра.

— Экспертизу провели?

— Кажется, пока нет.

— Вы полагаете, кто-то нарочно изуродовал лицо Андрея?

— Если его сбил не грузовик, такие повреждения сомнительны. Да, вот еще что! По словам соседки, у погибшего был рюкзак, принадлежности для скалолазания, сотовый телефон и, как водится, паспорт. Но ничего этого мы в доме не нашли.

«Мы тоже», — подумала Астра.

— Почему вы нам все это говорите? — вырвалось у нее.

Оперативник пожал плечами.

— Наверное, рассчитываю на вашу помощь. Вдруг, она мне понадобится? Я тоже чрезвычайно любопытен.

Повисла напряженная пауза. «Гости» намек приняли к сведению, но ничего не пообещали, хотя и не возмутились. Уже кое-что...

— С кем еще мы можем поговорить об Андрее и Кате? — спросила Астра. — У нее были подруги?

— Судя по всему, нет. Ушаковы жили замкнуто, еле сводили концы с концами. Им стало полегче, когда Катя устроилась горничной к Юдиным. Андрей известен на всю округу как черный копатель и любитель древностей. Самовольные раскопки противозаконны, поэтому он привык держать язык за зубами. Глядя на их дом, не скажешь, что Ушаков находил стоящие вещи. Если и так, то он сразу все спускал за бесценок перекупщикам. Жить-то надо было — есть, пить, одеваться. Друзей у него не было, кроме того паренька, что в полицию заявился. Да и тот — просто приятель. Фамилия его Назаров, зовут Игорем. Адресок дать? Записывайте...

Лейтенанта прорвало. Оказывается, он неплохо изучил, кто чем дышит на вверенной ему территории. По его словам, Ушаков был из породы одиночек — всегда сам по себе, даже если в компании. Легко сходился с людьми, легко расходился. Перекатиполе! Вроде бы болтун, но лишнего слова не вытянешь...

Он проводил собеседников до машины, одобрительно похлопал «Пассат» по блестящему боку.

— Хороший конь! — и добавил с улыбкой: — Я вам ничего не говорил...

* * *

Игоря Назарова дома не оказалось. Вместо него из сарая вышел нетрезвый всклокоченный мужик, зло вращая глазами, пробурчал:

— Шляется где-то. Одни гулянки в голове! Вишь, огород бурьянами зарос...

— А когда он вернется? — спросила Астра.

— Мне почем знать? Может, ночью, а может, завтра утром. Дело молодое.

— У вас телефон есть?

— Мне он без надобности. А у Игорехи есть, как же? Модный — мобила. Купил себе! Где только денег взял? Живем от зарплаты до зарплаты...

— Мы с ним поговорить хотим, — объяснил Матвей. — По поводу смерти Андрея Ушакова. Пусть позвонит по этому номеру, когда придет. Передадите?

Он протянул мужику визитку с обведенным ручкой номером сотового. Тот уставился мутным взглядом на посетителей.

— Из полиции, что ль?

— Нет. Мы — друзья Андрея...

— Ну, коли друзья, ладно...

От Назаровых они решили ехать домой, на виллу: проголодались, устали. «Пассат» резво мчался мимо одинаковых сельских заборов, пыльных деревьев, незастроенных участков. Вдоль дороги стояли самодельные щиты с надписями «Сдается комната. Дешево». Справа далеко за степью тянулась узкая полоса моря, синяя и блестящая. На берегу стояли палатки отдыхающих...

— Как они выдерживают на такой жаре? — вздохнула Астра.

— Ты лучше скажи, что дальше делать будем? Кто-то нас опередил, убил Ушакова, и все концы в воду. Думаешь, водителя, который на него наехал, найдут?

— Вряд ли...

Они в кои-то веки полностью сошлись во мнении, что смерть Кати и Андрея — не совпадение, и причину следует искать на вилле «Элоиза».

— Удобнее всего это было сделать Юдиным. Они притворились, что едут в Ялту, а сами остались в городе, сбили Андрея, расправились с горничной и как ни в чем не бывало вернулись домой. Если бы Елена не засветилась на набережной, их замысел удался бы. Надо осмотреть «Мерседес», который они брали в тот день.

— Рид не так глуп, чтобы сбить человека на своей машине.

— Бывают безвыходные ситуации.

— Двойное убийство было тщательно спланировано... — возразил Матвей. — Значит, преступник к нему готовился.

С этим было трудно спорить.

— В принципе, не только хозяева, каждый из приглашенных на виллу мог убить Ушаковых. Кроме нас с тобой. Да... Макса тоже исключать нельзя.

— В общем, сегодня же вечером попросим Антона открыть нам гараж и показать все машины.

— Пустой номер.

— Обязательно! — стояла на своем Астра.

— Не забывай, одна из женщин видела убийцу. Я не перестаю думать об этом. Зачем она позвонила Юдину? Шантаж?

— Почему бы нет? Деньги толкают людей на риск. Жадность застилает разум.

— Тогда скоро может появиться третий труп...

— Будь Юдин убийцей, он бы не стал признаваться, кто ему звонил и что говорил.

— Просто он хитрее, чем ты думаешь...

~ ГЛАВА 25 ~

В столовой Людмила подавала ужин. Теплищев показывал публике найденные на морском дне камешки, похожие на обкатанный мрамор.

— На любом пляже горного Крыма полно таких же, — посмеялся Гаранин. — Но, конечно, куда романтичнее считать наш улов обломками легендарного Храма, построенного амазонками.

Ирэн облюбовала шероховатый камешек с розовыми прожилками.

— Можно, я возьму его себе?

— Да хоть все забирай!

— Нет! — Археолог грудью преградил блондинке дорогу. — Это не простые камни! Я их еще не исследовал, не провел специальный анализ... У меня не было образцов из Партенитской долины. Вернее, с шельфа...

Пока они спорили, на столах остывали уха и румяные рыбные расстегаи.

Астра и Матвей появились в разгаре словесной баталии.

— Поездка в Партенит удалась! — подмигнул он.

— А где Вириния?

Госпожа Нагорная отсутствовала. Это беспокоило Астру. Она подошла к одиноко сидевшей Тэфане и заговорила с ней.

— Вы что же, не интересуетесь *обломками Храма?* — с затаенным ехидством спросила Теплищева. — Не мечтаете с трепетом прикоснуться к остаткам бывших мраморных колонн, ступеней или... — боюсь вымолвить! — алтаря?

Она явно была не в духе: вся эта нарочитая суета вокруг собранных на дне моря камней выводила ее из себя. Толик радуется как ребенок, не замечая, что остальные над ним смеются. Ирэн разоделась, будто пришла не в домашнюю столовую, а в элитный ресторан. Гаранин угождает блондинке, просто стелется перед ней... Черт бы побрал эту размалеванную шлюху!

Такие совсем не подобающие *посвященной жрице* мысли одолевали жену археолога.

— У меня из головы не идет ваше пророчество... — шепнула Астра. — *«Один глаз у того, кто украл у него добычу...»* Что подразумевают эти слова?

Теплищева опешила и смешалась. Надо было выходить из положения, не теряя лица.

— Это символы... — многозначительно произнесла она, делая в воздухе магический жест. — Каждый толкует их по-своему. Вы задали вопрос, «Книга» вам ответила. На этом мое посредничество исчерпано...

Астра состроила разочарованную мину.

— Ка-а-ак? Вы даже не дадите никаких наводящих пояснений?

Тэфана лихорадочно «скребла по сусекам» своей памяти, мысленно взывая о помощи к Лунной Деве.

— Ну, милочка, подумайте сами — у кого только один глаз?

— У Кутузова был, у адмирала Нахимова... Еще у Потемкина, кажется...

Бывшая учительница истории поморщилась — такая примитивная прямота мышления ее коробила. И как этим недалеким людям удается разбогатеть?!

— В каком театре вы играете?

Вопрос не застал Ельцову врасплох, она заранее предусмотрела варианты ответов.

— У меня собственный агент, который заключает договора с разными продюсерами.

Теплищева с трудом сдержала улыбку. Сказки! Но, не будучи знатоком театральной жизни, промолчала. Чем черт не шутит? За деньги любую бездарь на сцену выпустят и лучшую роль дадут. А деньги у этой дамочки водятся — вон какие часики на руке! Белое золото, бриллианты...

Она подавила приступ зависти. В конце концов, суть человека не измеряется земным. Любая драгоценность — всего лишь временная игрушка, которую придется оставить.

— Циклоп! — воскликнула Астра. — Одноглазое чудовище... Эти исполины изготовили для Зевса стрелы-молнии и помогли ему одолеть титанов. Я не ошибаюсь?

Тамара Ефимовна была неприятно поражена. Циклопы... Действительно. Фантастические великаны с одним глазом во лбу! Эта, с позволения сказать, «актриса», похоже, дамочка с двойным дном. Строит из себя детектива при полном попустительстве хозяев. Вынюхивает, высматривает...

— Вы угадали, — с медовой интонацией произнесла она, как будто подразумевала это с самого начала.

— И как прикажете понимать пророчество?

— Часть смысла открылась вам. А где часть, там и целое...

Тэфана в совершенстве овладела мастерством отвечать, не отвечая. В этом и заключался секрет профессиональной гадалки — ее нельзя уличить во лжи.

— Что вы скажете о *третьем глазе?*

— Спросите у Виринеи Нагорной, — процедила супруга археолога. — Она вам лучше растолкует.

— Я бы с удовольствием, но ее здесь нет.

Теплищева с досадой оглянулась:

— Нет? В самом деле...

Назойливая «актриса» мешала ей наблюдать за мужем и соблазнительницей Ирэн, что ужасно раздражало. Блондинка опять оказалась в центре внимания. Она села на своего конька — вернулась к теме амазонок. И не надоест всем слушать одно и то же!

— Амазонки — занимательный вымысел, не более... — подлил масла в огонь Матвей. — Страшный сон мужчин, который они перенесли в мифы.

Госпожа Самойленко только обрадовалась такому повороту — у нее появился повод привести доказательства:

— Как же Троянская война? «С далекого Понта явились на быстрых конях на помощь Трое храбрые воительницы-амазонки со своей царицей Пенфесилией...»

Она цитировала Овидия и Вергилия, а присутствующие хлопали глазами. Теплищева не выдержала, вскочила и присоединилась к основной группе отдыхающих, забыв об Астре.

— Куда же вы? — протянула та вслед.

Жена археолога ее не услышала. Рассеянный, падкий на эффекты Толик почти поддался чарам блондинки, пора было его спасать.

Вокруг участия амазонок в битве с греками закипела полемика. Сторонники твердили о битве Пенфесилии с героем Ахиллом, как о бесспорном факте. Роль ярого противника взял на себя Матвей.

Ирэн с пылающими очами разыграла целый спектакль в лицах. Все невольно залюбовались ею, и она сама любовалась собой.

— Ахилл победил царицу амазонок, но когда он снял со сраженной женщины шлем, то был покорен ее красотой. Прекрасная, как сама богиня Артемида, распростерлась у его ног дочь бога войны Пенфесилия, и любовь к ней пронзила сердце Ахилла. Вынес герой ее бездыханное тело на руках из гущи боя, опечаленный, поникший...

— Опять Артемида! — подзадоривал ее Матвей. — Куда ни кинь, везде она!

— История Ифигении тоже связана с Троянской войной, — вмешался Теплищев. — Одно вытекает из другого. Мы должны верить античным авторам — писателям, художникам, скульпторам.

— Ничего не принимайте на веру...

— А я, напротив, полагаю, что мифы имеют реальную подоплеку...

— Прошлое человечества — сплошные загадки...

Астра выглянула в окно, ища глазами Виринею. Не сидит ли та в саду, предаваясь медитации? А может, осталась в номере?

Новая горничная отдыхала, сидя на лавочке у бассейна. Коты играли на подстриженной траве.

«Проще спросить у Макса, чем строить пустые догадки», — решила Астра.

Администратор не принимал участия в дискуссии об амазонках. Он сидел за угловым столиком, с аппетитом уписывая расстегаи.

— Жанна Михайловна — непревзойденная мастерица, — расхваливал он старшую Юдину. — По ее рецептам даже Людмила готовит так, что пальчики оближешь. Вы пробовали?

Астра мотнула головой.

— Угощайтесь, — расплылся он в сытой улыбке. — Кушайте, пока совсем не остыло.

«Интересно, он знает о смерти Андрея Ушакова? — думала она. — Или еще нет?»

— Где Виринея? Вы привезли ее из Партенита?

Макс прожевал кусок пирога, запил вином и поднял на собеседницу узкие глаза — вероятно, в нем текла примесь татарской крови.

— Она нас изрядно напугала... Пришлось бегать по пляжу, по близлежащим магазинчикам. А мадам Нагорная, видите ли, отправилась играть на флейте... Удалилась от всех, облюбовала камень у подножия горы и там услаждала музыкой скалы и морские волны. Как вам это понравится? Я чуть с ума не сошел! Чего только не передумал... Уф-ф! Слава богу, все обошлось...

— Где она сейчас? Почему не ужинает?

— У себя, полагаю. Отдыхает после утомительной поездки. Она вегетарианка, если вы помните. Людмила приготовила для нее что-то овощное.

Астру не убедили его слова. Виринея делала исключение для рыбных блюд. Даже если она решила есть овощи, то для этого надо было прийти в столовую.

— Вы можете ей позвонить?

— Да что случилось?

— Звоните!

* * *

В спальне Юдиных горел ночник. Елена дремала. События последних дней взбудоражили ее. Прошлое, подобно черному ящику, поврежденному во время катастрофы, не желало выдавать свои секреты, а настоящее казалось туманным, размытым, как деревья сада за дождливым окном.

Муж приглушенно разговаривал с отцом по телефону — он думал, что Елена спит.

— Тебе надо приехать, папа... Да, обстоятельства того требуют... Меня завтра вызывают к следователю... Пойду, конечно... С полицией надо сотрудничать... Нет, маньяка еще не нашли... Появились новые данные... Госпожа Ельцова делает все, что может... Пока ничего не прояснилось... Ты помнишь Андрея?.. Какого?.. Брата Кати Ушаковой... Не знаком с ним?.. Оказывается, он тоже погиб... машина сбила... Конечно, поможем... Я уже решил... Есть кое-какие нюансы... Не по телефону... Лучше, чтобы ты приехал... Пришлешь адвоката?.. Это преждевременно... Нет, маме ничего не говорил и не скажу... И ты молчи... Гости?.. Нормально... Конечно, я все улажу... постараюсь... Когда тебя ждать?.. Хорошо...

Его обычная осторожность притупилась из-за обилия происшествий, которые сыпались одно за другим. Звонок неизвестной дамы, видевшей убийцу горничной, теперь смерть Катиного брата... Астра намекнула, мол, кто-то сводит счеты с Ушаковыми. Уж не вы ли, Спиридон Акимович?

Мысли Юдина вращались вокруг анонимного звонка. Почему дама выбрала именно его в качестве объекта шантажа? В том, что это будет вымогательство, сомневаться не приходится.

Он вышел на балкон и подставил лицо свежему ветру с моря. Как все повернулось!

Из синеватого полумрака раздался слабый голос жены.

— Рид...

Он вернулся в комнату, пропитанную запахом роз, — букет стоял в массивной стеклянной вазе. В свете ночника белые цветы казались лунными.

— Да, дорогая? Ты проснулась?

— Кого еще убили?

— Не волнуйся, это был несчастный случай...

— Мне страшно...

— Ничего не бойся. Я же с тобой!

— А вдруг...

— Нет! Молчи... — Он наклонился и прикоснулся поцелуем к ее теплым сухим губам. — Я сумею тебя защитить. Ты мне веришь?

— Кто мне угрожает, Рид? Со мной произошло что-то ужасное, я потеряла себя...

— Это я во всем виноват...

— Не говори так...

— Все твои грехи лежат на мне!

Елена приподнялась и села, не сводя с него напряженного взгляда. Тень от ресниц чернотой легла на ее щеки, волосы рассыпались по плечам.

— Ты меня пугаешь...

— Как ты красива, — вздохнул он, проводя пальцами по ее груди. — Я увидел тебя и пропал...

— Рид. Не скрывай от меня ничего! Я должна знать...

— Разве ты готова?

Сильная боль пронзила ее виски, и она со стоном упала на подушки.

— Я больше не слышу «шепота» и этих жутких шагов в мансарде...

— Вот видишь! Дело идет на поправку.

Ее сознание померкло, как всегда во время этих приступов, и гулкий мрак постепенно наполнился красочными картинами.

Загорелись светильники в узорчатом шатре... Чернявая женщина расплетает косы... На войлочном ковре лежит меч в драгоценных ножнах, лук и колчан со стрелами... К расшитому зо-

лотыми бляшками поясу прикреплен боевой топорик...

Сияющий лик Богини смотрит на воинственную красавицу с деревянного постамента, покрытого заморской тканью. Ее глаза узки, чуть раскосы, губы презрительно улыбаются, голова увенчана высокой золотой короной с магическим орнаментом.

Чернявая женщина складывает руки в молитвенном жесте.

— О, девственная Богиня... Средоточие Стихий, Госпожа Оружия! Судья битв! Надели меня великой силой разрушения, властью над жизнью и смертью! Дай мне энергию Матери-Земли... Ты можешь, о Богиня, утолить мою страсть к насилию!

Женщину в наряде для верховой езды заслоняет гречанка в белоснежном хитоне, у той в руках жертвенный нож... Брызги крови обагряют мрамор и одеяние жрицы. Она правит службу в Храме, окруженном высокими стенами, высеченными в горе, куда ведут бесчисленные ступени... Широко распахнуты двери Храма с начищенными до блеска медными запорами, торжественно застыли колонны...

Образы наслаиваются друг на друга, но неизменным остается золотой лик Богини Девы — Артемиды-охотницы, воительницы, несущей гибель и возрождение. Вооруженные подруги-амазонки и лукавые нимфы сопровождают ее, играют и поют, резвятся, танцуют на цветущих полянах, жарят оленя, пируют. Скифские царицы и сарматские всадницы — в одном кругу с вечно юными девами, веселятся и состязаются в метании боевых топориков и стрельбе из лука. Смех, музыка... и снова Храм, — уже *другой, не в Тавриде — в Эфесе, величественный Артемисион, чудо света. Сожженный Геростратом ради бессмертия и славы... Даже боги порой не в силах предотвратить зла. Все уничтожил огонь — в том числе и статую Артемиды Эфесской, покровительницы амазонок...*

Картина пожара внушала ужас, падали почерневшие балки перекрытий, трещала пожираемая пламенем утварь, рушились колонны. Прекрасная Артемида с яростью взирала на гибель Храма... Какой-то ничтожный, бездарный человек погубил святилище, где ей поклонялись и приносили богатые дары люди с разных концов ойкумены! Неужели боги Эллады теряют свое могущество?..

Очнувшись, Елена вспоминала только обрывки, кусочки чужой жизни, каким-то образом рожденные ее больным воображением. Но и эти обрывки спустя несколько минут исчезали из ее памяти, словно их там и не было.

Рид ждал, пока она придет в себя, откроет глаза и попросит воды. Так заканчивались все приступы. Если бы он мог вернуть тот страшный миг, изменить хоть что-то... Увы! Елена была здесь и где-то в другом измерении, с ним и не с ним. Она словно нырнула в черный омут и до сих пор оставалась там. Напрасно он зовет ее, говорит о любви, ласкает, называет своей женой...

— Что ты видишь там, в беспамятстве? — спрашивал он.

— Ничего...

Они оба знали: это неправда. Картинки были столь яркими, насыщенными энергией, что непроизвольно проецировались в сознание Юдина, только он не понимал этих путаных видений и гнал их от себя.

— Наши гости ездили в Партенит, — сказал он. — Теплищев всех заразил своими поисками. Он ищет храм Артемиды Таврической...

Во дворе поднялся шум, и Юдин вышел на балкон. Вириней Нагорная стояла на дорожке, ведущей к столовой, и громко возмущалась поведением администратора:

— Кто вам позволил беспокоить меня? Вы едва не ворвались ко мне в номер!

— Извините... Я хотел напомнить вам, что ужин стынет, а вы не брали трубку.

— Могу я хотя бы здесь отдохнуть от телефонов?

— Не сердитесь на Макса, — вступилась за него Астра. — Это я настаивала на звонке, а потом... в общем, мы беспокоились, не случилось ли чего? К счастью, с вами все в порядке.

— Со мной всегда все в порядке, — отчеканила Нагорная.

Окна столовой светились зеленым, о стекла бились ночные мотыльки. Юдин подивился их нелепому стремлению проникнуть «туда, не знаю куда». Разве он не такой же? Понравится ли мотыльку то, что находится за стеклом?

— А мне? — спросил он у луны.

Показалось, или ее круглый яркий глаз на секунду дрогнул? Словно подмигнул...

~ ГЛАВА 26 ~

Дискотека закончилась под утро. Игорь танцевал с задорной девчонкой с короткой стрижкой и черной от загара кожей. Он пошел ее провожать до пансионата по пустым улицам. Трамваи еще не ходили. Старые акации замерли в розовой предрассветной дымке. Пахло ночными цветами и морем.

— Мне завтра уезжать, — сказала она.

— Ты откуда?

— Из Питера...

Игорю остро захотелось отправиться на вокзал, купить билет до Санкт-Петербурга, сесть в поезд, в одно купе с этой жизнерадостной беззаботной девушкой, забыть Крым, скалы, курганы и дольмены, пить пиво, болтать о всякой ерунде, смеяться, закусывать вареными креветками и не думать о завтрашнем дне.

Смерть Андрея повергла его в шок, от которого он искал спасения всеми доступными способами — танцевал до упаду, пил молодое виноградное вино, напропалую ухаживал за девчонками. Дома сидеть было невмоготу. Отец ругался, ну и черт с ним... Сам зальет глаза и командует им и матерью, как рабовладелец. Надоело. Отчасти поэтому Игорь сошелся с Ушаковым, тот давно не держался на одном месте, проводил время то в горах, то в степи — жил на природе, ничем не связанный, кроме собственных прихотей, искал следы древних цивилизаций. Его называли бродягой. А что в этом плохого? Денег у него, правда, не водилось. И слава богу! Теперь Игорь окончательно убедился: от денег — все зло.

— Пригласи меня в гости, — с этими словами он поцеловал свою спутницу в щеку. — Хочу в Эрмитаж сходить, картины поглядеть, скульптуры.

— А че, поехали. У нас тоже есть море, только холодное. Балтика!

Конечно, никуда он не поедет, — так, обманывает себя призрачной свободой. Пока идет следствие, ему придется оставаться здесь. Вдруг кому-нибудь пригодятся его показания? Ментам он не верил и особо с ними не откровенничал. О чем спросили, ответил, а о чем не спрашивали, умолчал. Не будут они «землю рыть», чтобы поймать убийцу Андрея. Спустят дело на тормозах, сдадут в архив...

То, что Андрей не случайно оказался на той дороге и его не случайно сбили, а убили, не вызывало у Игоря сомнений. Но он своими догадками ни с кем не поделился, да они никого и не интересовали.

Тогда получается, что и Катя погибла вовсе не от руки маньяка. Брат и сестра могли оказаться жертвами одного и того же человека. Или такая у них несчастная доля. «Фатум!» — как любил повторять Андрей. Видно, он что-то предчувствовал...

— Эх, братан... погубили тебя проклятые деньги... — забывшись, пробормотал Игорь.

— О чём ты? — спросила девушка. Она остановилась у забора, обложенного песчаником. — Вот мы и пришли...

Парень неловко обнял её, ткнулся носом в её выгоревшие на солнце волосы. Мягкие и пахнут лимоном. Жаль расставаться!

— Тебя пустят?

— Конечно, здесь же не режимный объект.

— Ладно, бывай... Звони по мобилке...

— И ты звони...

Дежурные, ни к чему не обязывающие фразы. Она вздохнула, набрала цифры кодового замка. Щелчок, и калитка открылась.

Игорь побрёл на автобусную остановку. На траве и листьях лежала роса. Продавщица в синем переднике мыла шваброй пыльную витрину круглосуточного мини-маркета. Редкие машины проносились мимо по вымытому шоссе. Курортные города просыпаются медленно и неохотно — жара располагает к безделью, к праздности и дреме.

Море сейчас спокойное, чистое и прозрачное, как слеза... по пустым пляжам бродят чайки, что-то выискивают в песке, шар солнца поднимается над водой, прокладывая малиновую дорожку...

Игорь дождался первого автобуса и через полчаса уже был дома, в посёлке. Он быстро и тихо прошёл в свою комнату, не раздеваясь, улёгся на скрипучий диван. Как ему всё опостылело! Замусоренный двор, куры, запах навоза, вечно крикливая мать, пьяный отец... Может, и прав был Андрей, когда решил рискнуть ради денег?

Он выругался и закрыл глаза. Кто-то на цыпочках прокрался по коридору, поскрёбся в дверь.

— Входи, мам!

— Тише ты, отца разбудишь, — прошептала она, бочком проскальзывая в комнату. — Орать станет!

Он выпил вчера лишнего, набедокурил — цветок мой любимый перевернул, горшок разбил. Ох, господи! Ты-то где пропадал? Я извелась вся...

— На дискотеку ходил.

— Отец говорил, тебя люди какие-то разыскивали...

— Из полиции?

Мать мелко перекрестилась на образа, которые висели повсюду.

— Ты что, сынок? Почему из полиции?

— Да не бойся, ма, это насчет Андрея.

— Говорила же, не связывайся с ним! Не доведет он тебя до добра!

— Андрей погиб, под машину попал...

Мать закрыла рот ладошкой. Ее натруженные пальцы огрубели, искривились от тяжелой работы: стирка, два огорода, корова, мытье полов, побелка, покраска — все на ней.

— Боже мой, как же это? Сперва Катька, теперь он... Бедная Галина! Вот... — Она полезла в карман ситцевого платья, достала визитку. — Они тебе оставили, чтобы ты позвонил. Какой-то Карелин. Знаешь его?

— Карелин? Нет...

Игорь повертел в руках гладкий кусочек картона — ни фамилия, ни номер мобильного были ему не знакомы.

— Какие они с виду?

— Приличные. Отец, пока не напился вусмерть, успел рассказать, что на иномарке приезжали, одеты хорошо.

— Вот как?

Игорь задумался. Мысль бросить все, укатить в Санкт-Петербург и устроиться там на работу показалась ему еще более привлекательной.

Лохматый пес лаял, срываясь с цепи. Храпов, сунув руки в карманы, исподлобья смотрел на незваных гостей.

— Я будущую супругу привел, — объяснялся Матвей, стоя на дорожке, ведущей к дому. — Она горит нетерпением купить дом. Может, вы остудите ее пыл, Василий Степанович?

— Фу, Янычар! — прикрикнул на пса хозяин. — Замолчи!

Собака, носящая столь грозное имя, послушно перестала гавкать и улеглась возле будки.

Астра улыбнулась, протянула соседу Юдиных руку, словно для поцелуя. Вот он какой, режиссер «ужастиков», разыгрываемых на отдельно взятой вилле: насторожен, зол, готов к решительному отпору. В сущности, имеет полное право отказаться от разговора и даже выгнать назойливых посетителей с территории своих частных владений.

Храпов небрежно пожал кончики ее пальцев, но не потрудился хотя бы изобразить радушие.

— Нам вилла Юдиных приглянулась, — заявила она. — Хотим купить. Пришли просить у вас совета. Матвей намекал на какую-то «нечистую силу», якобы, поселившуюся у них, но лично я в это не верю — ни в колдовство, ни в привидений, ни в порчу разную! Досужие вымыслы суеверных людей.

Матвей, призывая Храпова в свидетели и ожидая его поддержки, произнес:

— Разве ты никаких подозрительных звуков там не слышала?

— Слышала, ну и что? У нас на подмосковной даче ветер тоже жуткие рулады выводит, и ничего. Никто не пугается!

— Юдины виллу не продают, — сипло отозвался Храпов. — Извините, хриплю. Напился ледяной воды, горло и затянуло.

— У нас другие сведения... На вилле гостит знаменитый московский экстрасенс и маг Эльдар Гаранин. Я, конечно, к его словам отношусь скептически, в отличие от Юдиных...

В мутных глазах Храпова проснулся интерес — всего на миг, — однако это не укрылось от Астры.

— По-моему, Спиридон и его жена просто в панике, — продолжала она, все более воодушевляясь. — Гаранин провел «кармический анализ», который выявил присутствие на вилле *духа мщения*. Знаете, в Древней Греции были такие неумолимые богини, — Эринии. Они преследовали свою жертву, чтобы подвергнуть жестоким мукам. Волосы их кишели ядовитыми змеями, глаза горели страшным огнем, помрачающим рассудок провинившегося.

Храпов раскашлялся и уставился на нее, как на сумасшедшую. Янычар, почуяв неладное, зарычал и обнажил клыки.

— Дорогая, — смущенно пробормотал Матвей. — Василий Степанович не понимает, о чем идет речь...

— Какие Эри... Эринии? — прохрипел тот. — Выражайтесь яснее.

— *Духи мщения!* — зловеще провозгласила Астра, чувствуя себя актрисой на сцене древнегреческого театра. — Неотвратимые и яростные! Одну из них господин Гаранин отчетливо увидел в саду виллы... Она сообщила магу, что смерть горничной — первая, за которой вскоре последуют другие... Ха-ха-ха! Смешно, да?

Храпов криво усмехнулся.

— Я бы охотно посмеялся вместе с вами, но горничная в самом деле мертва...

— Теперь к ней присоединился ее брат, Андрей Ушаков. Согласитесь, это уже не шутки, — сказал Матвей. — Следует ли нам ожидать третьего трупа?

— Почему вы у меня спрашиваете?

— Антон во всем признался...

— Антон? Какой Антон?

— Не прикидывайтесь, Василий Степанович. Против магии вы бессильны...

Все это походило на плохой фарс. Астра безмятежно улыбалась, Матвей грозно сдвинул брови.

«За кого они меня принимают? — думал Храпов. — За идиота? Что им нужно? Андрей Ушаков... Неужели, он тоже погиб? Не может быть...»

— Кто вы такие? Шпионы? Я сразу догадался, что не покупатели.

— Положим, не сразу... Ну да не важно. Антон, которого вы наняли, чтобы пугать соседей...

— Никого я не нанимал! — рассвирепел Храпов. — Наглый щенок врет!

Матвей вел разговор напористо, не заботясь о достоверности сообщаемых фактов. Пусть Василий Степанович сам разбирается, что принимать всерьез, а что нет. Пока он будет разбираться, авось и сболтнет чего-нибудь.

— Антон считает вас виновным в смерти Кати Ушаковой и ее брата.

— Чепуха! Я никого не убивал...

— Можно взглянуть на вашу машину?

— С какой стати?

Вчера после полуночи, когда все обитатели виллы уснули, или по крайней мере отправились спать, охранник, которому некуда было деваться, тайком показал им «Газель» и «Мерседес» Юдиных. Джип в день убийства находился в гараже, но осмотрели и его. Естественно, следов наезда на человека ни на одном из автомобилей не оказалось, ни вмятины, ни содранной краски, ничего.

— Что вы ищете? — спросил парень.

— Андрей, брат Кати, тоже погиб...

— Это не я! Клянусь!

Конечно, не он сбил Ушакова. В тот день Антон не выходил за пределы виллы, чему они сами являлись свидетелями.

— Это Храпов! Или его новый подручный! — вырвалось у охранника. — Такие люди на что угодно пойдут, лишь бы добиться своего. Они... ненормальные.

Храпов и правда производил впечатление человека, мягко говоря, неадекватного. Его манера поведения, выражение глаз и угадывающееся внутреннее кипение — будто бы в его душе клокотал гейзер, который время от времени выбрасывал в воздух пар и фонтаны горячей воды, — наводили на размышления.

— Разве не вы сбили насмерть Андрея Ушакова? Это входило в ваш план по завладению виллой «Элоиза».

У Храпова лопнуло терпение, он сжал кулаки и челюсти. На секунду показалось, что он сейчас кинется в драку.

— При чем здесь какой-то Ушаков... и горничная? — процедил он сквозь зубы. — Что за бред?

— Вы же сами говорили: злой дух бродит по вилле, устраивает разные фокусы, мстит живым. И Гаранин это подтвердил. И еще он указал на ваш дом как на источник угрозы.

— Пф-ффф... — Храпов с силой выдохнул воздух и сдержал приступ кашля. — Идемте, черт вас возьми!

Он подвел «шпионов» к машине. На бампере ясно виднелась вмятина и мелкие трещины, радиатор тоже был поврежден.

— Что это? — спросил Матвей.

— Собака неожиданно выскочила на дорогу! Три дня назад... Все собираюсь в мастерскую съездить. Не успеваю!

— Чем же вы заняты?

— Я не обязан отчитываться! Вы бы лучше Юдиными занимались, господа сыщики или как вас там... Горничная у них работала, а не у меня. Я с Ушаковыми никаких дел не имел. И Антона я знать не знаю. Его слово против моего ничего не стоит!

— А наше? Мы слышали вашу милую беседу у недостроенного дома...

— Следили! По какому праву?

Матвей пожал плечами:

— Случайно ехали мимо, увидели «Газель», ваше авто и остановились. Любопытно стало, что у вас общего с охранником Юдиных. Надеюсь, это не любовная связь?

По лицу Храпова прошла судорога бешенства.

— Юдины! Юдины! Они мне давно поперек горла встали! Я ведь этот участок с коробкой первый заприметил. Пока деньги собирал, продавец ждать не захотел, продал Юдину. Он у меня из-под носа увел лакомый кусочек! Я потом большую сумму ему предлагал, а он уперся, ни в какую. Виллу, говорит, хочу построить, как в Италии. С арками, с внутренним двориком, с фонтаном. Пришлось мне рядышком готовый дом купить. Только это не то совсем! Ни в какое сравнение не идет. Ни по проекту, ни по размерам...

— И вы решили Юдиных с виллы выжить? Не мытьем, так катаньем принудить их продать собственность?

— Думайте, как хотите, — отвернулся Храпов.

— За розыгрыш, хотя и злой, вас не посадят, а вот за убийство...

— Я не убивал и не нанимал никого! — побагровел он. — Сколько раз повторять? Говорю же, Юдиных трясите! Вы сначала узнайте, откуда взялась эта Елена Прекрасная... жена Спиридона...

— Что значит, откуда взялась?

— Темная история приключилась...

Он вошел в раж — тормоза отказали, и Храпов выложил то, чего не собирался говорить этим двум «шпионам» с виллы.

— Я с Юдиных глаз не спускаю, когда приезжаю в Крым. У меня здесь связи, как у каждого, кто занимается бизнесом...

Он говорил правду. Торговля недвижимостью — штука непростая. Документы, разрешения, оформления, акты, в них черт ногу сломит, — без взяток и протекций, без «своих людей» не обойтись. Храпову было куда обратиться, чтобы навести справки о Юдиных, чем он и занимался с завидным усердием, надеялся подловить соседей на чем-нибудь, получить повод оказывать давление, шантажировать, если понадобится. Не хотят договариваться по-хорошему, сами виноваты. Но ничего существенного против них накопать не удалось.

Совершенно случайно полгода назад Храпов узнал о том, что у Спиридона появилась тайная зазноба. Местом их свиданий служила... частная клиника «Зеленая дача». Младший Юдин регулярно ездил туда, платил за содержание и лечение молодой красивой женщины, таскал цветы и подарки, гулял с ней в больничном парке, в общем, чуть ли не на руках носил. Кроме него, к пациентке никто не приходил, ни родственники, ни друзья-подруги. Более того: выяснилось, что она поступила в клинику без всяких документов. Главврач, будучи личным знакомым Спиридона, нарушил все правила, чему поспособствовали еще и деньги. За деньги многие люди готовы идти на компромисс со своей совестью.

Храпову повезло: в этой частной клинике работала медсестрой дочка Тимофеевны. Как-то раз, придя помогать матери мыть окна, она заметила в соседнем дворе сначала машину Спиридона, а затем и его самого. Спиридон — мужчина видный, статный, с запоминающейся внешностью. Женщинам такие нравятся. Дочка поделилась с матерью своими мыслями по поводу соседа. Та, естественно, доложила хозяину...

Василий Степанович не поскупился, предложил немалую сумму, лишь бы медсестра выяснила все подробности относительно странной пациентки. Та и рада стараться — все, что смогла, узнала и рассказала Храпову.

Тот принялся ломать голову, как «прижать» старшего Юдина через сына, ведь вилла «Элоиза» принадлежала Акиму Ивановичу, и без его согласия сделка купли-продажи не состоялась бы. Тем временем тайное совершенно неожиданно стало явным. Спиридон женился, представив родителям невесту буквально накануне торжественной церемонии...

Храпов говорил долго. Поток слов перемежался приступами кашля и руганью. Он надеялся, что подложил Юдиным свинью. Пусть теперь оправдываются, отмазываются. А там, глядишь, и продадут несчастливую виллу...

— У меня голова гудит от услышанного, — пожаловалась Астра, когда они выходили от Храпова. — Пойдем прогуляемся.

Оперативник дал им свой телефон, и они колебались, сообщать ему о повреждениях на машине Храпова или нет. Пожалуй, не стоит. Вдруг, тот действительно наехал на собаку.

— Как мы тогда будем выглядеть? — сказал Матвей.

В сторону моря вела проложенная через степь дорога. Ноги утопали в песке. Астра молча шагала, придерживая рукой шляпу.

Сигнал мобильника вывел ее из задумчивости. Звонил Игорь Назаров, просил срочно встретиться. Пока Матвей говорил с ним, Астра сосредоточенно следила за полетом чайки.

— А может, убийцу видела вовсе не женщина? — предположил Матвей. — Мужчина нарочно изменил голос и пустил всех по ложному пути...

~ ГЛАВА 27 ~

В городском парке играла музыка. Вечерние огни ложились на листву красными и желтыми пятнами. Толпы полураздетых людей заполнили аллеи и открытые террасы кафе. В нагретом за день воздухе пахло воздушной кукурузой и шашлыками.

— Где его ждать? На этой лавочке?

Астра и Матвей подошли к аттракционам. Возле старомодной карусели с лошадками и слониками все скамейки были заняты усталыми мамашами и возбужденными детьми. На карусель пропускали партиями.

— Ты ничего не перепутал?

— Нет, — терпеливо ответил Матвей, оглядываясь по сторонам. Парень в шортах и зеленой тенниске привлек его внимание. — Кажется, он.

Молодой человек затушил сигарету и вразвалочку направился к ним. На вид ему было лет двадцать. Загорелый, крепкий, широкоплечий.

— Вы меня ждете?

— Если вы Игорь Назаров, то да.

— Можно на «ты», — улыбнулся он уголком рта.

Вблизи, при свете разноцветных лампочек он казался старше. На щеках и подбородке пробивалась щетина. «Один раз в го-о-од сады цвету-у-ут... — доносился из динамиков голос Анны Герман. — Весну любви-и один раз жду-у-ут...»

Астра весьма некстати вспомнила своего первого жениха и неудавшуюся свадьбу. Взгрустнулось...

— Мы ведем частное расследование, — тем временем объяснял парню Матвей. — Ищем убийцу Кати Ушаковой. А теперь, получается, и ее брата.

— Вы тоже считаете, что его убили?

— У нас есть подозрения...

— Какие подозрения? Вы видели тело? — от волнения Игорь потирал затылок. — Лицо разбито, как будто нарочно. При наезде таких ран не бывает. Разве что он под грузовик попал... И то вряд ли!

— Ты сам что думаешь?

— Наверное, убийца был в бешенстве. Или хотел, чтобы тело не опознали. Значит, наезд был не случайным. Чего Андрюха забыл на той дороге?

— Он пришел на встречу с убийцей, — включилась в разговор Астра. — Они заранее условились. Только кто был инициатором? Ушаков?

Игорь переминался с ноги на ногу, нервничал. Можно ли доверять этим людям? Мужик вроде бы основательный, не из бандитов; дамочка тоже не строит из себя принцессу, держится просто, общается с ним, как с равным. Им небезразлично, почему погиб Андрей. Если он промолчит, смерть товарища останется безнаказанной.

— Почему ты начал его разыскивать?

Игорь решился.

— У меня были плохие предчувствия... — угрюмо признался он. — Накануне Андрей пообещал взять меня с собой в горы, показать кое-что... Он был человеком слова. Я собрался, ждал его звонка, и он позвонил. Езжай, говорит, в город, на автовокзал, я вынужден задержаться, но обязательно буду. Встретимся у билетных касс. Прошел час, другой, а он так и не пришел. Я набирал его номер раз за разом, но он не брал трубку.

— И ты сразу побежал в полицию?

— Не сразу! Я вернулся домой, все ждал его звонка, а на следующее утро пошел к Ушаковым и узнал про Катю. Подумал, что Андрей из-за ее смерти отложил поход и забыл меня предупредить. Не до того ему. Их маму, Галину Николаевну, откачивала «Скорая». Во дворе соседка загоняла кур в сарай. Она сказала, что со вчерашнего дня Андрюху не видела. Я пошел обратно — бродил по улице, вспоминал его слова...

— Какие слова?

— Ну... про деньги. Что он наконец разбогатеет, и сестре не надо будет гнуть спину на буржуев. Пусть, мол, кое-кто раскошеливается, если не хочет скандала. Вот я и подумал, что Катю вовсе не маньяк зарезал... Они же с Андрюхой — брат и сестра. Могли действовать заодно...

Игорь переводил взгляд с Матвея на Астру, словно ища у них подтверждения. Те невозмутимо молчали.

— Тут я испугался за Андрея, — сказал он. — Если Катя мертва, то и его могли... убить. Начал звонить ему на мобилу, да все без толку. Тогда я пошел в полицию, чтобы его искали, а он уже в морге... Учтите, я ментам ничего такого не говорил! Только вам. Может, вы его найдете?

— Кого?

— Убийцу. Я все сопоставил. Понимаете, пока я на вокзале торчал, Андрюха отправился на ту дорогу. Он надеялся успеть на автобус, иначе сказал бы мне, что поход отменяется. Значит, при нем был рюкзак, телефон и документы. Куда же они делись?

Он сам задал вопрос и сам на него ответил.

— Их убийца забрал.

«И лицо трупа разбил, — подумал Матвей. — Парень прав. О случайном наезде говорить не приходится. Похоже, убийца пригласил Ушакова на роковое рандеву прямо перед походом. Видимо, посулил деньги. И тот согласился прийти!»

— Ты ничего не путаешь? Зачем Ушакову брать с собой рюкзак на важную встречу?

— Вы его не знаете. Для Андрюхи рюкзак — как для девушки сумочка. Он всюду его таскал, просто жил с ним. Он прямо со встречи собирался ехать на вокзал. Видимо, его внезапно вызвали...

На парк опустилась густая теплая ночь. Очередь на карусели и другие аттракционы поредела. Дети хныкали, некоторые засыпали у родителей на руках. С танцплощадки доносился громкий однообразный ритм, смех молодежи, крики...

Назаров достал сигарету, закурил, глубоко затягиваясь.

— А что Ушаков обещал тебе показать в горах? — спросила Астра.

— Ларец Прозерпины...

— Что-о?

— Это название одного затерянного в горах дольмена. Ему около десяти тысяч лет, а может, и больше. Андрей увлекался дольменами, считал, что через них человек попадает в подземный мир или в мир духов... Не каждый, а избранный. Он наткнулся на Ларец Прозерпины в прошлом году летом, случайно. Шел по следам туристической группы, которая искала неизвестные мегалиты.

— Почему Ларец Прозерпины? Кто дал дольмену это название?

Игорь покачал головой. Он не знал.

— Краеведы-любители или мистики. Дольменам приписывают разные свойства. От «пристанища вечных душ» до приемников телепатических сигналов из космоса. Андрей говорил, что Ларец Прозерпины расположен в неудобном для подхода месте, как убежище, спрятан от посторонних глаз. Туристы чудом его заметили, но не посмели приблизиться, струсили.

Он сделал пару последних затяжек и щелчком отправил окурок в урну. Астра воспользовалась паузой.

— Существует поверье, что Прозерпина, богиня Подземного Царства или Царства Мертвых, владеет ларцом, где хранится тайна любви и смерти! — выразительно произнесла она. — Кто туда заглянет — уснет вечным сном. Когда-то сама Венера послала за этим ларцом Психею, и та стала жертвой собственного любопытства. Неодолимый сон сковал ее, и только поцелуй Эрота, бога любви, пробудил Психею к жизни...

Странно было слышать эти речи в парке курортного города, под ритмичную танцевальную музыку и мигание огней. Игорь явно такого не ожидал, его глаза непроизвольно расширились, а рот приоткрылся, как у ребенка.

— Образ Психеи — это символ человеческой души, странствующей в поисках истины... — добавила она.

— Да... Андрей тоже так говорил... Он еще говорил, что Ларец Прозерпины — опасный дольмен. Туда лучше без нужды не соваться. Поглядеть издалека, и хватит. А не то станешь «живым мертвецом», все о себе забудешь.

— Так уж и все?

— Андрей слышал от одного мужика, что Ларец Прозерпины сам выбирает, кого впустить, а кого нет. Против его воли не подойдешь и внутрь не залезешь. Не получится! Такой страх одолеет, что либо в обморок грохнешься, либо побежишь, не разбирая дороги, сорвешься с тропы и разобьешься о камни... Слухи бывают сильно преувеличенными, но доля правды в них обычно есть.

— И где этот дольмен находится? — спросил Матвей.

— Андрюха обещал показать... Не успел...

* * *

Ночь Астра и Матвей провели без сна. Она звонила Борисову, просила собрать сведения об отношениях старшего Юдина и некой Элизы, покончившей жизнь самоубийством, — была ли такая история, или Храпов все выдумал.

— Ты сомневаешься? — удивлялся Матвей. — Однако Спиридон не отрицает, что...

— А вдруг, Элиза жива? Тогда дело коренным образом меняется.

— Думаешь, она скрывается под именем Теплищевой, Нагорной или Самойленко? Все три дамы не подходят по возрасту.

— У Элизы могла быть дочь... Богини мщения принимают разные обличья.

— Намекаешь на Елену?

— Ее появление в семье Юдиных окружает слишком много загадок.

Матвей только развел руками. Он то выходил на балкон и стоял там, слушая пение цикад, то возвращался в комнату. Ему даже приходило в голову, что Катя Ушакова могла бы быть дочерью Элизы... Кто же тогда Галина Николаевна? Приемная мать?

Не найдя ответа, он сокрушенно вздыхал.

Крымская ночь накрыла степь своим черным крылом. Когда-то под этими звездами скакали воинственные скифы, сарматы и амазонки, топтала землю греческая пехота, в храме богини Артемиды правили службу молодые жрицы, прекрасные и жестокие...

Астра жгла свечи, смотрела в зеркало... Отчаявшись получить подсказку *с той стороны,* она достала ноутбук и зарылась в Интернет.

— Все не то... — жаловалась она Матвею. — Все не так.

— Давай спать.

— Мы не можем допустить еще одной смерти.

— Судьба людей не зависит от нас с тобой...

Он прилег и задремал. Во сне он видел себя Брюсом — колдуном, астрологом, воином. В нем заговорила кровь шотландских королей и древних кельтов. Граф Брюс любил странную и недоступную женщину, эта любовь преследовала его, мучила и вела за собой. Возможно, он придумал ее, чтобы вечно стремиться к недосягаемому идеалу...

Он открыл глаза. Женщина сидела за туалетным столиком, вокруг догорали свечи. Пахло воском и ее духами. Мускус, ирис, влажные тропики... Разве ему известно, как пахнут тропики после дождя? Все это записано в подсознании, в тех недрах души, которые никогда не раскрываются до конца...

Разве не Эрос движет звездами?.. Разве не вечное влечение — *неисполненное томление* — лежит в основе притяжения светил и людей? В основе добра и зла? Разве не скрытая сексуальность заводит толпу и превращает добропорядочного гражданина в зверя? Никто еще не отважился спуститься в «темное царство» основного инстинкта и рассказать о его скрытых мотивах...

Он не сразу сообразил, что смотрит на Астру глазами Брюса. Почему его так тянет к ней? Всегда тянуло? Даже когда он еще не знал ее...

— Я читал трактаты Абеляра[1] и письма Элоизы, — произнес он. — Откровения философа и влюбленной женщины.

— Почему ты заговорил об этом? Ты же спал...

— Я не спал. Я был Брюсом... и кое-что понял.

— Лишняя буква «о»! — улыбнулась она. — Мы разными путями пришли к одному и тому же. Элоиза, племянница каноника Фульбера, и Пьер Абеляр, религиозный философ. Они любили друг друга, сначала по-земному страстно, потом на расстоянии. Элоиза постриглась в монахини, Абеляр тоже стал монахом и отправился в дальнюю обитель на берегу океана. Но ни годы, ни разлука не повлияли на силу их взаимного чувства. И это в двенадцатом веке! Вот откуда началось Возрождение...

— Значит, мы думаем одинаково?

— Абсолютно. Я порылась в Интернете и поняла, почему старший Юдин назвал виллу «Элоиза». Этим он выразил свою приверженность любви духовной, а не плотской. Вероятно, так он видит собственную историю отношений с Элоизой, которая не переросла в нечто большее.

Матвей окончательно проснулся. Край неба над морем посветлел. Чистый рассвет обещал ясный и жаркий день.

— Месть Элоизы — ложная версия, — заявил он. — Надо идти к Юдиным и трясти их.

— Как советовал Храпов?

— У нас есть козыри...

---

[1] Пьер Абеляр (1079—1142) — французский философ, теолог и поэт. Трагическая история любви Абеляра к Элоизе описана в автобиографии «Истории моих бедствий».

~ ГЛАВА 28 ~

Спиридон увидел их с балкона и помахал рукой.

— Спускайтесь в сад, — сказала Астра. — Тут чудесно. Как Елена?

— Спит...

— Спящая красавица, — прошептал Матвей. — Он ее чем-то поит, ей богу!

— Тише...

Антон поливал газоны и клумбы. Он оглянулся на голоса и тут же вернулся к своему занятию. Пусть обсуждают, что угодно, только бы его не трогали.

Дверь в столовую была открыта, из кухни доносился стук — кухарка готовила отбивные. Коты наслаждались завтраком: новая горничная вынесла им тарелочку с мясными обрезками.

Молодой хозяин появился во дворе раньше, чем ожидала Астра. Он был в светлой открытой спортивной одежде и темных очках.

— Присаживайтесь... — улыбнулся Матвей. — Вы не откажетесь нам помочь?

— Это мой долг.

Его голос был холоден, а взгляд прятался за непроницаемыми стеклами очков.

— Убит Андрей Ушаков...

— Я слышал, он попал под машину.

— Парня сбили насмерть. Брат и сестра погибли в один и тот же день — когда вы объявили, что едете в Ялту, а сами остались в городе.

Рид заложил ногу на ногу и демонстрировал полное спокойствие.

— Я должен вам отвечать?

— Разве вы не хотите разобраться, что происходит?

— Хочу. Только в чем заключается моя помощь? Я понятия не имею, кто убил Катю и...

— Андрея, — подсказала Астра.

Юдин кивнул. Черты его лица заострились, он весь подобрался, приготовился к отпору.

— С каким диагнозом ваша жена лежала в частной клинике?

Он ожидал другого вопроса и не сумел скрыть замешательства. Тень пробежала по его красивому породистому лицу, но он сделал над собой усилие:

— Елена тут ни при чем.

— У нее нет алиби на время убийства Ушаковых, и у вас тоже. Следователь пока уверен, что вы с женой в тот день ездили в Ялту. Но в любой момент один из тех, кто видел вашу жену на набережной...

— Да, да, я понял! — раздраженно прервал ее Юдин. — Ну и что? Разве мы под подозрением? Кстати, с чего вы взяли, будто брата Кати сбили нарочно? Сейчас полно водителей, которые садятся за руль пьяными или обкуренными.

«Кого он выгораживает, себя или ее? — думала Астра, глядя на его руки с длинными сильными пальцами, на золотую цепочку на мощной загорелой шее, на гладко выбритый, по-мужски твердый подбородок. — Хорош, умен, богат, а женился на психически больной женщине. Почему? Любовь? Как она зародилась между ними? Где был тот узкий мостик, на котором судьба свела их друг с другом?»

Матвей молча наблюдал за Юдиным. От него не ускользнула тщательно скрываемая нервозность и внутренняя боль, которую тот прятал за показным высокомерием. Потому и темные очки надел, чтобы не видели его глаз.

— Как вы познакомились с Еленой? Лучше говорите правду, господин Юдин... Мы ведь не поленимся, съездим в клинику и побеседуем с персоналом.

— Они вам ничего не скажут.

— Ой ли? Деньги порой творят чудеса...

Спиридон сунул руки в карманы и сжал их там в кулаки.

— Да, черт побери... Кто-то уже поделился с вами врачебной тайной. Негодяи... Мало я им заплатил?!

— Зачем же так сурово? Люди в белых халатах — всего лишь люди.

— Я подобрал Елену в лесу, вернее, в перелеске у дороги... Она была без сознания, полураздетая, вся в синяках и ссадинах. Пришлось отвезти ее в больницу. Это грех?

— Где вы ее обнаружили? И когда?

Юдин повел плечами — под его кожей перекатывались бугры тренированных мускулов. Он решил говорить правду, не всю, а ту ее часть, которая удовлетворит этих двоих, нанятых его отцом. Папа, папа, зачем тебе понадобилось перетряхивать сор в собственной избе?

— Прошлым летом. Я возвращался с нашего объекта под Форосом в Береговое. Машин было мало, я торопился, чтобы успеть до темноты добраться хотя бы до Севастополя. Не люблю ночью ездить по горным дорогам. Отъехал совсем недалеко и наткнулся на женщину...

— Почему не вызвали «Скорую помощь», полицию?

— Во-первых, там не было связи, сотовый не брал. Я подумал, что женщину нельзя оставлять лежать на земле, достал из аптечки нашатырь. Она очнулась, но не могла вымолвить ни слова. Я перенес ее в машину, устроил на заднем сиденье, и мы поехали. Неизвестно, сколько добиралась бы туда «неотложка». Я решил, что доставлю ее до больницы быстрее.

Он лгал. Ему и в голову не пришло вызывать врачей и полицию. Он же не враг себе.

— Почему вы повезли ее в клинику «Зеленая дача», которая расположена в двадцати километрах от Берегового, а не в больницу ближайшего населенного пункта?

— Я сначала так и хотел...

— Что вам помешало?

— Понимаете, она лежала сзади тихо-тихо, я подумал: надо проверить, дышит или нет... Остановился, осмотрел ее, голова была ушиблена, но серьезных повреждений я не нашел, руки и ноги тоже оказались целы. Ее жизни ничто не угрожало! Скорее всего она потеряла сознание от нервного истощения или психического шока. Я решил не оставлять ее в обычной больнице, где нет опытных специалистов и надлежащего ухода. В «Зеленой даче» работает главврачом мой хороший знакомый. Я поразмыслил и повез Елену туда. Тогда я еще не знал, как ее зовут; вообще ничего о ней не знал...

— При ней что, не было документов?

— Нет. Ни сумочки, ни рюкзака... Я потом обыскал ее одежду, карманы тоже оказались пусты. Ее вещи выглядели ужасно: изорванные грязные футболка и спортивные штаны, какие носят туристы.

— Вы спросили ее, кто она, что с ней произошло?

— Я спрашивал. Но она молчала. У нее словно отняло речь.

— Она была похожа на отдыхающую из какого-нибудь пансионата?

— И да, и нет... Скорее на отбившуюся от группы туристку.

— Кто разорвал ее одежду?

— Не я!

Коты насытились и улеглись на краю бассейна, лениво наблюдая за ласточками. Стрекозы носились над самой водой. У забора весело журчал сложенный из камней фонтанчик, обсаженный ирисами. Идиллия, на фоне которой нередко развиваются жестокие драмы.

— Она сразу мне понравилась, не скрою, — счел нужным объяснить Юдин. — С первого взгляда. Измученная, исцарапанная, в пыли, в лохмотьях, она поразила меня своей красотой. Я, быть может, уже тогда бессознательно полюбил ее. Это обусловило мое дальнейшее поведение.

— Что вы имеете в виду?

— Я поместил ее в клинику за свои средства, договорился о лечении, заплатил доктору и медсестрам за особое внимание к пациентке и... за молчание.

— О чем они должны были молчать?

— О том... в общем, Елена с трудом вспомнила свое имя, и больше ничего не могла рассказать о себе. Врачи объяснили провал в памяти последствиями полученной травмы. Она ударилась головой...

— Или ее ударили, — с нажимом произнес Матвей. — А кроме того, изнасиловали и, вероятно, избили. Возможно, она сопротивлялась, в результате чего образовались кровоподтеки и ссадины на ее теле.

Юдин вспыхнул, его взгляд едва не прожег стекла очков. От него физически ощутимо пошла волна негодования.

— Вы намекаете, что я это сделал? Изнасиловал беспомощную женщину, нанес ей удар по голове и потом сам же отвез в больницу, изображая этакого благодетеля?

— А когда она пришла в себя, узнала вас и решила заявить в полицию, вы испугались. Пообещали жениться на ней, искупить свое тяжкое прегрешение подарками, любовью и заботой. Она согласилась. Что ей оставалось? Переживать следствие, суды, нанимать адвокатов, прилюдно рассказывать о своем позоре... Далеко не каждая женщина пойдет на такое. Они предпочитают молчать. Вы все правильно рассчитали!

— Можете мне не верить, — разозлился Рид. — Но я не подозревал, что ее изнасиловали. Узнал об этом от врача. Сама Елена до сих пор не в состоянии вспомнить, что с ней случилось. Прошли месяцы, прежде чем она сумела адаптироваться к окружающей жизни...

— В больнице?

— А куда еще я мог ее поместить? Она не знала, откуда она, есть ли у нее родные. Память возвращалась медленно, а доктора недоумевали — травма головы оказалась не такой серьезной, чтобы повлиять на функции мозга.

— Но тем не менее повлияла...

— Да, — кивнул Юдин. — Медики пришли к выводу, что амнезию спровоцировал сильнейший стресс. Елена подверглась насилию, нападению, но как-то сумела вырваться из рук преступника, убежать. Страшно представить, что она могла пережить.

Я не специалист, но врач подтвердил мои предположения, что множество царапин и ссадин на ее теле образовались не в результате избиения. Убегая, она продиралась сквозь ветки и колючие кусты, падала на камни, поднималась и бежала дальше, пока не выбилась из сил.

— Как вы установили, что Елена из Чернигова?

— Она сама вспомнила. Не сразу — это был мучительный и болезненный процесс. Мы оба боялись, как бы у нее не развилось...

— Безумие?

Рид снова кивнул. У него язык не поворачивался вымолвить это слово. Над его бровями и верхней губой выступили капельки пота. Солнце припекало, но на скамейку, где они сидели, падала тень от дерева, в саду гулял прохладный ветер. Так что «спаситель» молодой женщины взмок не от жары, а от нервного напряжения. Он что-то скрывал, пытаясь в то же время выглядеть искренним.

— Моя жена родилась и выросла в Чернигове, ее воспитала тетка, полуслепая и глухая, которая уже почти выжила из ума. За теткой присматривают соседи. Я сам ездил в Чернигов с Еленой, восстанавливать ее паспорт. Без документов мы не могли расписаться.

— А где ее родители?

— Мать в раннем возрасте оставила Елену тетке, а сама подалась на заработки, сначала на Север, потом за границу, там вышла замуж и забыла о дочери. Она ненавидела отца Елены и перенесла ненависть на ребенка. Вернее, мать регулярно присылала деньги на ее содержание, но ни разу не приезжала и не помышляла забирать дочь к себе, в новую семью. Не хотела ее видеть. Когда Елена выросла, мать стала присылать меньше денег, их едва хватало, чтобы сводить концы с концами. Елена устроилась на работу в архив и заочно училась на факультете истории искусств. Перед самой поездкой в Крым она уволилась.

— Почему?

— Ей пообещали хорошую работу в строительной фирме. Она же настоящая красавица, которую невозможно не заметить. Ее не портила ни дешевая одежда, ни отсутствие лоска, стиля. В ней природой заложено совершенство! Это привлекало к Елене мужчин. Но она не торопилась замуж.

— Откуда вы все это узнали? — недоверчиво прищурилась Астра.

— От соседей в Чернигове. Женщина, которая живет на одной площадке с теткой Елены, охотно побеседовала со мной. Сведения-то не секретные!

— Вы ей заплатили?

— Почему бы нет? Для пенсионерки любые деньги -- подспорье. Она была счастлива оказать мне содействие.

«Интересно, кем он этой пенсионерке представился? — подумал Матвей. — Уж не сотрудником ли конторы?»

— Как девичья фамилия вашей жены?

— Задорожная.

— И что же, ее никто не искал весь этот год?

— Представьте, нет. Когда Елена не вернулась из Крыма, тетка решила, что она вышла замуж, поступила точно так же, как родительница. Больной ум старушки по-своему объяснил отсутствие воспитанницы. Соседям лишняя морока ни к чему, да и повода вроде бы нет. Елена, молодая привлекательная женщина, вполне могла устроить свою судьбу.

— А строительная фирма, куда ее приглашали на работу?

Юдин покачал головой и усмехнулся:

— Допускаю, что они позвонили пару раз и на том успокоились. Нашли кого-то другого. В Чернигове хорошими вакансиями не разбрасываются: на одно место — десятки желающих.

— Значит, Елена вспомнила город, где родилась, адрес, по которому проживала... а что еще? Зачем она приехала в Крым, например?

— Как все, отдыхать.

— Где именно? С кем?

— Эту страницу ее сознание открывать не желает... или не может. Врачи говорят, нужно время. Теперь вы понимаете, почему я не заявил в полицию. Елена ничего не помнит... Как она станет писать заявление, давать показания? Следственные действия только нанесут новый удар по ее слабой нервной системе, по неустойчивой психике. Найдут ли виновных? Неизвестно. А Елене придется снова переживать, страдать... Это скажется на ее состоянии. Она медленно, с трудом возвращается к обычной жизни. Я не позволю ради сомнительного результата опять окунуть ее в тот ужас, из которого она едва вырвалась. Можете думать обо мне, что угодно...

Матвей представил себе, как Юдин привез молодую женщину в клинику, вероятно, нес ее на руках из машины в приемный покой. Как говорил с главврачом, просил позаботиться о пациентке, потом навещал, оплачивал лечение, покупал ей фрукты, цветы и наряды, как незаметно роль спасителя пришлась ему по вкусу. Как он обманывался, убеждая себя в том, что испытывает к пострадавшей всего лишь сочувствие, что просто несет ответственность за ее выздоровление. И как в один прекрасный или роковой миг признал, что полюбил ее — за удивительную красоту, беззащитность, за драматическую историю знакомства, за то, что рядом с ней ощутил себя мужчиной, сильным, щедрым, бескорыстным, способным пренебречь мнением окружающих, в том числе и мнением собственной семьи. Героем. Хозяином положения. Принцем, готовым бросить к ногам бедной и униженной возлюбленной все свое королевство...

Он так много вложил в Елену — внимания, времени и средств, — что полюбил не столько ее, сколько свои вложения. Впрочем, при той внешности, которой ее наделила природа, подобная привязанность не вызывает удивления, напротив, странно было бы, останься он равнодушным. Юдин даже сумел закрыть глаза на изъян Елены, наиболее болезненно переживаемый мужчинами, — то, что ее изнасиловали.

Вероятно, он ощущал себя благородным рыцарем, с христианским смирением принимающим обстоятельство, которое нельзя изменить.

Авторитарный отец сам взрастил в сыне потребность самоутверждения, и вот плоды: пойти наперекор отцовской воле, наперекор навязанным принципам, нарушить запреты и правила, доказать, что он свободен и может принимать смелые решения.

Это в том случае, если Спиридон Юдин не насильник и не маньяк, который сначала надругался над жертвой, а затем принудил ее выйти за него замуж. «Любовь» порой обретает столь извращенные формы, что диву даешься.

— Почему вы скрывали отношения с Еленой от своих родителей? — спросила Астра.

— Вы же знакомы с моим отцом. Он мечтал о другой невестке. Для него вопрос чести, кого я приведу в семью. Если бы он заранее все узнал, то помешал бы мне жениться. Любыми средствами! Я уберег Елену от лишних волнений и неприятностей. Отец ринулся бы докапываться до ее родословной, образа жизни и прочих подробностей, которые ему лучше не знать.

Он умолчал о том самом «изъяне», который лег на Елену позорным клеймом, неизгладимым шрамом, навсегда обезобразившим ее изумительную красоту. Это Аким Иванович вряд ли перенес бы. А после драки кулаками не машут.

— Думаете, зачем он вас сюда прислал? Чтобы вы вывели мою жену на чистую воду! Доказали, что она мошенница или бог знает кто еще. А все эти, с позволения сказать, гости? Что они здесь делают, по-вашему? *Исправляют мою карму и снимают с меня порчу, всеми доступными магическими методами.* До чего дело дошло? Мой рациональный, глубоко презирающий предрассудки отец пустился на подобные ухищрения... Видать, допекло его.

Астра слушала, пытаясь проникнуть за старательно возведенную Спиридоном стену, куда он не желал пускать ее. Она могла бы во всем с ним согласиться, если бы не смерть брата и сестры Ушаковых.

«Хочешь поговорить об отце? — подумала она. — Пожалуйста. Собеседнику надо идти навстречу».

— Скажите, ваш отец не увлекался философией?

Она умела поставить вопросом в тупик. Юдин сдвинул очки на лоб и уставился на нее с непритворной растерянностью.

— Философией... да... в молодости. Он окончил философский факультет...

— Может быть, он читал труды Абеляра?

— Да... наверное. У него в кабинете, в нашей московской квартире, висит портрет Абеляра...

Астра сделала Матвею знак глазами — видишь, наши догадки подтверждаются.

— А как вы относитесь к *схоластической диалектике?* И вообще к богословию?

— Никак... Я далек от подобных вещей. При чем тут философия, Абеляр? — не выдержал Юдин.

— Вы правы, оставим это.

— Завтра отец приезжает на виллу, и вы сможете спросить его обо всем, что вас интересует, — сухо произнес он. — Устроим философский диспут.

— Вам больше не звонила та женщина?

Было заметно, как Юдин напрягся — он отлично понимал, кого Астра имеет в виду.

— Нет!

— А почему ваша жена против установки во дворе видеокамер?

— Вам и это доложили... Елена не выносит фотоаппаратов и камер наблюдения. Я бы сам хотел знать, почему. Ей кажется, что объектив следит за ней, словно враждебный глаз...

* * *

Затишье перед бурей — так можно было охарактеризовать жизнь на вилле. Все как будто шло своим чередом. Утром гости отправились на пляж, потом собрались в столовой — хвалили обед, пили охлажденное сухое вино, болтали.

Елена и Рид обедали отдельно — у себя. После еды она лежала в гамаке под яблонями, а ее супруг играл с Максом в бильярд. Разговор, состоявшийся между ним, Астрой и Матвеем, в котором он был вынужден приоткрыть завесу семейной тайны, тревожил его. Он проигрывал администратору, хотя до этого все выглядело наоборот.

Пахло петуньей и поздней акацией. Небо было чистое, только у горизонта над морем появились маленькие серые тучки. Антон у гаража мыл машины.

Кухарка, волнуясь, составляла меню и список продуктов на завтра: Аким Иванович, разбалованный супругой, большой гурман, ему трудно угодить.

Новая горничная усердно скребла, мыла и терла — завтра приезжает старший хозяин, строгий и требовательный.

— Ударишь лицом в грязь — уволит, — предупредил ее Макс. — У тебя испытательный срок.

Обитатели виллы изнывали от зноя и скуки. Смерть Кати и ее брата, о которой уже всем стало известно, отбила у публики охоту ездить на прогулки, да и следователь просил без нужды надолго не отлучаться.

— Могут понадобиться ваши показания, — предупредил он по телефону.

— Он кого-то подозревает! — со свойственным ей апломбом заявила Ирэн. — Среди нас — убийца, господа!

Она курила, развалившись на скамейке и выпуская дым в неподвижный горячий воздух. Гаранин плавал в бассейне, красуясь перед ней загаром и мускулами. Теплищевы заняли качели под матерчатым тентом — археолог дремал, его жена обмахивалась веером. Лунные камни побрякивали на ее тощих запястьях, на шее и на щиколотках ног.

— Вы шутите? — встрепенулся Теплищев. — Они думают, что кто-то из нас... Абсурд! Интеллигентные люди не убивают...

— Еще как убивают! — шумно подплыв к бортику, осклабился Гаранин. — Умно, аккуратно, не оставляя следов. Вот вы, Анатолий Петрович, водите машину?

— У меня нет машины...

— Я не о том спросил. Водить вы умеете?

— Д-да...

— Вот! Прикидываетесь божьим одуванчиком, а сами взяли да наехали на человека. Может, он нашел Храм Девы и имел неосторожность намекнуть вам на это?

Ирэн ночью не впустила Эльдара в свою комнату, и он срывал злость на ученом. Дразнил беднягу.

— Но ведь... Ушаков случайно попал под колеса... — пролепетал археолог. — Ужасная трагедия...

— Я принципиально не признаю случайностей.

— Прекратите! — взвилась «жрица» Тэфана. — Как вам не стыдно, Гаранин!

«Хам! — добавила она про себя. — Уж если кто и похож на убийцу, так именно ты!»

Мимолетная симпатия, вспыхнувшая было у нее к магу, давно испарилась. Такие грубые, откровенно сексуальные самцы вызывали у нее неприязнь.

Гаранин, нимало не смутившись, лег в воде на спину, наслаждаясь прохладой.

Ирэн одарила Теплищеву уничижительным взглядом и бросила окурок в пепельницу. Ее удручала неподатливость Спиридона Юдина: молодой человек не обращал на нее никакого внимания, несмотря на все ухищрения. Черт! Так бы и убила мерзавца!

Виринея Нагорная сидела по другую сторону бассейна, не принимая участия в перепалке, и украдкой наблюдала за Гараниным. Ирэн проследила ее взгляд.

— Где ваша свирель? — обратилась к ней блондинка. — Я бы не прочь послушать какую-нибудь эротическую мелодию...

— У меня нет настроения! — отрезала та.

— Тогда, быть может, прочтете нам лекцию по Камасутре?

Матвей принес Астре плетеное кресло и поставил у фонтанчика. Его появление спасло Виринею от нападок блондинки.

— Я вижу, у вас оживленная беседа!

Астра улыбнулась присутствующим, размышляя, кто из них звонил Риду. Кто-то видел убийцу и решил на этом заработать? Опасная затея.

— Госпожа Самойленко считает, что горничную убил один из нас, — сварливо произнесла Тэфана. — На воре шапка горит.

— Тома, прошу тебя... — залился краской Анатолий Петрович. — Не говори глупостей!

«Надо спасать положение, — подумал Матвей. — А то они все переругаются».

— Предлагаю не гадать на кофейной гуще, — вмешался он. — Давайте попросим уважаемую Тэфану обратиться к мудрости «Книги лунных пророчеств»...

Гаранин нырнул в бассейн с головой и вынырнул, забрызгав безукоризненные ноги красавицы Ирэн. Та слишком громко расхохоталась.

— Давайте! — неожиданно поддержала предложение Виринея.

По крайней мере, от нее отстанут с Камасутрой.

Теплищева, сердито поджав губы, хотела возразить, но сдалась. Она поднялась с качелей, величественно задрала голову и прошествовала в дом. Ее ждали в полной тишине. Даже Гаранин перестал нырять, фыркать и оперся о бортик у ног блондинки.

В том же безмолвии «жрица» вернулась с книгой и попросила желающего назвать страницу и номер строки.

— Вторая и пятая...

Все повернулись в сторону госпожи Нагорной.

— Вторая и пятая! — с вызовом повторила она.

«Смерть идет по пятам того, кто видел и говорил... — гласило пророчество. — Прозерпина ждет третьего...»

~ ГЛАВА 29 ~

Юдин-старший любил дорогу, ведущую к поселку Береговое, — хороший асфальт, транспорта мало, по бокам тянется степь с одинокими деревьями — пирамидальные тополя, дикие серебристые маслины. Выцветшее небо дышит жаром, земля сухая, в трещинах. По бывшим колхозным угодьям бродят стада овец. Изредка можно увидеть чахлый виноградник — без искусственного полива здесь ничего не вырастишь.

Была у него идея о частном винном заводике, да все руки не доходили. «Сейчас пансионат под Форосом надо до ума довести, а там поглядим... — думал Аким Иванович. — Некстати женился сын, привел в дом порченую бабу. И что сделаешь? Придется терпеть, стиснуть зубы и смириться. Мало того, что Елена не в себе, так Спиридон у нее не первый! Пошутила судьба, посмеялась зло, безжалостно. Подбросила сыну чужой огрызок! А тот подхватил «божий дар» вцепился намертво — не вырвешь. Женская красота ему рассудок затмила. Елена хороша неимоверно, с этим не поспоришь, нежна, тонка в кости, с лица хоть картину пиши. Но не такая должна быть жена у сына!»

Сзади Юдину посигналила белая легковушка: пропусти, мол. Забылся он, едет посередине дороги, не торопится. Куда спешить-то? Не хочется видеть ни Спиридона, ни — особенно — его супругу.

— Глаза бы мои на вас не глядели! — скрипнул зубами Аким Иванович.

Уступив дорогу «мерсу» старой модели, он плюнул вслед. Теперь ему осталось только завидовать другим людям, беззаботным, довольным жизнью, которые едут к морю и не терзаются тем, чего уже не изменишь.

Он и помыслить не мог о такой снохе! В страшном сне не снилось! А вот грянул гром при ясном небе.

Правду люди говорят — беда одна не ходит. Аким Иванович еще от скоропостижной свадьбы не отошел, а на него новые неприятности навалились — смерть Кати Ушаковой и ее брата! С их стороны он меньше всего ожидал подвоха... Угораздило же вляпаться! Найми он другую горничную, не шныряли бы по вилле полицейские ищейки, не докучали бы хозяевам и гостям своими расспросами, не рылись бы в грязном белье семьи Юдиных. Не ославили бы на всю округу...

Больше всего Аким Иванович боялся, что в ходе следствия выплывет наружу подноготная новоиспеченной снохи. Позорище-то какое! Тогда хоть в омут кидайся от стыда. Продавай виллу, уезжай из Берегового — после всех трудов, нервов, вложенных денег. О черт! Дьявол забери эту смазливую бабенку!

— И как ее угораздило подвернуться моему сыну?!

Он сбавил газ. В груди стеснилось, кровь била в висках сильными толчками, вероятно, давление подскочило. Не хватало слечь и глотать порошки, когда нужно срочно уладить ситуацию с уголовным делом. Неужели не понятно, что Юдины не имеют к гибели Ушаковых никакого отношения?

Поздние сожаления грызли его из-за Астры Ельцовой. Наверное, не стоило приглашать на виллу эту дотошную барышню. Она всюду сунет свой нос! Интересно, до чего ей удалось докопаться? Она уже выяснила, что за «нечистая сила» поселилась в хозяйском доме? Ведь именно из-за этого пришлось прибегнуть к ее услугам. Заодно чтобы и к снохе пригляделась — уж не дурачит ли прекрасная Елена окружающих мнимой потерей памяти? Уж не зреет ли в ее отнюдь не помутненном рассудке холодный и жестокий расчет? Чего от нее ожидать? К чему готовиться? Вдруг, ее «заболевание» — просто ловкая и хитрая игра? Рид, конечно, простофиля, раскис, влюбился, потерял голову...

— Ну, меня-то, голубушка, голыми руками не возьмешь! — сам себя убеждал Юдин. — Я стреляный воробей!

Однако, как он ни старался, проникнуть за броню Елениного притворного или настоящего беспамятства не мог. Она от свекра шарахалась — как, впрочем, от любого незнакомого человека — и будто ощущала его неприязнь. Впрочем, испытываемое им чувство к Елене было, скорее, всепожирающей ненавистью. О-о-ооо-ооо! Она посмела влезть в его семью, посягнуть на святая святых, нарушить раз и навсегда заведенный порядок! Хуже всего, что эту ненависть приходилось скрывать.

Иногда он ловил на себе остановившийся безумный взгляд Елены, и нервный озноб пробирал его до костей.

— Ты ее не боишься? — как-то спросил он у сына. — Ты уверен, что она не лжет?

— Зачем ей лгать? — удивился тот.

Ну, разумеется, глупый Ромео и мысли не допускал о подлом коварстве Джульетты.

— Надеюсь, не ты ее... изнасиловал?

Показалось, сейчас Рид набросится на родного отца с кулаками, повалит его на пол, изобьет, но сын сдержался.

— Я ее и пальцем не трогал до первой брачной ночи.

— Первая ночь у нее была с другим! Или с другими... Вряд ли ты удосужился хотя бы выяснить, с кем.

Рид побледнел:

— Ты ездил в «Зеленую дачу»?

— У меня свои источники информации...

— Шпионил, да?

— Я имею право знать, кто будет жить со мной бок о бок!

— Мы с Еленой поселимся отдельно и не собираемся надоедать вам с мамой частыми визитами.

В глазах сына блестела сталь, и Аким Иванович отступил. В лоб укрепленную твердыню брать глупо — потерь будет не счесть, а ожидаемого результата можно не добиться. Нужно искать обходные пути.

Его ум начал работать, анализируя последствия намеченных действий и отбрасывая один вариант за другим. Здесь следовало использовать нестандартные методы.

Этот первый безобразный скандал между отцом и сыном разразился в помещении новоприобретенного пансионата под Форосом, куда Аким Иванович, очнувшись от «свадебного» шока, увез Рида, чтобы поговорить по-мужски. Заодно и нагнать страху на строителей. Они ехали в разных машинах, и, добравшись до места, разговаривали как чужие. Лед в их отношениях, вместо того чтобы таять, становился все тверже.

Елену сын оставил на вилле под присмотром сиделки. Она почти не выходила из комнаты. Память ее мало-помалу прояснялась, и обмороки случались реже. Однако она так и не смогла рассказать, что произошло с ней после приезда в Крым, как она оказалась в придорожной полосе без вещей и документов. Ее мучили ночные кошмары, страхи, приступы головной боли.

Аким Иванович скептически относился к медицине, особенно в области человеческой души. Он сам когда-то пытался избавиться от душевных страданий при помощи таблеток и убедился в их бесполезности. Пока пьешь — все налаживается, только бросил — жизнь опять приобретает черные и серые тона.

— Она никогда не выздоровеет полностью, — говорил он сыну. — Она будет уходить от тебя в свой мир призраков и химер, и ты напрасно станешь звать ее...

При этих словах перед ним невольно возникала жуткая картина: затхлая темнота, полосы света, проникающего через заколоченные окна, вытянутое, невероятно длинное белое тело, висящее в петле... Это Элиза, девушка, которую он любил...

Весь в испарине, Юдин съехал на обочину, распахнул дверцу машины и долго сидел, унимая дурноту. Его взгляд упал на придорожный колодец. Захотелось вылить на себя ведро ледяной воды... Так он и сделал. Мокрый, холодный плюхнулся обратно на сиденье, потянулся за коньяком. За рулем нельзя! А, плевать, сколько тут ехать? Полчаса, и он в Береговом...

Глоток теплой обжигающей жидкости привел его в чувство.

Может быть, на них, Юдиных, лежит родовое проклятие? Сначала он едва не сошел с ума, потеряв Элизу, теперь сын безумствует из-за Елены...

«Зачем было собирать на вилле всю эту оккультную братию? — корил он себя. — Колдунов, сивилл и коварных соблазнительниц? Наверное, мой рассудок помутился от такого развития событий. Черт меня попутал! Хотя обычными мерами с проклятием не справишься».

Он совершил немало ошибок. Не стоило называть виллу именем Элизы. Мертвые тянут за собой живых. Правда, он схитрил и добавил к имени погибшей девушки букву «о». Пусть все думают, что вилла названа в честь Элоизы, ученицы и романтической подруги великого мыслителя Абеляра, монахини, сочинявшей любовные письма.

Юдин помнил, как они с Элизой вместе читали признания Абеляра: *«Под предлогом занятий мы целиком отдавались любви; уроки для нас стали лишь теми минутами, когда нас влекла друг к другу таинственная, непреоборимая сила».*

— Мне кажется, эти строки о нас с тобой, — шептал он.

А она предпочла другого — грубого, невежественного мужлана, который переспал с ней и бросил. Все закончилось ужасно. Старый барак с провалившимся полом, крысы, темнота, петля, привязанная к деревянной балке... Он думал, что вместе с Элизой в нем тоже все умерло. Но иногда наваждения бывают невероятно живучими...

* * *

Астра разговаривала по телефону с Борисовым, когда в дверь тихонько постучали.

— К нам гости, — с недоумением произнес Матвей. — Кто бы это мог быть? Открывать?

— Конечно! Это я не вам... — Она извинилась перед начальником службы безопасности «Юстины». — Я перезвоню...

Каково же было ее удивление, когда на пороге спальни показалась госпожа Нагорная, небрежно причесанная, бледная, под глазами темные круги.

— Вириней? Что-то случилось?

— Пока нет... — Она мяла в руках носовой платочек. — Я всю ночь не спала. После вчерашнего разговора, вернее, после того, как Теплищева...

Гостья смешалась и замолчала.

— Вы присаживайтесь, — радушно предложил Матвей и протянул ей стакан с минералкой. — Выпейте воды.

— Простите, что я ворвалась без приглашения, да еще в спальню. Но я хочу поговорить, а отсюда в коридор не слышно...

Она робко опустилась на краешек стула, держа спину очень прямо. Стакан подрагивал в ее пальцах. Она сделала пару глотков и заставила себя поднять глаза на Астру.

— Я знаю, что вы здесь на особом счету, ведете собственное расследование...

— По поручению господина Юдина, — кивнул Матвей. — Акима Ивановича. Кстати, он сегодня приезжает. Полагаю, к обеду будет.

— Очевидно, вы... — она хотела сказать «заинтересованные лица», но только махнула рукой. — Не важно... Я могу надеяться на вашу порядочность?

— В каком смысле?

— То, что я вам расскажу, должно остаться между нами! — Вириней прижала платочек к груди. — Вы мне обещаете?

— Не сомневайтесь. Мы воспользуемся вашей информацией, только если вы сами дадите добро.

Она немного успокоилась, на ее щеки вернулся легкий румянец.

— Мне приснился жуткий сон... после вчерашней вечерней медитации. Как будто я уснула, и в мою комнату заходит... один человек... и... и душит меня! Я пытаюсь кричать, но он сдавливает мне шею... сильнее и сильнее...

По ее горлу прошла судорога. Она закашлялась.

— Кто этот человек?

— Спиридон Юдин... — хрипло вымолвила Вириней.

— Во сне всякое бывает...

— Нет! Вы не поняли... Это знак! Помните вчерашнее пророчество? Честно говоря, я с предубеждением относилась к гаданиям Тэфаны, хотела посмеяться над ней, отвлечь от себя внимание. Ирэн села на своего конька, пристала ко мне с Камасутрой! Вы же сами видели... Я действительно читаю лекции по... впрочем, не важно...

Она сглотнула и слово в слово повторила фразу из «Книги» Теплищевой: *Смерть идет по пятам того, кто видел и говорил... Прозерпина ждет третьего*.

— Ну и что? — не сообразил Матвей.

— Как — что? Вы знаете, кто такая Прозерпина? Это же владычица Царства мертвых! А третьим... могу быть... я... Он меня убьет, как убил Катю и ее брата!

— Кто?

— Спиридон Юдин! Я уже говорила!

— С чего вы взяли?

— Я его видела... в тот день, в сквере... когда он зарезал горничную...

— Это вы ему звонили, — догадалась Астра.

Госпожа Нагорная была слишком напугана, чтобы отрицать.

— Я совершила непростительную оплошность... Я только хотела...

— Вы решили заработать много денег! — усмехнулся Матвей. — Но смерть не даст вам насладиться ими.

— Да! Сама не знаю, что на меня вдруг нахлынуло... У этого места темная энергетика! — оправдывалась Виринея. — Я сразу же пожалела о том, что сделала, но было уже поздно... Я позвонила ему и... Вдруг, он узнал мой голос?!

Ею овладевала паника.

— *«Смерть идет по пятам того, кто видел и говорил...»* — повторила она.

— Откуда вы ему звонили?

— Из Партенита... Я уединилась и сделала этот идиотский звонок! Мне не нужны его грязные деньги, я хочу уехать отсюда! Немедленно!

— Боюсь, пока это невозможно, — огорчила ее Астра. — Идет следствие. А вы не ошиблись? Катю в самом деле убил Рид?

— Как он убивал, я не видела... слава богу... Он шел по дорожке, которая вела в ту часть сквера, где... потом нашли тело. Зачем он туда шел, если не... По-моему, все ясно! Следователю он сказал, что ездил в Ялту с женой, а сам был в городе! Он нарочно переоделся в темную рубашку и брюки, но я все равно его узнала.

— Он переоделся?

— Да! Когда они с Еленой будто бы вернулись из Ялты, я видела, как он выходил из машины в совершенно другой одежде.

— Почему вы до сих пор молчали? — спросил Матвей.

А сам подумал: «Из-за денег, конечно же...»

— Я уже объяснила... Я испугалась! Когда выяснилось, что брат Кати тоже погиб, меня охватил жуткий страх... Это он, Юдин! С его женой тоже что-то нечисто...

— Что именно?

Виринея допила воду и поставила стакан на тумбочку. Непроизвольным жестом она дотронулась до точки на лбу, где, по ее мнению, располагался «третий глаз».

— Мне кажется, он держит ее на наркотиках. Чтобы она его не выдала! Обратите внимание на ее вид, на все ее поведение. Она сидит взаперти...

— Это не совсем так.

— Выходить замуж за богатого — очень опасно. Люди, которым все позволено, бывают непредсказуемы. Им в голову может взбрести любая гадость.

— Лучше опишите, по каким признакам вы узнали, что мужчина в сквере был Спиридоном Юдиным, — попросила Астра. — Вы видели его лицо?

— Лицо? Нет... Он быстрым шагом прошел мимо кустов, за которыми... — она смущенно порозовела. — Я забралась в дальний уголок сквера, чтобы...

— Сходить в туалет?

Госпожа Нагорная кивнула.

— Угу. Мне не хотелось искать платный, к тому же... я не могла ждать. Я как раз спряталась в зарослях... и тут... мимо прошла Катя, а следом за ней — он. Фигура, походка, поворот головы... то, как он размахивал руками... Нет, я ничего не путаю. Это был Рид! Другая одежда могла ввести в заблуждение кого угодно, только не меня. Он убил Катю, точно.

— Там было светло?

— На дорожку падала тень, но все равно было достаточно светло. Вы мне не верите?

— Зачем Спиридону Юдину убивать горничную?

Виринея нервно повела плечами.

— Понятия не имею. Она могла... узнать что-нибудь о том, как он обращается с женой. Катя везде убирала, и у хозяев тоже... Могла наткнуться на компромат и потом требовать у Юдина деньги.

«Каждый судит по себе», — подумала Астра. Слова гостьи вызвали у нее сомнения. Вдруг та нарочно оговаривает Юдина? Чтобы отвести подозрения от кого-то другого? От себя самой, в конце концов...

— Что вы делали в сквере?

Дама явно приготовилась к такому вопросу, выпалила без запинки:

— Гуляла! Там прохладно, скамейки хоть и запущенные, зато пустые. Людей почти нет. Все толпятся на центральных аллеях и на набережной... Я не люблю толкучку! Не люблю запах потных тел, громкую музыку, крики детей... Это не отдых! — Она нервно вытерла платочком уголки губ. — Теперь вам все известно! Не спускайте с него глаз... Он убил Катиного брата. Что ему стоит и меня убить?

— Разве Андрей Ушаков убит?

— Ах, не считайте меня дурочкой! Катя могла поделиться с братом тем, что узнала... Он не случайно попал под машину. Его сбили! Насмерть... *Прозерпина ждет третьего*... Вы понимаете? Вы должны защитить меня! — Она умоляюще посмотрела на Матвея. — Обещаете?

~ ГЛАВА 30 ~

Как только Виринея ушла, Астра уселась за ноутбук. Интернет отказывался работать, она подключилась только с третьей попытки.

— Что тебе поведал Борисов? — спросил Матвей.

— Он раздобыл фотографию Элизы и переслал мне. Попробую открыть файл.

— Той самой девушки?

— Да. Побывал у ее родственников. Вдруг кто-нибудь из наших дам похож на нее?

— Версия мстительницы все еще в силе? Я думал...

— Я тоже думала! — отрезала она. — Но Алруна показала мне образ Эринии, греческой богини мщения. Пока ты спал, я сидела перед зеркалом и увидела...

— ...свое собственное отражение! — захихикал Матвей.

— Как ты угадал?

— Это легко, дорогая. Ты долго всматривалась в зеркальную поверхность, которая отражала твое лицо, и тебе показалось...

Она подняла голову, оторвавшись от клавиатуры:

— Мне показалось, что в моих волосах шевелятся змеи, а мои глаза метают молнии.

— Ничего удивительного. Когда ты сообщишь Юдину, что его сын — убийца, это будет почище ночных вздохов и странных шагов.

— Хватит язвить, — добродушно улыбнулась она. — Я не склонна слепо верить госпоже Нагорной. Она возомнила себя единственной свидетельницей и решила заработать денег, потом испугалась. Но это не доказывает вину Спиридона.

— Полагаешь, Вириней обозналась? Или сознательно вводит нас в заблуждение?

— Пока не могу сказать… Она твердит о Прозерпине. Приятель Ушакова тоже говорил про дольмен Ларец Прозерпины.

— По-моему, это разные вещи. Пророчество Теплищевой никак не связано с дольменами…

— Зато оно связано с убийством. Вириней не зря испугалась. Страх вынудил ее прийти к нам.

— Или заранее составленный план.

В комнате стояла жара. Астра возилась с компьютером — присланный Борисовым файл упорно не раскрывался.

— Включить кондиционер? — предложил Матвей. Поскольку она не ответила, поглощенная работой, он сделал это сам. В прохладном воздухе и дышится, и думается легче.

— Вириней не лжет, — вдруг произнес он. — У младшего Юдина рыльце в пушку. Говорил нам, что ехал из Фороса в сумерках, торопился… Как же он умудрился заметить лежащую в перелеске у дороги женщину? Я о Елене. Что-то наш уважаемый хозяин от нас скрыл. Может, стоит съездить в ту частную клинику, расспросить врачей?

Астра отнеслась к его словам без энтузиазма.

— Нет времени... Я жду Акима Ивановича, негоже без него устраивать ловушку для убийцы. Вдруг это все-таки окажется Спиридон?

У Матвея пропал дар речи. *Ловушку для убийцы!* Такая самоуверенность чревата позорнейшим провалом.

— Нам не обязательно знать, кто убил Катю и ее брата, — пояснила Астра. — Он сам себя выдаст, когда мы объявим, что Андрей, отправляясь на ту последнюю в жизни встречу, все рассказал своему приятелю Игорю Назарову. И теперь тот обладает не только полной информацией, из-за которой погиб Ушаков, но и может дать следствию мотив для убийства. Заодно мы защитим Виринею. Узнав о Назарове, злоумышленник переключится на него, как на основной источник опасности.

— Рискованно...

— Преступник обязательно клюнет. Вот увидишь!

— Нельзя использовать человека в качестве живца. Тем более без его согласия.

— Так поехали к нему. Думаю, я сумею его убедить.

Она быстро натянула сарафан, взяла шляпу и ноутбук. Матвею оставалось только последовать ее примеру.

— Зачем тебе компьютер?

— Поищем фирму, где нам помогут открыть файл. Наверное, какая-то программа не работает.

Они вышли в коридор. Матвей закрыл номер и прислушался: за двумя соседними дверями было тихо.

— Блондинка и Гаранин давно на пляже, — прошептала Астра.

Ее каблучки гулко стучали по ступенькам лестницы.

— Если Прозерпину упомянули второй раз, это подсказка, — пробормотала она, спускаясь в холл.

Во дворе сияло солнце. Пахло подсыхающей после полива травой и землей. В цветнике под кустами флоксов блаженно развалился рыжий кот. Макс стоял у раскрытых ворот, глядя на блестящий черными боками «Пассат» Матвея.

— Аким Иванович приехал? — спросила Астра.

— Ждем с минуты на минуту...

* * *

В коротких камуфляжных штанах и тенниске, стриженный под ноль, Игорь Назаров выглядел новобранцем: молодой, загорелый, крепкий, с белозубой улыбкой. Он сидел за столиком открытого кафе под навесом из вьющейся розы. Перед ним стояла бутылка пива.

— Ты взял с собой фотографии? — спросила его Астра. — Я хочу их приобрести.

— Сначала взгляните...

— Меня интересует Ларец Прозерпины.

— Дольмен? Андрей говорил, что не смог его заснять. Сделал несколько кадров, но ни один не получился, как следует. Тот смазанный, тот с каким-то пятном... В общем, не дается дольмен для съемки.

— Может, фотоаппарат был негодный?

Парень покачал круглой, как шар, головой.

— Андрюха на туристической амуниции не экономил. С деньгами у него всегда было туго, но фотоаппарат ему подарили на день рождения мать с сестрой, — современный, цифровой. Не из самых крутых, правда, но другие-то кадры хорошие. Вот, пожалуйста...

Он разложил на столе веер цветных снимков — скалы, море с высоты птичьего полета, склоны гор, поросшие лесом, родничок между камней, белый храм с золотыми крестами...

— Да это же Форосская церковь! — узнал Матвей.

— Точно...

— Ты говорил, что Андрей случайно наткнулся на дольмен, когда шел по следам туристической группы. Что это была за группа?

— Без понятия...

Астру мучила жажда. Она подозвала официанта, заказала себе и Назарову белое вино, а Матвею — яблочный сок. Дул теплый южный ветер. Розы, которые вились по навесу, роняли на столик яркие лепестки. Один лепесток упал в стакан с вином.

— А почему Ушаков не присоединился к туристам? — спросила она.

— Он не любил шумных компаний, бродил по горам один или с кем-то вдвоем, максимум — втроем. В той группе находился парень, который кое-что знал о дольмене Прозерпины, вот Андрей и решил сэкономить время и силы. Зачем искать вслепую, если есть возможность идти по чьим-то следам?

— Туристы о нем знали?

— Нет. Он опытный путешественник, умел маскировать свое присутствие. На спор мог идти рядом — на расстоянии десятка метров, — и никто его не замечал. Ас! Я бы тоже так хотел... Кто меня теперь научит?

— А зачем прятаться? — притворно удивился Матвей. — С какой стати? Горы пока что не частные владения. Все имеют право гулять, где им вздумается.

— У каждого свое хобби. Андрей был настоящим бродягой, сливался с природой и жил, как перекати-поле. В поселке он больше месяца не выдерживал, собирался и шел куда-нибудь вдоль моря, разбивал палатку на берегу, сегодня здесь, завтра там. Зима была для него пыткой. Да, вот еще что! Андрей засек в тех горах одного странного мужика, который следил за туристами...

— Что за мужик?

— Подозрительный — без рюкзака, без палатки. Откуда-то приходил, куда-то уходил. Где жил, неизвестно. Иногда попадался на глаза, иногда исчезал. Потом, когда туристы навели Андрюху на дольмен, он отстал от них и того мужика потерял из виду...

После второго бокала вина Астра завела с Назаровым разговор о плане по разоблачению убийцы его товарища.

— Незавидную роль вы мне отвели...

— Наоборот, ключевую! Если боишься, скажи сразу.

Парень мялся, поглаживая стриженый затылок.

— Я подумаю.

— Думать некогда. Соглашайся или отказывайся.

— Ладно, где наша не пропадала! Говорите, что надо делать.

Они около часа обсуждали подробности плана.

— Если у него не выдержат нервы, тебе не придется принимать в этом участия, — сказала она. — Я постараюсь, чтобы так и было.

Потом Астра попросила официантку принести счет.

— Жди нашего звонка, — сказала она Игорю. — Постоянно держи телефон при себе. А это тебе за сотрудничество.

Тот залился краской, смущенно отодвинул купюры.

— Бери, бери, всякая работа должна быть оплачена.

— Да вы что?

— Ты будешь подвергать себя опасности, — вмешался Матвей. — По сути, ради чужих людей. Нам тоже неловко просить тебя об этом, пойми. Деньги — ничто по сравнению с человеческой жизнью.

После разговора с Назаровым они поехали на набережную, поговорили с оперативником и заручились его поддержкой «в случае чего». Это был тот самый лейтенант, с которым они познакомились в доме Ушаковых.

— Так мы можем на вас рассчитывать?

— Не знаю, что вы затеяли... — вздохнул он.

— Да или нет?

— Можете, можете рассчитывать! Только не перегните палку...

По результатам экспертизы, на лицо погибшего в результате ДТП гражданина Ушакова уже после смерти были нанесены повреждения твердым острым предметом — камнем. Следовательно, никакое это не ДТП...

«Ниточка тянется к вилле «Элоиза», как ни крути...» — эта мысль прочно засела в уме оперативника. Следователя, заваленного кучей других дел, раздражало его рвение.

— Не усложняй нам жизнь, Витя, — злился он. — Лучше маньяка лови! Меня уже на ковер вызвали, поторапливали. Пригрозили санкциями.

— А если это не маньяк?

— Предлагаешь подождать, пока он еще пару девчонок зарежет, как в прошлом году? Тогда всем станет ясно, что имеет место серия. Помнишь, сколько грязи на нас вылили журналисты? Тебе как с гуся вода, а старшего следственной группы в звании понизили.

От Виктора отмахивались, на него начали коситься.

— Самый умный, да? — роптали товарищи. — Эркюль Пуаро!

Он сам виноват: целая полка над его рабочим столом была уставлена книгами Агаты Кристи. Ни для кого не секрет, что Пуаро — его любимый герой.

Астра своим вопросом отвлекла его от мрачных раздумий:

— Автомобиль, который сбил Ушакова, нашли?

— Пока нет...

Он хотел сказать, что вряд ли найдут в ближайшее время, но прикусил язык. Не стоит сеять неприязнь к полиции, которая и так переживает трудные времена.

— Где тут у вас надежная компьютерная фирма? У нас ноутбук барахлит, — улыбнулся Матвей.

Лейтенант подумал и назвал адрес.

В городе было полно отдыхающих, они слонялись по улицам, ели черешни, дорогой привозной виноград, грызли семечки.

— Поедем за фруктами, — ныла Астра. — Арбуз хочу, дыню хочу...

— Ранние бахчевые напичканы нитратами...

Она таки потащила его на рынок, где, не торгуясь, набрала целую корзину черешен, зеленых яблок и восточных сладостей.

— Ну, все, теперь можно и на фирму.

В светлом просторном офисе под потолком крутился вентилятор. Молодой парень в очках за четверть часа справился с непослушным файлом.

— Готово! Вот ваша фотография... Качество так себе. Старый снимок! Лет тридцать назад такие делали...

~ ГЛАВА 31 ~

Аким Иванович закрылся с сыном в бильярдной, где они вели серьезную беседу. Елена заперлась в спальне.

— Видеть его не могу! — перед этим призналась она мужу. — Дай ему волю, он бы меня в порошок стер.

— Вы привыкнете друг к другу. Он — мой отец.

— Я не умею притворяться...

— И не надо. Просто не общайся с ним. Не волнуйся, отца я возьму на себя. Ляг, поспи. В самую жару лучше не выходить из дома.

— У меня начинает болеть голова...

В ее голосе появились истерические нотки, и Рид поспешил зажечь ароматическую лампу с лавандовым маслом — Елену успокаивал этот запах.

Отец ходил по бильярдной, как разъяренный лев.

— Что тут у вас стряслось? Почему менты ходят на виллу, допрашивают наш персонал, наших гостей?

— Таков порядок. Тебе отлично известно...

— Кто Катю убил? — не дослушал Аким Иванович. — Каким образом ее брат под машину попал? Оба в один день! Кошмар... И все это имеет отношение к нашей фамилии и к нашему дому! — прорычал он. — Твоя жена... приносит несчастье!

— Елена ни при чем...

Неужели, она сумела внушить ему ненависть к отцу? Рид сжал челюсти, чтобы не сказать какую-нибудь резкость. Папа бросил дела, приехал помочь, а он...

Аким Иванович «выпустил пар», остыл и присел на кожаный диван, тяжело дыша, взялся за сердце. Как он постарел за этот год — под глазами мешки, по углам губ залегли складки, в волосах засеребрилась седина. Но держится молодцом — прямой, подвижный, энергичный.

— Во всем она виновата... — выдохнул отец. — Ты должен был сразу мне признаться во всем! Ты чуть не убил ее...

— К счастью, этого не случилось.

— Нельзя строить семью на искуплении грехов!

— Я люблю ее...

Чтобы не сорваться, Аким Иванович потянулся за коньяком — на журнальном столике стояла початая бутылка, лед и бокалы.

— Любовь... Это проклятие! Мое и твое...

Поскольку сын хранил молчание, старший Юдин выпил, налил себе еще. Горлышко бутылки постукивало о край бокала...

— Где Астра Ельцова?

— Они с Матвеем отправились в город.

— Зачем? Мне нужно срочно с ними поговорить.

— Сказали: за покупками...

— К черту покупки!

— Позвони ей... или ему...

Аким Иванович глотнул коньяку, полез в карман за телефоном, но звонить не стал.

— Ладно, потом. Успею... Давай введи меня в курс дела.

Они обсудили ход следствия — все подробности, все скользкие моменты, которые могли нанести вред репутации Юдиных.

Отец украдкой наблюдал за сыном, ловил каждое слово, жест, выражение лица.

— Ты кого-нибудь подозреваешь?

— Нет...

В глазах Рида, хотя он дал отрицательный ответ, затаилась тревога.

— Это все она... твоя...

— Хватит, папа! Я говорил с адвокатом. У них ничего нет... вообще ничего. Ищут маньяка, и правильно делают. Есть нюансы, о которых я говорил. Но в целом...

— В целом или по частям у нас неприятности! Мы вынуждены оправдываться, давать показания...

— Нас никто ни в чем не обвиняет. Катя работала у нас горничной, поэтому...

— Тебе не надо было приводить эту женщину в наш дом!

— Елена — моя жена...

«Выходит, никакое колдовство не смогло разрушить ее злые чары! И красавица Ирэн тоже оказалась бессильной...» — с горьким сожалением подумал Аким Иванович и потянулся за коньяком.

— Папа! У тебя же давление!

* * *

Гаранин всю первую половину дня провел в медитации. Почти как Виринея. Блондинка дважды звонила ему, но он отключил сотовый. Неслыханно!

В третий раз она просто постучала в дверь его номера.

— Эл! — крикнула она. — Открой, Эл! Я знаю, что ты там!

Гаранин совершал *астральное путешествие*. Его тонкое тело отделилось от физического и отправилось в свободный полет, подпитываться космической энергией. По крайней мере, он так думал. Ему хотелось блеснуть на сегодняшнем совместном сеансе магии, предложенном Астрой — она решила устроить нечто наподобие популярного телевизионного шоу «Битва экстрасенсов», только в домашней обстановке.

— Мы все должны отработать полученные гонорары, — заявила она.

Гаранин не спрашивал, чья это инициатива, ее или приехавшего Юдина-старшего. Вечером они с хозяином до полуночи сидели в барбекю, угощались вином и о чем-то шептались. А наутро госпожа Ельцова объявила за завтраком, что сегодня она приглашает всех, кто уверен в своих паранормальных способностях, принять участие в публичном сеансе ясновидения.

После таких слов отказаться значило потерять лицо, признать себя шарлатаном, обирающим доверчивых клиентов. Ни «восточный маг» Гаранин, ни «лунная жрица» Тэфана, ни Вириней с ее «третьим глазом» не могли себе этого позволить. Репутация играла решающую роль в размере оплаты оккультных услуг.

— Мы сможем прийти и насладиться этим зрелищем? — оживилась блондинка.

— Конечно. Сполна!

— Надо ведь как-то развлекаться, — поддержал Астру ее жених. — А то здесь все погрузились в печаль. Отдых, проведенный в унынии, — потерянное время.

— Вы абсолютно правы, — промямлил Теплищев. — Господь считает уныние тяжким грехом...

Вириней сидела как будто в трансе, медленно поглощая овощной салат. Она казалась напуганной. Еще бы! Куда ей тягаться с Эльдаром и Тэфаной?

— Правильно ли я понял? Вы тоже будете участвовать? — обратился Гаранин к Астре.

— Если позволите... Я начинающий парапсихолог и надеюсь превратить это увлечение в профессию.

— Актриса, парапсихолог, а вопросы задаете, как следователь. Не многовато ли для одной женщины?

— В самый раз.

Он не сдержал снисходительного смешка. Тэфана молча сверкала глазами, которые углями горели на ее пергаментном лице.

— Грандиозно! — с пафосом воскликнула блондинка. — Неужели Юдины тоже придут? Все трое?

Макс заверил присутствующих, что такого шоу хозяева точно не пропустят. Мужчины непременно явятся, а вот насчет Елены Захаровны есть сомнения.

Археолог забыл о телячьем филе под грибным соусом и слушал, раскрыв рот. Жена наступила ему на ногу под столом.

Астра и Матвей закончили трапезу и удалились, пожелав всем приятного аппетита...

Гаранин вздрогнул от громкого звука и сообразил, что стучат в дверь.

— Это я, Эл! Открой! — раздался голос Ирэн. — Ты в порядке?

Он вскочил и, все еще находясь под впечатлением мысленных картин, впустил ее в номер. Оказывается, вместо *астрала* он вернулся на несколько часов назад и витал в столовой, заново прокручивая состоявшийся за завтраком разговор. Черт знает что!

— О-о! Как я испугалась! Я уж подумала, не позвать ли Макса, чтобы он открыл.

Гаранин обнажил в хищной улыбке ряд ровных белых зубов.

— Ты обо мне печешься, словно мы любовники.

— Так и есть.

— Не смеши меня. Ни одной женщине не удавалось водить меня за нос и при этом разжигать все сильнее! Я становлюсь опасным. Не приближайся...

— Тебе не по вкусу наш секс?

Маг опустился в позу, которую он принимал для погружения в трансцендентальный[1] уровень сознания и воззрился на нее в немом ожидании.

Блондинка была одета в прозрачную тунику до середины бедра и короткие брючки в обтяжку. На ее груди поблескивал золотой кулон в виде античной женской головки. Гостья не реагировала на его проникающий взгляд, оставаясь спокойной. Гипноз на нее не действовал. Зато у Эльдара отяжелели веки, от блеска золотой головы клонило в сон...

Он усилием воли встряхнулся и спросил, показывая на кулон:

— Что это?

— Артемида, покровительница амазонок...

Нельзя было понять, шутит Ирэн или нет. Она и раньше надевала это украшение, но оно не влияло на мага.

— Богиня помогает мне, когда я прошу ее...

— Читаешь мысли?

— Они написаны у тебя на лбу!

Гаранин чувствовал себя обезоруженным и слабым, как воин, проигравший битву.

---

[1] Трансцендентальный — независимые от опыта формы познания.

— Решила, что я покойник?

— Типун тебе на язык...

— Зачем Ельцова затеяла этот вечер мистики и магических фокусов?

— Я всего лишь женщина, которая любит море, вкусную еду, драгоценности и мужские ласки.

— Лукавишь...

— А я благодарна Астре! — улыбнулась блондинка. — Она хочет предоставить каждому возможность показать себя... Смотри не оплошай.

«У нее наверняка есть сообщник, которого она покрывает, — думал Матвей, вспоминая Виринею Нагорную. — Какую игру они ведут?»

Борисов навел в Москве справки и сообщил, что у Нагорной есть малолитражка и, естественно, водительские права. Как, впрочем, и у Гаранина, и у Ирэн. Любой из присутствующих мог убить горничную и ее брата.

Черно-белая фотография Элизы лежала на комоде рядом с зеркалом. В тонком миловидном лице девушки угадывались черты... Елены.

— Нас дразнит наше воображение, — твердил Матвей. — Мы подгоняем факты под версию. Элиза жила и умерла в Москве, а Елена родом из Чернигова. Готов поспорить, что ее мать не имеет никакого отношения к погибшей много лет назад девушке.

Астра качала головой. Ее не убеждали приведенные аргументы.

— Юдин пошел по стопам отца, им нравится один и тот же тип женщин. Елена использовала это.

— Зачем? Откуда она могла знать про личную драму Акима Юдина?

— Это у нее надо спрашивать.

— Кто ее изнасиловал и избил? За что поплатились Ушаковы?

Этого Астра не знала. Впервые расследование подходило к концу без сложившейся в ее уме четко определенной последовательности событий, которые привели к роковому исходу. Она надеялась, что «битва экстрасенсов» подстегнет убийцу к отчаянным действиям. Кем бы тот ни был, он уверен, что оборвал все ниточки. Надо расшатать его уверенность, лишить точки опоры, и тогда он сам себя выдаст.

Матвей был против откровенного разговора с Еленой. Она ничего не помнит, ее болезнь подтверждена врачебным диагнозом.

— Пусть будет по-твоему, — согласилась Астра. — Прибегнем к магии. Не зря же все эти люди собрались здесь! Юдины не верят в мой эксперимент, но не возражают. И обещали присутствовать. Рид приведет Елену — все без исключения обитатели виллы должны прийти на сеанс «ясновидения».

Он скептически поджимал губы:

— Ты сама веришь в способности Тэфаны, Виринеи и Гаранина предсказывать будущее?

— Им понадобится увидеть прошлое.

— Какая разница? Если бы они это умели, то уже давно разоблачили бы убийцу!

— Ясновидение — специфический процесс. То, что не подвластно одному, может получиться у всех вместе.

— А если убийца — кто-то из них?

— Нечего гадать. Там видно будет... На крайний случай пустим в ход Назарова. Это запасной вариант.

Астра бережно завернула корешок в алый лоскут и положила в карман. Ради кармана она вместо броского темно-фиолетового платья надела хлопковую рубашку и юбку.

Матвей раскритиковал ее наряд:

— Как-то обыденно! Не похожа ты на вещунью.

— Ну и хорошо. Зато Альраун со мной. Он поведет меня туда, куда не ступала нога человека. Я тоже рискну заглянуть в прошлое. Авось, получится...

— Смело! Я бы сказал, нагло!

— На том стоим...

* * *

В каминном зале хозяйского дома по углам таился мрак. Ярко освещена была только середина, где стоял стол.

Ирэн царственной походкой прошествовала к дивану. На ней было длинное красное платье из натурального шелка, словно она явилась на какой-то торжественный прием. Гаранин облачился в черное кимоно и шаровары, расшитые понизу китайскими иероглифами. В руках он нес прозрачный хрустальный шар.

— Я всюду беру его с собой, — объяснил он. Хотя никто не задавал ему вопроса.

Теплищева уже сидела в кресле, закрыв глаза и сложив руки на груди крест-накрест, так, что ее пальцы, унизанные перстнями, лежали на плечах. Она надела синюю хламиду; бесчисленное количество лунных камней в виде бус, браслетов и прикрепленных к поясу подвесок, переливались огнями множества свеч. «Жрица» выглядела весьма эффектно на фоне своего скромного невзрачного мужа.

Даже Виринея вместо футболки и шорт завернулась в оранжевое сари. На ее лбу, чуть выше переносицы красовалась нарисованная точка.

— Должно быть, «третий глаз», — съязвил Матвей.

Сам он оделся, как обычно, и занял место, отведенное для зрителей, на длинном диване рядом с блондинкой, археологом и старшим Юдиным. Елена с Ридом уселись в углу, куда не падал свет, и о чем-то перешептывались. Кухарка, охранник, администратор и новая горничная чувствовали себя не в своей тарелке. Они не понимали, зачем их пригласили сюда, и нервничали. Особенно Антон.

Астра настояла, чтобы вместо ламп зал освещало живое пламя, и Макс специально ездил в магазин за свечами. Через темные окна за происходящим наблюдала летняя ночь.

— Задание у нас всех будет одно, — торжественно произнесла Астра, выйдя к столу, накрытому бархатной скатертью. — Мысленно вернуться в прошлое и попытаться определить, что же на самом деле произошло с Катей и Андреем Ушаковыми. Может быть, кому-то удастся войти с ними в контакт, и они сами приоткроют завесу над тайной своей смерти...

— Я уже пробовала, — проскрипела Тэфана. — Девушка отказывается...

Гаранин скептически кашлянул. Вириней дрожала. То ли от волнения, то ли от страха, избегая смотреть в сторону Юдиных.

— Никогда не верил в подобные штуки! — отозвался с дивана Аким Иванович. — И сейчас не верю.

— Зачем же вы нас пригласили сюда? — оскорбился за жену археолог.

Старший Юдин был консервативен и невозмутим.

— На всякий случай, — спокойно объяснил он. — Бизнес приучил меня использовать все возможные методы для достижения результата.

— Так вы что, предвидели убийство? — подала голос Ирэн.

— Разумеется, нет. Я, в отличие от вас, господа, не обладаю сверхспособностями. На вилле сложилась гнетущая обстановка. Мне хотелось развеять ее, избавить себя и семью от *негативной энергии,* как вы изволите выражаться. А также определить ее источник. У вас есть что сообщить по сему поводу?

Тэфана поднялась, выпрямилась и указала в сторону, где находился дом Храпова:

— Вредное воздействие исходит оттуда...

Все повернулись, глядя в угол, где сидели Рид и Елена. Только трое из присутствующих здесь — Астра, Матвей и Антон — сообразили, о чем идет речь. Тэфана не ошиблась, но ее высказывание прозвучало неубедительно. Ей нечем было подкрепить свои слова, и она, постояв еще минуту с вытянутой рукой, села.

На лице хозяина виллы отразилось мимолетное удовлетворение. Так или иначе, Тэфана подтвердила его собственное мнение — что все беды принесла в семью невестка.

— Не могли бы вы... э-э... объяснить некоторые подробности...

— Папа! — вспылил Рид. — Мы же договаривались!

Перед тем, как идти сюда, они заключили соглашение, что разговор ни в коей мере не коснется Елены.

— Я хочу уйти! — прошептала она на ухо мужу. — Уведи меня отсюда!

Старший Юдин смирился. С Тэфаной он сможет побеседовать позже, без посторонних.

— Хорошо. Я снимаю свой вопрос, — сказал он, как на заседании. — И к вам, уважаемая, и к остальным. Завтра, с вашего позволения, я поговорю с каждым в отдельности.

Весь этот «конкурс экстрасенсов» напоминал дешевый балаган, цирковое представление, где мнимые пророки и целители предсказывали судьбу, угадывали мысли, раздавали «любовные напитки» и «эликсиры долголетия». Сама обстановка — свечи, хрустальный шар, бархатная скатерть на столе, нелепые наряды собравшихся — вызывала если не улыбку, то недоумение.

Матвею было неловко перед Юдиными, зато Астра, ничуть не смущаясь, продолжала вести представление.

Участники сели вокруг стола, взялись за руки, закрыли глаза и погрузились в мистический транс. Хрустальный шар водрузили посередине. По правую сторону от Астры находился Гаранин, по левую — Тэфана. Так получилось, что напротив оказалась Вириней в своем оранжевом сари, которая излучала страх и неуверенность.

Почти физически ощущалось, как та напряглась в попытке остановить поток мыслей. Ведь именно мысли обычно уводят в сторону, подбрасывая ложные идеи.

— Входим в информационное поле! — провозгласил маг.

Астра, уповая на помощь Альрауна, отдалась на волю интуиции. Для нее «информационным полем» служило зеркало. Едва она отключилась от внешних раздражителей, как перед ее внутренним взором возникла привычная золотистая поверхность, обрамленная старинным багетом. *Зеркало отражается во мне так же, как я в нем...*» — подумала она и произнесла:

— Вижу Эринию, богиню мщения...

— Один глаз Луны видит больше, чем сотни глаз... — взвыла Тэфана.

Это была часть пророчества из ее книги. Но ничего другого «жрице» в голову не пришло.

— Вижу сквер... — робко вымолвила госпожа Нагорная, следуя логике собственных признаний. — Вижу Катю... она кого-то ждет... стоит... оглядывается по сторонам... Вижу фигуру мужчины...

— Вижу машину... — громко отчеканил Эльдар. — Она едет по дороге... Что это за местность? Минуточку... вокруг горные склоны... Сумрачно... солнце садится... или уже село... Машина кого-то сбивает!

— Мужчину? — крикнул с дивана Матвей.

— Да... то есть, нет... женщину...

— Вы нарушаете чистоту эксперимента! — возмутилась Ирэн. — Разве зрители имеют право задавать вопросы?

— Нас же не предупредили, что нельзя, — выкрутился он.

— Это женщина, — уже увереннее повторил Гаранин. — Она попадает под колеса...

— Ничего не понимаю! — не унималась блондинка. — Сбили ведь парня... брата горничной...

— Машина, которую я вижу, сбивает женщину...

Зрители глухо зароптали. Астра открыла глаза и взяла инициативу в свои руки — похлопала в ладоши и объявила перерыв на одну минуту.

— Господа! Вы мешаете нам сосредоточиться! Прошу всех хранить молчание до окончания сеанса. Все вопросы потом!

Участники шоу, сидящие за столом, снова замкнули круг — взялись за руки и погрузились в «информационное поле». Было слышно, как потрескивают свечи и шумит за окнами сад. Шар посреди стола разгорался все ярче, словно впитывая силу огня.

— Вижу молодого человека... — начала Астра. — Это брат Кати! Вот он стоит у дороги... с рюкзаком за плечами... навстречу несется автомобиль...

— Вижу каменный домик... и черный глаз... — нараспев затянула Тэфана.

Они передавали друг другу слово, как бегуны — эстафетную палочку.

— Вижу пещеру... — вдруг выпалила Виринея. — Там прячется зверь...

— Вижу, как женщина бежит по склону... ее кто-то преследует... — сказал Гаранин.

— Так ее же машина сбила! — не выдержал археолог.

— Не путайте меня...

— Вы опять?! — рассердилась Ирэн, с упреком глядя на Теплищева. — Дайте им закончить.

Эстафетная палочка вернулась к Астре.

— Вижу Андрея Ушакова! — воскликнула она. — Он говорит, что его друг все знает...

— Что, позвольте? — вскочил Теплищев. — Я не расслышал...

— Андрей говорит, что его друг все знает... он ему все рассказал... и что его смерть ничего не изменит...

— Какой друг? Вы о чем?

— Сядь, Толик! — взорвалась его жена. — И замолчи!

— У погибшего был только один друг... даже, скорее, приятель... Игорь Назаров! — заявил Антон. — Они живут по соседству. Но что он мог ему рассказать, ума не приложу!

— Прозерпина ждет третьего... — прокаркала Тэфана.

— Катю и ее брата погубила тайна... — прошептала Виринея. — Случайная встреча... случайный свидетель...

Она не хотела говорить, но слова вылетали из ее губ сами собой, против воли.

— Убийцу не страшит возмездие... он боится разоблачения, — подвел итог Гаранин. — У него есть второе лицо... которое он прячет... всегда прятал...

Ветер раскрыл створку окна и затушил половину свечей. Шар сразу померк, превратился в обыкновенный кусок хрусталя, прозрачный и тщательно отшлифованный.

— Это знак, господа! «Информационное поле» на сегодня для нас исчерпано.

~ ГЛАВА 32 ~

— Богини мщения, беспощадные Эринии, против! — заявила Астра. — Они требуют, чтобы сюда доставили друга погибшего, который готов при всех рассказать, из-за чего лишились жизни молодая девушка и ее брат...

Все непосредственные участники сеанса уже расцепили руки и расслабились. Новая вводная повергла их в легкий шок.

Тэфана и Виринея Нагорная как будто воды в рот набрали, зато зрители оживились.

— Это уж вы через край хватили... — устало пробормотал Гаранин.

— Увидим!

«Что она делает? — растерялся Матвей. — Ни сам Назаров, ни она понятия не имеют, *о чем таком знал Ушаков* и чем собирался шантажировать убийцу. Сейчас все выяснится, и позора не избежать!»

Как бы на его месте поступил Брюс, храбрец и авантюрист, который умел рисковать и добиваться своего? Уж точно не молчал бы.

Он поднялся с места и принял непринужденную позу великосветского вельможи.

— Зачем же утруждаться, господа? Не далее, как пару часов назад я побеседовал с Игорем Назаровым и убедил его во имя собственной же безопасности поделиться со мной фактами, которые унесли в могилу Катю и Андрея Ушаковых...

С той стороны, где сидели Спиридон Юдин и его жена, раздался приглушенный женский стон. Елена порывалась вскочить и убежать, муж ее удерживал.

— К чему этот спектакль?! — взорвался он. — Что за фокусы вы тут устраиваете?

— Не покидайте зрительный зал раньше времени! — дурашливо выкрикнул Теплищев. — Имейте терпение!

Матвей вышел к столу, так, чтобы всем было его видно и слышно, и заговорил:

— Смерть Ушакова под колесами автомобиля не была случайной. Парень пришел на встречу с человеком, который обещал заплатить ему большую сумму денег. Тот понимал, что молчание Андрея того стоит, и убил его, — наехал на всей скорости, а потом, убедившись, что молодой человек мертв, разбил ему острым камнем лицо, чтобы труп не сразу был опознан. Когда все выяснится, убийство Кати уже никто с этим не свяжет. Да-да! У девушки не было ни одного шанса остаться в живых. С того момента, как убийца увидел и узнал Ушакова — а перед этим они общались по телефону, — Кате оставалось жить считаные часы. Преступник не собирался подвергать себя опасности. Ведь кому, как не Кате, мог проговориться брат? Они вдвоем высосали бы из преступника все деньги, но даже не это его пугало. Он не мог позволить, чтобы с него сорвали маску...

Астра не ожидала от Матвея такого красноречия. Перед ней был незнакомый мужчина с холодным взором и странной усмешкой.

Людмила ойкнула. Макс и Антон молча переглядывались. В углу, где сидели Юдины, стояла гробовая тишина. Блондинка приподнялась, скользнула по залу шальными глазами и произнесла:

— Но тогда... Катя должна была знать маньяка...

— Совершенно верно! — подтвердил Матвей. — Думаю, покончив с Андреем, убийца позвонил ей по сотовому и назначил встречу. Ему повезло: Катя вместе с гостями находилась в городе. Не ручаюсь за подробности, однако предположу — девушка сама выбрала сквер, потому что находилась поблизости. Остальное вам известно...

— Он расправился с горничной и забрал ее телефон, — добавила Астра. — Чтобы не проследили звонок. Телефон ее брата исчез по той же причине. Береженого бог бережет.

Вириней Нагорная вся сжалась — если бы это было возможно, она бы провалилась сквозь землю. Теплищевы, напротив, выражали живейший интерес. Гаранин напустил на себя безучастность и хладнокровие, приличествующие, по его мнению, образу мага.

— Убийца не учел одного: что Ушаков подстрахуется и расскажет все близкому приятелю Игорю Назарову! — эффектно объявил Матвей.

Дымки от погасших свечей тянулись к полуоткрытым окнам. В сумраке хрустальный шар поблек, а яркий бархат скатерти потемнел. Как будто в зал вползло зловещее черное облако и тенью легло на лица присутствующих.

— Что же... — Голос археолога охрип от волнения. — Что же погибший рассказал этому Назарову?

— Не томите! — взмолилась Тэфана.

Астра, которая знала так же мало, как приятель Ушакова и все остальные, кроме убийцы, разумеется, призвала на подмогу Альрауна.

— *Прозерпина!* — пискнул мандрагоровый человечек.

Вряд ли кто-то еще услышал его тоненький и глухой голосок, но Астра уловила подсказку. У нее открылось второе дыхание. Прозерпина! Ну, конечно. *Прозерпина ждет третьего...* и этот третий...

— Мы привезли Игоря Назарова с собой на виллу. Он готов подтвердить каждое мое слово, — твердо произнесла она. — Год назад Андрей Ушаков решил отыскать затерянный в горах под Форосом дольмен с романтическим именем Ларец Прозерпины. Он шел по следам туристической группы и стал свидетелем...

Астра запнулась, не имея понятия, что дальше. Ее выручила Елена: госпожа Юдина со стоном схватилась за голову, вскочила и банально упала в обморок. Отец и сын склонились над ней.

— Дайте воды! — приказал Рид новой горничной и принялся брызгать минералкой в побелевшее лицо жены.

Аким Иванович убедился, что невестка дышит, выпрямился и положил конец этому театру для одного зрителя.

— Довольно, — угрюмо заявил он. — Вы устроили славное представление! Благодарю всех за участие, господа!

Никто не двинулся с места. Все словно оцепенели.

Приблизившись к Астре, он крепко, до боли сжал ее локоть.

— Спиридон виноват, но его вина не так ужасна, чтобы из-за нее убивать... Пройдемте в бильярдную, побеседуем без свидетелей.

— Матвей! — оглянулась она.

— Он пойдет с нами...

* * *

Зеленое сукно бильярдного стола составляло резкий контраст со светлыми стенами и красной обивкой мебели. Над столом висели матовые лампы. Пахло мелом и гортензиями, которые цвели на окнах.

— Итак, где вы прячете этого своего свидетеля? — спросил Юдин. — Как вам удалось провезти его на виллу мимо Макса? Ах да, на заднем сиденье «Пассата». Затемненные стекла и все такое... Он, конечно, закрыт у вас в номере... Ловко! Только ради чего старались?

Астра не стала оправдываться. Теперь это потеряло смысл.

Матвей тоже молча сидел на диване из красной кожи. События развивались стремительно, как всегда в конце расследования, и на них почти невозможно было повлиять.

Юдин сделал паузу и, не дождавшись ответа, продолжил:

— Ну да, мой сын сбил эту женщину... Елену. Темнело. Он ехал на скорости по горной дороге, а она выскочила прямо ему под колеса... После такого не выживают. Но дама не только уцелела, она отделалась всего лишь переломом ноги, ключицы, шишкой на голове и сотрясением мозга. Я разговаривал с хирургом и ее лечащим врачом, они в один голос твердят, что такие травмы не могли привести к потере памяти.

— Вы думаете, Елена притворяется?

— А что бы вы думали на моем месте?

Все это никак не объясняло причины убийства двух человек.

— Рид взял на себя вину — он женился на этой женщине не по любви, а из чувства долга. Я воспитал в нем гипертрофированную порядочность! — Юдин сжал кулаки и ходил взад и вперед по бильярдной, как разъяренный лев. — По сути, я обрек его на жизнь с испорченной, меркантильной бабенкой! Пусть бы заявляла в полицию, мои адвокаты умеют улаживать такие дела. Риду незачем было жениться!

— А изнасилование? Побои?

— Какие побои? Пара синяков и царапин? Не смешите меня... Эта смазливая потаскушка сама была рада до смерти отдаться такому красавцу, как мой сын.

Он остановился напротив Астры, буравя ее тяжелым, пристальным взглядом. Она пустила в ход последний аргумент:

— Среди гостей, которых вы пригласили на виллу, есть женщина, которая видела убийцу Кати. Она случайно оказалась в сквере, как раз тогда...

— Бросьте! — резко оборвал ее Юдин. — Я заплачу ей, и она будет молчать. Она ведь уже звонила Риду? Он мне признался... Зачем ей было звонить? А затем, чтобы содрать с него кругленькую сумму! Передайте ей, что она получит деньги. Ха-ха-ха! Ха...

Его ноздри раздулись, дыхание с шумом вырывалось из легких. Кожа покраснела, и жилы под ней набухли кровью. Это была коррида, где Астра выступала тореадором, а Юдин — быком. Она махала у него перед носом красным плащом и наносила болезненные, но покуда не смертельные удары.

— Вам не стоило приглашать нас сюда... — понизив голос, вымолвила она. — Вы совершили ошибку. Вы хотели выловить «злого духа», который поселился на вилле... Так вот! Он обнаружен.

Юдин пошатнулся и отступил назад, наткнувшись на стол для бильярда:

— Значит, «шепота» и пауков больше не будет?

— Их уже нет.

— Хотите сказать, что это делал мой сын?

— Я, с вашего позволения, промолчу, — прищурившись, заявила Астра. — Задача выполнена, а остальное мы не оговаривали. Условия контракта соблюдены?

Он открыл рот, чтобы возразить, но только издал нечленораздельное мычание.

У него еще теплилась надежда — призрачная, как химера, — что все обойдется, как-нибудь образуется и встанет на свои места. Что эти трое: Астра, Матвей и возникший вдруг из ниоткуда Игорь Назаров исчезнут, испарятся, растворятся в воздухе, подобно дыму от погасших свечей...

Он вел себя, как человек, балансирующий над бездной. Его спасение или гибель зависели сейчас от малейшего колебания воздуха. И если его тело жаждало жить, то душа уже устремилась к смерти. В глазах Астры он читал приговор...

— Вы блефуете, — вымученно улыбнулся Юдин, вмиг постаревший лет на десять. — Ушаков ничего никому не говорил. Катя была очень замкнутой, как и ее брат, я узнавал. Зовите этого вашего Назарова!

Она не была готова вмешивать сюда Игоря. Он служил жупелом[1], который уже сыграл свою роль.

— Хорошо. Парень будет говорить при всех. Матвей, пригласи сюда Спиридона, Елену и гостей...

— Нет! — вырвалось у Юдина. — Погодите, черт с вами... Чего вы добиваетесь?

Астра ощущала себя в тупике. Она опустила руку в карман и обняла пальцами Альрауна. Ей показалось, от корешка исходит тепло. Первое пророчество Тэфаны само собой всплыло в ее памяти:

— *Тот, кто здесь и не здесь...* — тихо произнесла она. — Тот, кого вы прячете. *Том, кто наводит*

---

[1] Жупел — здесь: что-то пугающее.

страх и боится... Это совершил он, темный двойник. Вы не сумели обуздать его, и он вырвался на свободу... Там, в горах под Форосом...

Слова сами вылетали из ее губ — безотчетно. И каждое попадало в цель.

Юдин обмяк, побледнел и осунулся. Силы покинули его. Он как будто решился на что-то, и все вокруг перестало для него существовать.

— Я должен спасти сына во что бы то ни стало... — выдохнул он.

— Вы знаете, как это сделать.

— Да...

Он удалился за ширму, где стоял старинный секретер с инкрустациями из розового дерева. Над секретером висела картина в античном духе, которая так нравилась Риду, — «Диана-охотница и Актеон». Мальчик обожает подобные сюжеты. «Легенды и мифы Древней Греции» с детства были его настольной книгой. «Это я заразил его любовью к классическому совершенству! — с раскаянием подумал Юдин. — Я погубил его душу!»

Он достал из кармана ключик от потайного ящичка, вставил в замок и повернул. Раздался тихий щелчок.

— Здесь письмо, — сказал он из-за ширмы. — Вы слышите, Астра Юрьевна?

— Я все поняла, — отозвалась она.

— Его никто не должен прочесть, кроме вас.

— Даю вам слово!

Его рука скользнула в ящик, выстланный таким же зеленым сукном, как бильярдный стол. Холодная гладкая сталь прильнула к ладони, словно ладонь возлюбленной. Звук выстрела оглушил Астру, хотя она ждала этого.

Богиня мщения, змееволосая Эриния, преследует свою жертву, лишая ее рассудка, до самого конца...

— Что это? — вскочил Матвей. — Он выстрелил?

Из-за ширмы виднелись ноги господина Юдина, обутые в дорогие летние туфли...

Астра опустилась в кресло и отвернулась.

— *Прозерпина ждет третьего...* — прошептала она, не глядя на Матвея. — Уже дождалась...

Он наклонился над распростертым на ковре телом. В нос ударил запах пороха и крепкого французского одеколона...

По лестнице взбежал Спиридон Юдин, на его лице застыл ужас.

— Кто стрелял?

Он отшвырнул ширму и сразу все понял.

— Господи... Папа!..

~ ГЛАВА 33 ~

«Меня уже нет... как странно. Куда исчезает человек после смерти тела? Я много думал над этим... В последнее время я все сильнее хотел выговориться, снять с души груз... Неужели мой сын проклят? Неужели дети должны нести наказание за грехи отцов? И куда денется тот, второй?

Все началось с моего рождения... или еще раньше. Кто-то повесил над изголовьем моей кроватки картину «Диана и Актеон», должно быть, родители. Никогда не задавался этим вопросом. Не помню, сколько мне исполнилось лет, когда мой взгляд впервые осмысленно остановился на ней...

Я всегда ощущал в себе не одного, а двух мальчиков. Один прилежно учился, отличался послушанием и скромностью. Другой казался случайным спутником, который увязался за первым и не отставал от него ни на шаг. Хитрый, мстительный и жестокий, он рано предавался эротическим мечтам и, будучи совсем юным, уже увивался за девочками. До сих пор не могу с полной уверенностью утверждать, кто из нас полюбил Элизу. Абеляра читал я, а он, дрожа от вожделения, с трудом удерживался от того, чтобы не наброситься на нее. Я с трепетом преподносил ей букетик подснежников или ветку сирени, а он тянулся губами к ее щеке и норовил положить руку ей на грудь...

Неудивительно, что она сторонилась меня... нас... От нас исходило нечто тревожное, пугающее. Все мои попытки завоевать сердце девушки разбивались об его жажду грубого секса. При этом он мог получить удовлетворение только при условии, что пальма первенства принадлежит ему. Другими словами, отсутствие девственности являлось достаточной причиной, чтобы лишить Элизу жизни. Я чувствовал его скрытую ярость и оберегал девушку от нас обоих.

Элиза... Ее греческий профиль, прическа и стройное соблазнительное тело побуждали меня писать стихи, а его — рисовать в воображении сладострастные картины. Он настолько увлекся ею, что был готов совершить насилие...

— Смотри, — говорил он, показывая мне нарисованную на картине Диану. — Это Элиза! Красивые женщины созданы для любви, а они убивают нас, мужчин. Своим бессердечием, своей распущенностью... Они отдаются за деньги, тогда как акт соития должен быть освящен исключительно Эросом. Богиня безжалостно расправилась с охотником Актеоном за то, что он посмел взглянуть на нее. Разве она не подала тем самым пример божественного гнева? Нарушение установленных правил заслуживает строгой и неотвратимой кары!

Он говорил много и путано... Я перестал отличать его рассуждения от собственных мыслей.

Я перестал разделять нас. Я позволил ему выйти из-под контроля... и он убил Элизу.

Наверное, ощущая наше противоборство, наше напряжение, она избегала встреч со мной. У нее появился обычный парень, который провожал ее домой и угощал конфетами и газировкой. Полагаю, они переспали. Потом между ними будто кошка пробежала. Закончилось тем, что он ее бросил...

Я смирился, но тот, второй, не желал и слышать об этом. Он пришел в бешенство, в неукротимую ярость.

Он оказался умнее меня и обвел Элизу вокруг пальца, заманив ее в заброшенный железнодорожный барак. Там, под грохот маневрового паровоза, который растаскивал по путям вагоны, он овладел ею... и заставил повеситься. Она обманула его ожидания, отдала свою непорочность первому встречному...

Он злобно хохотал, а я оплакивал мою Элизу. Я больше не мог без слез смотреть на картину, где богиня с лицом Элизы выходит из грота в ослепительном сиянии своей девической прелести... Я снял полотно со стены, вынес во двор, облил бензином и поджег.

Тот, второй, глумился надо мной, потешался и пророчил страшную месть. Я думал, что и он сгорит в бензиновом пламени. Но не тут-то было...

Все последующие годы я терзал себя, искупая его вину. Я загнал его так глубоко, что он почти задохнулся под тяжестью моей ненависти. Я не давал ему поднять головы...

Он вырвался на свободу, когда я поддался на уговоры сына и купил ему картину «Диана-охотница и Актеон». Мы гуляли по выставке работ художников-копиистов, и Спиридон вдруг начал капризничать, упираться, требуя подарок.

Художник обрадовался возможности продать работу, и они вдвоем принудили меня сдаться. Теперь я думаю, что тот, второй, приложил руку к той покупке.

Я был недостаточно бдителен. Я забыл, насколько он может быть опасен, и совершал ошибку за ошибкой...

Мне не надо было называть виллу «Элоизой»... но воспоминания о первой любви оказались сильнее рассудка. Я захотел дать Элизе вторую жизнь, а вместо этого выпустил на волю своего двойника. Он воспрянул из небытия и отправился на охоту...

Я не любитель долгих одиноких прогулок, зато он их обожает. Он заставлял меня часами бродить по степи в поисках приключений. Именно ему пришла в голову идея купить дом в горном Крыму. Горы, гроты, пещеры были его страстью.

Там, в горах под Форосом, он наткнулся на группу туристов и увидел ее... Диану. Молодая девушка, собирающая хворост, поразила его и меня сходством с образом на картине.

— Это она, Элиза! — жужжал он мне в уши, не умолкая. — Это она... На сей раз она нас не обманет... Она чиста, как утренняя звезда, я чувствую! А ты?

Он меня измучил. Я терял волю к сопротивлению, уступал его страсти, его жгучему желанию стать ее первым мужчиной... Я не засыпал без коньяка и просыпался в испарине, в горячечном бреду. Если бы я не послушался его, то сошел бы с ума...

Я стал его сообщником. Он принудил меня! Он облюбовал пещеру, которую назвал Гротом Дианы...

— Помоги мне, и мы без труда завладеем этим сокровищем! — с утра до вчера гундосил он. — Одному мне не справиться. Это Элиза... она жива... разве ты не видишь? Зря ты казнился все эти годы! Вот она... опять перед тобой, юная, свежая, открытая для любви. Разве ты не хочешь обнять ее, поцеловать, услышать ее голос, ощутить тепло ее кожи, вкус ее губ? Неужели опять отдашь ее другому?

Я похитил Диану, притащил в пещеру, а он связал ее, заклеил ей рот и оставил одну на ночь — для устрашения. Пусть дрожит и не смеет чинить отпор. Мне уже было непонятно, где действует он, а где я... В какой-то момент я упустил инициативу, и он заставил меня плясать под его дудку.

Он силой овладел ею, и мы оба погрузились в облако оргазма... Оно поглотило нас... А Элиза опомнилась и сбежала. Она опять ускользнула и от него, и от меня... Он преследовал ее, чтобы убить, а я — чтобы спасти. Я бежал за ней в надежде вымолить у нее прощение... Ее силуэт маячил впереди, и вдруг она как будто сквозь землю провалилась! Я искал ее, но что-то непостижимое воздвигло преграду, которую мы не сумели преодолеть. Даже он...

Я вернулся к пещере, и он приказал мне сжечь ее вещи — все, что от нее осталось.

— Элизу надо поймать, — твердил он. — И убить! Иначе она выдаст нас, и мы окажемся в тюрьме.

Я прочесывал округу пядь за пядью, но девушка исчезла. В мою голову закрадывалась мысль, что ее и не было. Вся история с похищением Дианы произошла в больном воображении — его или моем. Я старался успокоиться... и успокаивал его. Так прошел последний месяц лета, осень, зима и весна...

Можете себе представить, что я почувствовал, когда вновь увидел ее — в качестве невесты моего единственного сына! Я умер... и все же вернулся к жизни, я пожирал ее глазами, силясь разгадать ее тайну. Она вела себя, как ни в чем не бывало, правда, избегала смотреть на меня, но и только. Она как будто ничего не помнила! Мог ли я в это поверить?

Сын убедил меня, что у Елены частичная потеря памяти. Оказывается, вечером того же дня, как я потерял ее, она каким-то образом угодила под машину Рида. Он не ожидал, что она выскочит на дорогу, поздно затормозил и сбил ее. Думаю, едва он склонился над ней и разглядел ее лицо, он сразу пал жертвой ее чар. Все-таки, он очень похож на меня — больше, чем мне бы хотелось.

Я говорил с врачами, и они подтвердили диагноз Елены — частичная амнезия, посттравматический синдром. Спиридон вбил себе в голову, что болезнь жены возникла в результате удара об его машину. Боюсь, это не так... Впрочем, не важно.

После женитьбы сына я с трудом обрел хоть какое-то успокоение, убеждая себя, что Елена действительно потеряла память и она к ней не вернется. Я не мог видеть ее, угадывая в ней Элизу, явившуюся с того света терзать меня. Не знаю, сколько бы я выдержал! Тот, второй, снова воспылал к ней пагубной страстью, и оба они рвали мое сердце на части. Я уехал в Москву, загрузил себя делами, занялся поиском новых партнеров по бизнесу, но прежнее состояние хрупкого равновесия, которое позволяло мне жить, не восстанавливалось. Я чувствовал свою раздвоенность, яростное внутреннее противоборство... Мой двойник постепенно брал верх надо мной, отвоевывая у меня мой мир дюйм за дюймом...

Звонок Андрея Ушакова окончательно выбил меня из колеи, лишил последней опоры! Вероятно, Катя дала ему номер моего сотового, значит, они сговорились. Тогда я еще не знал, кто мне звонит, но потом, когда я убил его и заглянул в его документы, я обо всем догадался.

Он сказал мне, что шел по следам туристической группы в горах под Форосом и нашел мою пещеру. Он видел, как я наблюдал за Еленой, однако не в его правилах вмешиваться в чужие дела. Потом он ушел к дольмену, вероятно, тому самому, который нашли туристы, а оттуда спустился вниз, к морю, но через пару дней решил вернуться и сделать повторную серию фотоснимков. Оказывается, предыдущие почему-то не получились.

Я слушал его как в тумане. Я принял его звонок за кошмарный сон. Я почти не понимал, о чем он говорит...

Он не мог объяснить, почему его вдруг снова потянуло к пещере. Он приблизился, увидел убегающую девушку в разодранной одежде, а через несколько минут и меня, пустившегося следом за ней... Он хотел проследить, что будет дальше, но беглянка быстро исчезла из виду, а я, по его словам, вернулся к пещере... Так все и было! Я с ужасом осознавал, что имею дело с настоящим свидетелем. Его не должно было там быть! Но он был...

Как я не ощутил чужого присутствия, чужого взгляда, направленного на меня из зарослей? Мной целиком завладела она — Диана, Элиза... Наваждение мое оказалось сильнее осторожности и чувства самосохранения.

— Кто ты? — спрашивал я его.

— Придет время — узнаешь.

Он видел дым от костра, в котором сгорел рюкзак девушки. Он отправился на ее поиски, но заблудился, чего с ним раньше никогда не случалось. Я вспомнил, как я тоже бродил кругами, и остатки моих сомнения рассеивались.

— Ты у меня в руках, — сказал он.

И потребовал денег — много. Я согласился. Я не мог допустить, чтобы мой сын и моя жена узнали правду, которую я прятал даже от себя. Это было страшнее смерти.

— Почему ты целый год молчал? — спросил я.

— Я увидел тебя на фото неделю назад и узнал, кто ты. А потом увидел твою невестку...

Думаю, то были мои охотничьи снимки, развешанные в барбекю. Они выцвели, и я велел горничной снять их. Вероятно, она забрала их домой, на память или из-за деревянных рамок, которые ей стало жалко выбрасывать. Катя, Катя... Бедняжка сама укоротила свой век.

— Я поговорил с людьми, — продолжал шантажист. — Съездил в клинику «Зеленая дача»... В наших местах, где все друг друга знают, шила в мешке не утаишь.

Я пообещал заплатить ему и сказал, что сам позвоню.

У меня уже зрел план избавления от вымогателя. Такие люди не останавливаются на достигнутом и будут требовать денег еще и еще.

Все это произошло после того, как я пригласил на виллу гостей и вас, Астра. Ушаков, видимо, вернулся домой после очередного похода, увидел фотографии и...

Тот, второй, твердил, что свидетеля нельзя оставлять в живых. На сей раз я не спорил. Я сказал жене, что еду заключать новый контракт, а сам тайком махнул в Крым. Снял комнату в городе и начал готовиться к встрече с моим врагом. Я нашел подходящее место для убийства — дорогу на окраине, по которой редко ездят. Ушаков оказался неискушенным в подобных делах и попался...

Тот, второй, забрал у меня руль и нажал на газ, когда увидел его одинокую фигуру с рюкзаком за плечами. Потом он разбил лицо трупа камнем, чтобы погибшего не смогли опознать, прыгнул в машину и укатил. Он умел многое, чего не мог делать я. По его совету я бросил угнанную машину неподалеку от свалки.

— Даже если авто найдут, что с того? — посмеивался он. — Поди докажи, кто сидел за рулем! Я позаботился о перчатках.

Потом настала очередь Кати.

— Мы не знаем, что он успел ей наболтать! — гудел мне в уши второй.

Я позвонил Кате и попросил срочно встретиться. Она удивилась. Сказала, что как раз приехала в город за покупками...

Он убил ее кухонным ножом, купленным в обычном хозяйственном магазине. Он — не я! Я только смотрел, покрываясь мурашками озноба.

Впрочем, я опущу ненужные подробности с вашего позволения. Кому они интересны? Я не боюсь расплаты за содеянное, но если мой сын обо всем узнает, это погубит его. Ясно, что он не простит меня и тем возьмет на себя грех гордыни. Ибо Господь велел прощать... Но и это не самое ужасное. Не мне упоминать о Боге! Я родился язычником, идолопоклонником. Или то был он, второй? Он навязал мне свои взгляды, опутал меня своей паутиной, оказался сильнее. У меня остался только один способ побороть его — моя смерть. Раз вы читаете эти строки, значит, я уже мертв. Я не каюсь, не прошу снисхождения, я лишь умоляю сохранить мою тайну.

Надеюсь, тот ужасный эпизод в горах навсегда исчез из памяти Елены. Кто-то более милосердный, чем люди, одарил ее спасительным забвением.

До самого последнего мига тот, второй, не верил, что я решусь наложить на себя руки. Я писал это письмо, а он пугал меня адскими муками, ожидающими самоубийцу. Но моя жизнь и так превратилась в пекло. С тех пор как Елена стала женой моего сына, я потерял покой... Меня день и ночь жег страх, что она притворяется, что однажды она узнает во мне похитителя и насильника... Том, второй, умеет прятаться. Его никто не видит, о нем никто не знает, кроме меня.

Я подготовил себе путь к отступлению... Теперь я мертв, и более нет нужды наказывать меня. Том, второй, не успел помешать мне! Я перехитрил его...

Проклятие, которое я принес в этот мир, уйдет вместе со мной. А вдруг нет? Вдруг тот, второй, прилепится к моему сыну? Ведь мы так похожи!

Эта мысль засела в моем сознании, разрушая его, как термиты точат прочное с виду дерево. Может быть, я подспудно желал, чтобы кто-то заставил меня нажать на курок, пока тот, второй, не опомнился.

Может быть, отчаяние заставило меня собрать на вилле всех этих магов и экстрасенсов, в том числе и вас, Астра. Не понимаю, на что я рассчитывал? О, мой ум придумал тысячу причин, зачем все это нужно! Я сам себя обманывал... Я думал, что при помощи магии сумею обезопасить своего сына от тяготеющего над ним проклятия.

Когда погибли Катя и ее брат, мои иллюзии растаяли.

Я ухожу и забираю с собой того, второго, пока он не натворил еще чего-нибудь. Мы жили вдвоем, как сиамские близнецы, которых соединяло одно тело. Убивая себя, я надеюсь, что убил и его. Объясните мою смерть чем угодно: угрозой банкротства, малодушием, душевной болезнью. Мне все равно...»

Астра закончила читать письмо Юдина в полной тишине. Подписи он не поставил, но у нее не закралось сомнений по поводу авторства.

— Как ты догадалась, что это он? — недоумевал Матвей. — Ты ведь уже знала, когда...

— Нет. Я знала только одно — среди присутствующих находится убийца, который не позволит при всех рассказать то, из-за чего он лишил жизни двоих человек. И когда Аким Иванович настойчиво предложил побеседовать без свидетелей, он выдал себя. У него в глазах уже стояла смерть...

— А тот, второй?

— Не собирался сдаваться без боя. Он еще пытался опорочить Рида, свалить вину на него. Вдруг удалось бы?

— Ты поверила в существование двойника?

— Да, — просто сказала она. — Разве в тебе не живет Брюс? А как назвать женщину, которую я вижу в зеркале?

Матвей промолчал. Он представлял себе, что происходит сейчас в бильярдной. Сразу после того как туда поднялся Рид и увидел тело отца, Астра позвонила оперативнику. Тот явился незамедлительно. Казалось, он ждал в нескольких шагах от виллы, потому что не выразил ни удивления, ни недовольства. На месте происшествия лейтенант растерялся, он рассчитывал на другое, а тут... Непонятно было, отчего Юдин покончил с собой. Версия самоубийства не оспаривалась, ведь все произошло при свидетелях. Но следственную группу все же вызвали.

— Мы сами в замешательстве! — призналась Астра.

— Что предшествовало этому?

— Групповой сеанс ясновидения…

— Из-за чего же хозяин виллы прострелил себе голову?

Внизу, в каминном зале, стояла гнетущая тишина, нарушаемая всхлипами. У всех будто отняло дар речи. Ирэн плакала, Гаранин отпаивал ее водой. Теплищевы прижались друг к другу, как два нахохленных воробья. Виринея сидела истуканом, уставившись в одну точку. Людмила шевелила губами — молилась. Антон курил сигарету за сигаретой, выпуская дым в открытое окно…

Новая горничная увела Елену в спальню и дала ей сердечных капель.

Макс поспевал всюду — отвечал на вопросы прибывшего следователя, успокаивал гостей, выполнял указания Рида.

Из посторонних на вилле оказался только Игорь Назаров, однако ничего существенного от него добиться не удалось. Сама собой образовалась круговая порука молчания. Если у кого-то и были какие-то подозрения, они так и остались невысказанными.

Гости пребывали в прострации. Такие вещи, как «ясновидение», следствие не учитывало. Да и что они видели, Гаранин, Виринея и Тэфана? Бессвязные отрывки, из которых не сложишь картину преступления.

Астра и Матвей первыми удалились к себе. Она успела забрать из секретера письмо, чтобы спокойно прочитать его в номере. Аким Иванович сам все объяснил, изложив на бумаге историю своего падения. Чтобы на этом закончить… Закончил ли?

Матвей задумчиво спросил:

— А как же Виринея? В день убийства она видела Рида, который шел по скверу!

Астра покачала головой:

— То был старший Юдин... Издалека, в густой тени его почти не отличишь от сына. Один рост, осанка, походка, жесты, профиль. Они действительно очень похожи. Госпожа Нагорная постоянно щурится, если ты заметил. У нее плохое зрение.

Над морем зарождался шторм. В неподвижном воздухе стояли бледные облака, и вода приобрела серо-зеленый цвет.

— Будет буря! — крикнул во дворе Макс. — Надо укрыть бассейн, а то мусора накидает.

Под балконом пробежала горничная — снимать с веревок белье.

Астра смотрела на тихую потемневшую степь, на пастуха, который гнал по дороге коров, на затянутое белой дымкой небо. Где-то там, за этой предгрозовой пеленой тянулся невидимый Млечный Путь...

— Вот и еще один эпизод с флэшки из тайника сбылся, как предсказание чьей-то смерти.

— Чепуха, — неуверенно возразил Матвей.

— До тебя дошел смысл первого пророчества Тэфаны? — спросила она. — Ты тоже говорил, что это ерунда и пустой набор слов. А зря! *Тот, кто здесь и не здесь»*, — прямое указание на двойника. *«Один глаз у того, кто украл у него добычу...»* — указание на дольмен. Меня осенило! Этот *«один глаз»* — круглое отверстие в передней плите дольмена... Как я раньше не догадалась, что «скворечник», увиденный в зеркале, — дольмен?!

— И кто у кого украл добычу?

Астра разволновалась. Ее щеки горели.

— Я поняла, каким образом Елене удалось спастись! Она спряталась в дольмене... То был Ларец Прозерпины! Он впустил девушку, но не позволил приблизиться преследователю. Возможно, пребывание в дольмене и послужило причиной потери памяти, а вовсе не стресс и не травма головы. Постепенно воспоминания вернулись, но не все. Дух дольмена пощадил Елену и удалил ужасный инцидент, который мог сломать ей жизнь. Если она вспомнит, то не останется с Ридом! Она будет видеть в нем его отца...

— Это несправедливо. Как же любовь? Рид — не отец!

— Они похожи. Рид полюбил Елену из-за ее сходства с образом Артемиды на картине, как когда-то его отец полюбил Элизу...

— Ты рассуждаешь, как покойный Юдин.

— А ты уверен, что двойник покорно вышел из игры?

Матвей открыл рот, чтобы сказать «да»... но что-то его остановило.

Поднялся ветер, который вздымал клубы пыли и гнул деревья. С горизонта надвигались сизые тучи. Люди закрывали окна в домах.

— Значит, Тэфана сочинила настоящую «Книгу пророчеств»?

— Никому не известно, кто на самом деле пишет такие книги... — пробормотала Астра.

Далеко над степью вспыхивали молнии, сопровождаемые глухими раскатами грома.

— Я спущусь во двор, — сказал он. — Пока не хлынул ливень.

— Зачем?

Но за Матвеем уже закрылась дверь. Его мучила неопределенность. Уж больно не походил степенный лесопромышленник на сумасшедшего насильника. Вдруг он написал это письмо и застрелился, чтобы спасти сына, взять его вину на себя? Родительская любовь слепа...

Он подошел к Максу и Антону, которые натягивали над бассейном огромное полотнище брезента.

— Все равно ветер сорвет... — ворчал охранник.

Матвей взялся им помогать.

— В барбекю висели фотографии в рамках? — спросил он у администратора, понимая, насколько нелепо это звучит.

Тот выпрямился и отпустил свой конец, сразу подхваченный ветром.

— Висели... Потом они выцвели, и Аким Иванович... — Он запнулся, вспомнив о том, что господин Юдин мертв. — Он велел их снять, как раз в конце мая.

— Кто их снимал?

— Катя... Я разрешил ей забрать рамки себе. Она попросила.

— Вместе с фото?

— Кажется, да. А в чем дело? — удивился Макс. — Их все равно бы выбросили!

— Кто был на снимках?

— Хозяин... покойный... с охотничьими трофеями...

— Он был лично знаком с Андреем Ушаковым?

— По-моему, нет, — покачал головой администратор. — Даже я его не знал. Андрей ни разу не появлялся на вилле. Когда ему предложили работу, он передал через Катю, что отказывается...

— Но он мог где-то увидеть Елену, например?

— Почему бы нет? Вон, хоть с чердака недостроенного татарского дома, оттуда наш двор как на ладони...

«Что сказать Игорю Назарову? — подумал Матвей. — Ловушка для убийцы сработала или нет? Он неглупый парень, сам догадается...»

~ ЗАКЛЮЧЕНИЕ ~

Ночью, под шум дождя и удары грома, Астре приснился сон.

Она взбирается вверх по горной тропе, все выше и выше. Жарко, ноги с непривычки дрожат от напряжения.

— Давай руку! — пищит маленький человечек, похожий на высохший корень. — Держись...

— Куда ты меня ведешь, Альраун?

Вокруг странная тревожная тишина. Только шуршат под ногами камни и с шорохом осыпаются вниз. Внезапно скалы расступаются и открывают сложенный из массивных плит дольмен. Круглая дыра на фасаде идеально правильной формы, словно высверленная буром. От нее исходят невыразимые вибрации — страха, силы, чего-то высшего, недоступного разуму...

— Черный глаз! — шепчет мандрагоровый человечек. — Берегись его...

— Как?

— Не смотри...

Астра отвела взгляд, и ей сразу полегчало.

— Это Циклоп, — пояснил Альраун. — Так его прозвали туристы. Он охраняет вход в нижний мир. А настоящее его имя — Ларец Прозерпины. Находясь внутри, можно увидеть сны тех, кто побывал там до тебя... Сюда приходили очень знатные и очень мудрые женщины. Это женский дольмен... Здесь перед решающей битвой черпали мощь амазонки!

— Ты шутишь?

Но Альрауна было трудно смутить. Он вскарабкался на круглый камень и говорил, словно оратор, воодушевленный многочисленной аудиторией:

— Сюда приходили сарматские жрицы-всадницы, скифские принцессы и греческие сивиллы. Не исключено, что сама Ифигения побывала в этом священном месте...

— Что будет, если я заберусь внутрь? — робко спросила Астра.

— Ты уснешь...

— Я увижу чужие сны?

— Возможно... Но себя ты забудешь...

— Здесь обитают души мертвых?

Альраун глухо, надтреснуто засмеялся, как будто кто-то сломал несколько тонких щепок.

— Ответ знает только Прозерпина...

Ослепительная вспышка и жуткий грохот заставили Астру сжаться и накрыть голову руками.

— Бежим! — крикнул человечек и потащил ее вниз по склону.

Хлынул дождь. Ноги скользили, струи воды хлестали по плечам и спине, словно подгоняя незваных гостей... Прочь! Прочь! Астра оступилась и кубарем полетела сквозь колючие кусты в глубокую расщелину...

— А-а-ааа!

Альраун оказался неожиданно резвым и успел подхватить ее своими маленькими ручками. Она обрела опору, села и… открыла глаза…

Молнии, одна за другой, обливали комнату мертвенным светом. Потоки ливня барабанили по крыше. Матвей закрывал балконную дверь.

— Испугалась? — обернулся он. — Это всего лишь гроза…

Порыв ветра распахнул окно и оборвал занавеску. Деревья во дворе жалобно стонали. Водосточные трубы с шумом извергали пенную воду, которая смывала все на своем пути…

Последний день в Крыму они провели на море. Астра сидела в раскладном кресле, закутавшись в плед, и любовалась прибоем. Дул ветер. Чайки с криками носились над волнами.

— Спиридон Юдин продает виллу, — сказал Матвей.

— Храпову?

— Наверное… Смерть отца открыла истинное положение дел в компании. В последний год старший Юдин без ведома сына брал рискованные кредиты, и финансовый кризис застал его врасплох. Он создавал видимость деятельности…

— …тогда как все силы уходили на борьбу с двойником! — подхватила она. — Что ж, по крайней мере, его кончину легко объяснить.

— Наш Эркюль Пуаро потерпел фиаско.

Матвей имел в виду лейтенанта, который надеялся раскрыть двойное убийство. Теперь следствие долго будет топтаться на месте.

Астру все эти подробности не интересовали. Она вежливо слушала, размышляя о превратностях судьбы. Если бы не похищение Елены старшим Юдиным, нашли бы они с Ридом друг друга? Фатум!

— А ведь та Эриния, которую мне показывало зеркало, — я и есть! — невпопад произнесла она. — Кого боги решили наказать, того они лишают разума. Иначе бы Юдин ни за что не пригласил меня на виллу...

— По-моему, поведение людей обусловлено чем угодно, кроме разума. Что, например, Елена делала на набережной в день убийства? Она сможет объяснить?

— Ей просто стало страшно... Она обостренно чувствует и могла ощутить ужас жертв — брата и сестры Ушаковых, — ведь их убивал тот же человек, который едва не убил ее. Забыв своего обидчика, она испытывала подсознательную неприязнь к свекру.

— А к мужу?

— Это драма отца и сына... Кстати, Рид сам подозревал Елену в убийстве Кати, однако грудью вставал на ее защиту... Не уверена, что он избавился от подозрений. Богиня Артемида, изображенная на картине, которую так напоминает его жена, несет в себе не только девственную чистоту, но и страсть к насилию, разрушению. Недаром ей поклонялись амазонки...

Астра замолчала, глядя в безбрежную синюю даль. Жизнь не отвечает на вопросы, она их множит.

Любит ли Елена своего мужа? Любит ли он ее? Какая она бывает, любовь? Разная... многоликая, как вездесущий Эрос...

~ Наталья Солнцева ~

Отрывок из следующего романа
«Иди за мной!..»

> «Что ж, отдайся этому безумию, ес-
> ли уже ты не можешь преодолеть его,
> но будь осмотрителен, чтобы не по-
> губить в этой бездне всей своей жизни,
> а может быть, и чести. Назначь себе
> заранее сроки и пределы и остерегись
> переступать их, когда душа будет в огне
> и ум не в состоянии будет говорить».
>
> *Валерий Брюсов, «Огненный ангел»*

~ ГЛАВА 1 ~

Черное небо, черная гладь пруда и око луны, взирающей на влюбленных. Мужчина и женщина обнимаются, он целует ее, а сам думает, как будет ее убивать. У женщины — усталое лицо, тонкая белая шея, жемчужные бусы. Она пришла на свидание в темный парк, на безлюдную набережную пруда. На ней — длинное облегающее платье, туфли на высоких каблуках. Ее переполняют противоречивые чувства. Обида и ревность борются в ней с любовью.

Впрочем, любовью принято называть все, что угодно. Секс, инстинкт собственника, желание подчинить себе другого человека. Но люди — не вещи. Они не могут никому принадлежать.

Мужчина жаждет свободы. Он готов на радикальные меры. Он не позволит, чтобы ему навязывали чужую волю. В нем страсть борется с совестью. Его губы скользят по коже женщины, а рука сжимает в кармане брюк крепкий шнур...

Парадокс ситуации в том, что мужчина принуждает себя к поступку, которому нет оправдания. Борьба за свободу делает его рабом. В этом — вся нелепость происходящего.

Он никогда не помышлял об убийстве. Он никогда не покушался на чью-то жизнь. Тем более на жизнь женщины, с которой занимался любовью. Он не узнает себя. Что заставляет его поступать наперекор собственным принципам? Что за злая сила овладела им?

Он — не преступник! Не убийца. Не маньяк, выслеживающий жертву. Он — добропорядочный законопослушный гражданин. Образованный, культурный. Без вредных привычек.

И все-таки поздно вечером он привез женщину в парк, заманил на берег пруда. Перед тем, как выйти из машины, он незаметно спрятал в карман шнур. Он как будто играет роль, которая ему не по душе. Что с ним случилось?

У него, как у каждого человека, была мечта... тайное желание, которое он, наконец, решился осуществить. В этом нет ничего плохого. Он не виноват, что все так обернулось. Его поставили в безвыходное положение. Загнали в угол.

Жизнь женщины висит на волоске. Этот волосок — у него в руках. Одно движение, и петля затянется на ее горле. Она ни о чем не подозревает. Не чувствует, что ее следующий вздох может стать последним. Жутко осознавать, как легко оборвать ниточку жизни.

Смерть иногда зависит... от чьей-то мечты! Вещи, на первый взгляд далекие от злодейства, вдруг оказываются тесно связанными. Любовь и месть, например. Казалось бы, что между ними общего?

«Неужели и моя жизнь может оборваться по чужой прихоти? — думает мужчина. — Где и кем прядется канва судьбы?»

Впрочем, сейчас ему не до этого. Два ока луны следят за ним. Одно с неба, другое из пруда. Которое из них — настоящее? В какой-то момент луна становится похожей на круглый бритый череп с провалами глазниц и мертвым оскалом.

От женщины пахнет духами, от воды несет сыростью. Шелест листьев в аллеях действует на нервы. Скорее бы все закончилось...

Мужчина не узнает себя. Порой ему кажется, что он блуждает по зазеркалью, видит страшный сон и не может очнуться...

Два месяца тому назад

Лариса открыла глаза. Рядом на смятой подушке лежала голова Эдика, — взъерошенные волосы, сонный румянец, сжатые губы. Словно он боится ненароком проговориться о чем-то.

— Надоело... — прошептала она, глядя на знакомое до тошноты лицо любовника. — Боже, как мне все надоело!..

Лариса рывком села на постели, прижала ладони к пылающему лбу и замерла, прислушиваясь к биению собственного сердца. Тук-тук-тук... тук-тук-тук... Эти удары отсчитывают срок ее жизни, а она еще не начинала по-настоящему жить. Ее однообразное унылое существование можно сравнить с заточением в одиночке! Вокруг полно людей, которым наплевать на нее. Да почему только на нее? Всем наплевать на всех! Каждый заботится исключительно о себе.

Взять хоть Эдика. Лариса устала ждать от него предложения, перегорела, но продолжает постылые отношения, чтобы не остаться совсем одной.

— Эй! — она сердито потрепала любовника по плечу. — Вставай, соня! На работу опоздаем!

— Еще минуточку... — не открывая глаз, пробормотал он.

Лариса почувствовала обычное недовольство. Ну вот! Эдик будет сладко дремать, а она потащится в кухню готовить завтрак. Почему так? Почему бы ему не встать первым, не принести ей кофе в постель?

«А потому, дорогуша, что он тебя использует, — нашептывал внутри нее ехидный голосок. — Ему удобно провести у тебя ночь, поесть и укатить. Никаких забот. Никаких обязательств. Минимальные расходы».

— Сплошная выгода, — заключила она, вставая. — Материально чувак определенно не внакладе...

Когда Эдик в последний раз дарил ей стоящий подарок? Или разорился на цветы? Или принес продукты? Зато лопает за троих. После изнурительного рабочего дня и торопливых перекусов у него вечером разгорался зверский аппетит. Он за один присест уничтожал запасы еды, которых Ларисе хватило бы на неделю.

«А ты еще хочешь за него замуж! — поддел ее внутренний голос. — Дура! Тебе придется его кормить, гладить его чертовы рубашки и ублажать его тело. Догадываешься, что ты получишь взамен?»

Лариса кивнула, закрылась в ванной и включила воду. Чего ждать от Эдика, она знает. Успела изучить его характер за два года, которые теперь казались потерянным временем. Он — эгоист в самом безнадежном варианте. По сути, Ларисе не в чем его упрекнуть, потому что он намеренно не давал ей никаких обещаний.

Она всплакнула и встала под душ, прикидывая, что быстрее состряпать — омлет или овсянку на молоке. Кашу Эдик не любит. Ему подавай мясо, колбасу, в крайнем случае, пельмени. Он беззастенчивый обжора, готовый запросто опустошить чужой холодильник.

— Плевать! — с наслаждением произнесла Лариса, согреваясь под горячими струями. — Оставлю его голодным. Пусть дрыхнет, лентяй! Не буду его больше будить!

Она решила тихонько собраться и уйти, оставив любовника в постели. В конце концов, она ему не мамочка и не обязана его нянчить.

— Так тебе и надо, — шептала она, представляя, как Эдик опоздает в клинику и получит нагоняй от шефа. А то и вовсе потеряет место.

С некоторых пор Лариса не испытывала к нему жалости. Он вызывал у нее только раздражение. Пустозвон, скупердяй, ворчун, несостоявшийся хирург. Мог бы стать бабником, если бы внешность не подвела. Словом, мелкий бес.

«Что я в нем нашла? Ни рожи, ни кожи, ни денег! Один гонор. Думала, он на мне женится. Как бы ни так! Эдик — себе на уме, он пройдоха, которого не сразу распознаешь».

В дверь ванной постучали, и раздался недовольный голос любовника:

— Ты скоро? Мне тоже, между прочим, помыться надо!

— Кто раньше встает, тому Бог дает, — отозвалась Лариса.

— Я опаздываю!

— Это твои проблемы...

— Хамить с утра — дурная примета. Тебе не повезет.

«Мне хронически не везет, — мысленно согласилась она. — Потому что каждое утро я на взводе. Эдик прав! Нельзя начинать день с плохим настроением».

— Ха-ха-ха-ха-ха! — притворно рассмеялась она. — Кто бы говорил!

Она выключила воду, завернулась в полотенце и взглянула в запотевшее зеркало. Видок у нее еще тот! Хорошо, что не различить досадных деталей — морщинок в углах глаз, седых волос в густой каштановой шевелюре. А ведь ей нет и тридцати!

«Круглая дата не за горами, — напомнил внутренний голос. — Тебе двадцать девять, подруга. За плечами — неудачное замужество, развод, тривиальный роман с коллегой. Твой Эдик — посредственный стоматолог, как, впрочем, и ты. Вы оба — неудачники!»

Стук в дверь повторился, теперь сильнее.

— Да выхожу я, выхожу...

Она расчесалась и накинула халат. Из коридора пахнуло холодом. Эдик юркнул мимо нее в ванную, полную пара, и принялся брюзжать. Дескать, пол мокрый, можно поскользнуться... зубная щетка где-то запропастилась...

Лариса, стараясь не слушать, поспешила к плите. Выбор между омлетом и овсянкой произошел сам собой. Яиц не оказалось. Она забыла их купить.

— Черт...

Залив кипятком овсяные хлопья, Лариса сварила кофе. Очень хотелось курить, но она держалась, не позволяла себе снова взяться за сигареты. С таким трудом бросила... Если бы не клуб «Иди за мной!», ей бы ни за что не удалось избавиться от вредной привычки.

— Я так и не нашел щетку! — возмутился Эдик, садясь за стол. — Она исчезла! Испарилась!

— Зачем тебе чистить зубы? Лучше замени их протезами, сделай себе идеальную улыбку и не парься!

— А бабки на этакую роскошь ты мне дашь?

— Мы всем коллективом скинемся...

Обычное московское утро. Обычная перепалка между уставшими друг от друга любовниками. За окнами торчат многоэтажки, над ними висит сырой весенний туман...

Литературно-художественное издание

МИСТИЧЕСКИЙ ДЕТЕКТИВ

Солнцева Наталья

ОТПУСК НА ВИЛЛЕ С ПРИЗРАКОМ

Редакционно-издательская группа «Жанровая литература»

Зав. группой *М. Сергеева*
Руководитель направления *И. Архарова*
Ответственный редактор *Н. Ткачёва*
Технический редактор *О. Серкина*
Компьютерная верстка *О. Шувалова*
Корректор *Е. Савинова*

ООО «Издательство АСТ»
129085, г. Москва, Звездный бульвар, д. 21, строение 3, комната 5
Наш электронный адрес: **www.ast.ru**
E-mail: **astpub@aha.ru**

«Баспа Аста» деген ООО
129085, г. Мәскеу, жұлдызды гүлзар, д. 21, 3 құрылым, 5 бөлме
Біздің электрондық мекенжайымыз: www.ast.ru
E-mail: astpub@aha.ru

Қазақстан Республикасында дистрибьютор
және өнім бойынша арыз-талаптарды қабылдаушының
өкілі «РДЦ-Алматы» ЖШС, Алматы қ., Домбровский көш., 3«а», литер Б, офис 1.
Тел.: 8(727) 2 51 59 89,90,91,92
Факс: 8 (727) 251 58 12, вн. 107; E-mail: RDC-Almaty@eksmo.kz
Өнімнің жарамдылық мерзімі шектелмеген.

Өндірген мемлекет: Ресей
Сертификация қарастырылмаған

Подписано в печать 09.06.2015. Формат 84×108 ¹/₃₂.
Печать офсетная. Усл. печ. л. 20,16.
Тираж 2000 экз. Заказ № 0506/15.

Отпечатано в соответствии с предоставленными материалами
в ООО "ИПК Парето-Принт", 170546, Тверская область
Промышленная зона Боровлево-1, комплекс №3А
www.pareto-print.ru

Издательство АСТ
и редакционно-издательская группа

«Жанровая литература»
представляют
новые книги талантливого,
загадочного автора
серии «Мистический детектив»

Натальи Солнцевой

Ее новые герои, Лариса и Ренат, ищут свои идеалы в онлайн-игре. Они не замечают, как невинное увлечение втягивает их в водоворот опасных событий, где аватары несут реальную угрозу, а над головой свистят настоящие пули!

Виртуальное пространство — это параллельный мир, где преступления более изощренные, а злодеи неуловимы как компьютерный вирус! Убийцу не разоблачить только уликами и дедукцией. Здесь требуются особые способности. Ведь схватка со злыми силами происходит на перекрестке трех миров — реального, мистического, виртуального. Какой из них более опасен?..